La Dernière Classe

La Dernière Classe

La Dernière Classe
最后一课

［法］阿尔丰斯·都德 / 著
陈晓洁 / 译

中国华侨出版社
北京

都德像

都德(1840-1897),法国现实主义作家。生于一个破落的商人家庭,曾在小学里任学监。17岁到巴黎,开始文艺创作。1866年以短篇小说集《磨坊文札》成名。之后又发表了自传体小说《小东西》。1870年普法战争爆发时,他应征入伍,后来曾以战争生活为题材创作了不少爱国主义的短篇。他一生共写了13部长篇小说、1个剧本和4个短篇小说集。他往往以自己熟悉的小人物为描写对象,善于从生活中挖掘有独特意味的东西,风格平易幽默。因此,他的作品往往带有一种柔和的诗意和动人的魅力。

都德故乡普罗旺斯省阿尔镇附近山岗的磨坊

　　1863年,都德离开喧嚣的巴黎,回到故乡普罗旺斯,在阿尔镇郊外的一座山岗上,买下一座废弃的老磨坊,隐居其中,从事文学创作。磨坊附近迷人的风光,如郁郁苍苍的松林,远处阿尔卑斯山隐约的山峰,寂静的旷野中传来的笛声、鸟鸣等,吸引着都德投身自然野趣和纯朴的民间生活中。都德在这里获得了灵感,文学创作进入了一个新的境界,他以饱满的热情将他的所见所闻、所思所想记录下来。1866年,《磨坊文札》出版,都德一举成名,磨坊也随之闻名遐迩。如今,这座磨坊已经成了都德纪念馆,它不再是一座单纯的建筑,而因都德的居住和作品被赋予了生命和灵魂,在空旷的山岗上,静静地向人们诉说着一个个优美动人的故事。

都德在书房中构思作品

　　都德与当时不少著名的文学家交情深厚,他还是左拉主持的"梅塘聚会"的5位成员之一,经常与福楼拜、左拉、龚古尔兄弟、屠格涅夫等人在一起聚会,热烈探讨文艺问题。在文学理论上,都德倾向于赞同左拉的自然主义观点,但在创作实践中,他并不单纯客观地记录人类的活动和无动于衷地描写社会现实。他曾说过:"我的故事只是借用拉·封丹的寓言,再把自己的经历加进去罢了。"他的作品带有一种不温不火的讽刺,淡淡的哀愁与幽默,抒情诗般的笔调,细腻生动的人物与景色描写,具有引人入胜的独特魅力。

青年都德

都德遗体

都德出生于一个破落的丝绸商人家庭,迫于穷困,他15岁时便辍学,到一所小学里担任学监,独自谋生。都德生活于法国历史上一个动荡不安的年代,一生经历了二月革命、六月起义、普法战争、巴黎公社起义等重大事件,生活居无定所,漂泊不定。都德也是一位非常勤奋的作家,工作起来常常废寝忘食。种种原因,使得都德一生生活于贫困与病痛的煎熬中。1884年,都德不幸患上难以医治的脊髓病,在病痛的折磨下,他仍笔耕不辍。经过多年病痛的折磨,1897年都德与世长辞,享年57岁,身后留下了一笔丰富的文学遗产。

都德墓地

① 1871年3月1日，普鲁士军队攻破法军坚守的巴黎城，通过凯旋门进入巴黎城

  1870年，普法战争爆发，都德应征入伍。在战争中，都德目睹了普鲁士军队的凶残和野蛮，法国大地遭受战火摧残的惨状，以及法国人民抗击入侵者的英勇行为，他深刻地感受到战争的残酷无情和人类的渺小脆弱。这一时期的战争经历，使都德扩大了视野，思想有了新的认识，也获得了新的创作源泉。战后都德创作了一部以普法战争为题材的短篇小说集《星期一故事集》。这些作品揭露了第二帝国军队的腐败及其将领的卑劣无能，颂扬了法国人民的爱国情操和反侵略的意志。其中的《最后一课》《柏林之围》，由于具有深刻的爱国主义精神和精湛的艺术技巧而享誉世界，成为世界短篇小说中的典范之作。

PREFACE・前言

阿尔丰斯·都德，19世纪法国著名小说家。他是法国普罗旺斯人，1857年开始文学创作，26岁时发表短篇小说集《磨坊文札》。两年后，出版了他的第一部长篇自传体小说《小东西》，这部小说是都德的代表作，集中表现了他不带恶意的讽刺和含蓄的感伤，也就是所谓的"含泪的微笑"，都德因此有"法国的狄更斯"的誉称。他一生共写了13部长篇小说、1部剧本和4部短篇小说集。

都德善于描写大时代下的小人物，放置在时代的大背景里，凸显其卓越的人物刻画和震撼人心的故事情节。《最后一课》《柏林之围》《一盘台球》《塞甘先生的山羊》等一些脍炙人口的精品都是如此。

普法战争是1870~1871年普鲁士王国同法兰西第二帝国之间的战争。因争夺欧洲大陆霸权和德意志统一问题，普鲁士和法国之间关系长期紧张。普法战争的结果是法国战败，普鲁士完成德意志统一，同时取代了法国在欧洲大陆的霸主地位。在都德的笔下，普法战争并非一场宏大的叙事，而是反映在众多小人物的生活里，如《柏林之围》里的老重骑兵、《最后一课》里的阿麦尔先生和小弗朗士、《一盘台球》里的将军和士兵。都德用课堂、病床、台球桌这样的小场景，反映出了人民朴素的爱国之情。

在《最后一课》里，对小弗朗士来说，去学校上法文课本是再普通不过的事情，而阿麦尔先生也只是一个普通的老师，老村长、老邮递员，也是再普通不过的当地人。但当他们一起出现在课堂上，上最后一堂法文课，就极不普通了。这些普通的自然感情聚在一起，生发出一种伟大

1

而高尚的情感——爱国精神。

　　文学作品表现爱国精神，大多是激昂的：在祖国的危难关头，血性男儿抛头颅洒热血，为国捐躯，是何等的激昂与壮烈。然而，像弗朗士这样年幼的学生，像老村长、老邮递员这样操劳一生的村民，像阿麦尔这样默默无闻的老师，都是最普通老百姓。他们的爱国之情平常并不挂在口头上，而是深藏在内心。

　　都德着重描写的不是战场上的英雄形象，而是日常生活中的普通人，不过，体现出来的是同样伟大高尚的情感。

　　本书篇目多选自《磨坊文札》和《星期一故事集》，都德是一个富有诗人气质的小说家，他在作品中描写自己感受的方式既柔和、又温存。美与善的事物，与都德敏锐细致的感情是相通的，作者善于从这些事物中汲取美与善的精髓，使他的作品具有诗意。

CONTENTS · 目录

磨坊文札

前言 3
安居 5
博凯尔的公共马车 9
科尔尼耶老板的秘密 14
赛甘先生的山羊 20
繁星 27
阿尔勒的姑娘 34
教皇的母骡 39
桑居奈尔的灯塔 49
"塞米特朗"号沉没记 55
海关水手 62
菊菊乡的神父 67
一对老年夫妇 74
散文诗两首 81
毕休的公文包 88
金脑人的故事 94
诗人米斯塔尔 98
三遍小弥撒 105
橘子 114

两家小客栈 118
蝗虫 123
神父的药酒 127
在卡玛尔克 137
思念 148

星期一故事集

最后一课 153
小间谍 158
一盘台球 165
母亲 170
柏林之围 176
糟糕的佐阿夫兵 184
贝利塞尔的普鲁士士兵 189
保卫达拉斯贡 194
渡船 202
旗手 207
阿尔萨斯！阿尔萨斯！ 213
小馅饼 218
亚瑟 224
三次警告 229
最后一本书 234
剧目首演 238
镜子 241
房屋出售 244
教皇死了 249

磨坊文札

前言

邦佩里古斯特房产公证人奥诺哈·格拉巴兹先生出面,特公证以下事项:

"在场当事人加斯巴尔·米蒂菲奥先生,维威特·科尔尼耶之夫,原西卡里耶尔房产的所有者和居住者,在诸位的见证下将其名下该处房产售予来自巴黎的诗人阿尔封斯·都德先生,并当众承诺其本人已在做出经济和法律担保的前提下,偿还了与该房产相关的所有债务,该房产现无任何债务、权利转让和抵押问题。

"该房产为一座风力面粉磨坊,坐落在罗纳河谷,位于普罗旺斯中心,所处的山丘四周有繁茂的松树林和青翠的橡树林环绕。磨坊已废弃二十年有余,现已无法磨面,里面爬满了野葡萄藤、苔藓、迷迭香和缠在风车上的一堆叫不上名字的绿色藤蔓植物。

"尽管磨坊破旧如此,而且风车转轮也折损,砖缝里尽是荒草,都德先生仍表示他对这座可以激发他诗作灵感的磨坊十分满意,自愿将其买下,并承担一切风险,即使将来需要整修也绝不劳烦卖主。

"此次出售为房屋整体出售,售价由双方商定,诗人都德先生已将房屋款项如数交付房产事务所,米蒂菲奥先生亦已立即在公证人的见证和签字下领取了该款项，另有收据为证。

"该笔交易在邦佩里古斯特房产事务所进行，由奥诺哈先生主持，短笛手法朗赛·玛玛依和加尔默罗会执事路易塞出席见证。

"以上人士连同买卖双方均已在合约上签字，并由公证人宣读生效……"

安居

大吃一惊的是兔子们……它们看到的一直是磨坊紧闭的大门还有爬满野草的墙壁和地面,久而久之便断定磨坊主一家已经绝迹,这里是特意为它们准备的大本营和军事指挥中心,这是兔子们的杰曼柏斯战役①磨坊指挥中心……毫不夸张,我到这儿的那个晚上看到了不下二十只兔子正围坐成一圈,伸着爪子晒月亮……大门被"吱扭"一下推开条缝儿的刹那,这些值夜的哨兵们便"唰"的一声撅起雪白的屁股、翘着尾巴逃进了矮树林。真希望它们还能再回来。

看到我之后更为吃惊的是磨坊里资历最老的房客,一只阴森孤僻的猫头鹰。这个长着一副思想家面容的家伙已经在此定居二十余年。我发现它的时候,它正一动不动地站在磨坊顶层的轴承上。它瞪圆眼睛盯着我看了几秒钟,猛然发现不认识这个人,于是就一边"呜呜"惊叫,一边吃力地拍打满是尘土的翅膀,这群从不清洗羽毛的家伙们……算了吧!虽然这位房客有点脏,但它忽闪的大眼睛和沉着冷静的面庞还是蛮招人喜欢的,所以新主人,也就是我,毫不犹豫地决定和它续约了。从此,思想者可以继续合法占用磨坊顶层及附属天井,而新主人的房间则

---

① 杰曼柏斯战役:1792 年 11 月的杰曼柏斯战役,法军战胜奥地利军队,使得法国占领比利时。

位于磨坊底层一间像修道院食堂一样涂着白灰的穹顶小矮屋。

我在我的磨坊里给你们写信,敞开屋门,迎进了一片阳光。

日光透过松树林细密的针叶洒向山谷,叶尖的阳光像一颗颗闪耀的星星。地平线上,阿尔皮勒山正展示着它秀美的脊背。周围静极了,只有伸长耳朵才能勉强辨别出远处时断时续的牧笛声、骡铃声和杓橘鸟在薰衣草丛中的欢叫声。普罗旺斯的美景就是要有阳光的相伴才算地道。

朋友们啊,你们说我怎么可能会因为离开吵闹黑暗的巴黎而后悔呢?我在我的磨坊里是多么惬意!这里是我梦寐以求的桃源,它馥郁芬芳、热情爽朗,没有报纸新闻、没有出租马车、没有毒气雾霾……周围只有美好的事物!虽然才刚刚度过短短八天,但我的脑海里已经塞满了感触和回忆……这不,昨天我就目睹了牲畜群回归农场的壮观景象,那样的经历无论拿多少张巴黎的首演票我也舍不得换。不信你们听听。

普罗旺斯的农场有个惯例,那就是当夏天来临时,牧民们会把牲畜赶上阿尔皮勒山,人和牲畜一同以星空为庐,与牧草为伴,在山顶待

上五到六个月；当秋天的第一阵寒风吹来，牧民们便赶着牲畜返回山下的农场。此时，小山丘上的青草正肥、迷迭香花开得正旺，牛羊们可以继续悠闲地享用山下的盛宴……昨晚，恰巧就是牲畜归田之日。农场的栅栏门早就敞开了，羊圈里也已经铺满了新鲜的麦秸。家里人不停地念叨着："现在应该到埃居里耶了，这会儿该到帕拉顿了。"临近傍晚时，突然传来一阵惊呼："到了，到了！"可不，远处夕阳的余晖下闪着飞扬的尘土形成的光晕，牲畜群正踏着这光晕朝农场走来，整条路似乎都在随着它们移动……打头阵的是公羊，它们个个伸着犄角，野性十足；跟在后面的是绵羊群，带着羊羔的母羊们神情略显疲惫，小羊羔在母亲的脚下跌跌撞撞地朝前走；脖系红色绒球、肩扛箩筐的骡子们尽职尽责地背着摇篮里刚出生一天的羊崽儿；负责断后的是吐着长舌头大汗淋漓的牧羊犬和两个穿着橘红色大袍子、一脸淘气样儿的牧羊人，他们的袍子简直就是拖地的斗篷。

队伍欢快地接受着家里人的检阅，然后便一股脑儿地涌进农场的栅栏门，那噼里啪啦的脚步声犹如疾风骤雨一般……家里的守候者们别提多兴奋了。站在栖架上绿色和金色的两只胖孔雀认出了归来的"老友"，双双竖起头翎，唱起欢迎的凯歌。鸡舍里原本已经昏昏欲睡的家禽们瞬间清醒了，鸽子、鸭子、火鸡、珠鸡纷纷起床，棚里顿时叽喳成一片，大有聊个通宵之意……家里人说，是绵羊们把阿尔皮勒山上的野性味儿夹在毛里带了回来，鲜活的气息让整个农场都兴奋得手舞足蹈。

就这样，牲畜们热热闹闹地回到了自己的窝儿，还有什么能比回家更美的呢？老公羊们看到秣槽的刹那，心立刻变得柔软起来；在山上出生的小羊羔们是第一次回家，它们惊奇地打量着周围的一切。

最让人感动的是勇敢的牧羊犬，它们目不转睛地盯着牲畜群，一直在队伍后方忙来忙去。守家的同伴们跟它们打招呼它们也顾不得理睬，水桶里飘着清香的新鲜井水也不足以令它们分心，在所有牲畜回圈之前、在农场栅栏门上锁之前、在主人们入席吃饭之前，它们什么都不会去听、什么都不会去看。待一切停当后，牧羊犬们才心满意足地回到自己的窝里，一边舔着饭盆里的浓汤，一边向家里同伴们讲述山上的故事，那是一个很可怕的世界，不但有狼，还有满是露水、高大紫红的洋地黄……

博凯尔①的公共马车

事情发生在我刚到这儿的那天。我乘坐了一辆博凯尔的公共马车,马车又旧又破,当晚其实也没走多远的路,但是马车却一直在慢慢悠悠、吱吱呀呀地晃荡,硬要摆出一副历尽千山万水的样子。除了车夫以外,车上一共有五名乘客。

首先是一个卡马尔格的守门人,他身材矮胖、毛发旺盛、大圆眼里布满血丝、耳朵上戴着银耳环,总之,浑身上下散发着一股野兽味儿。接着是两个博凯尔人,一个是面包店老板,一个是他的和面师傅,两个人满脸红光、气喘吁吁,长相不错,和古罗马奖章上维特利乌斯大帝的肖像有几分相像。最后,是一个坐在车夫旁边的男人……不,应该说是一顶鸭舌帽,一顶一语不发、只忧郁地盯着路面看的兔皮大鸭舌帽。

车上的乘客相互认识,他们毫无顾忌地大声讲着各自的麻烦事儿。卡马尔格的守门人说他刚从尼姆回来,因为用草叉捅伤了一个羊倌而被预审法官传唤了一趟。卡马尔格人的脾气够粗暴……不过博凯尔人的脾气似乎也好不到哪儿去!真不知道车上的这两位会不会因为童贞圣母问

---

① 博凯尔:法国南部加尔省的一处城镇。

题的争吵而去掐断对方的脖子？听其意思，面包店老板所在的堂区很早之前就开始信奉圣母马利亚了，推崇的是怀抱圣子的圣母像，普罗旺斯当地人管圣母叫作"好妈妈"；而和面师傅则正好相反，是一座新教堂的唱诗班成员，信奉的是无玷始胎圣母，推崇面带微笑、双臂下垂、双手散发出光芒的圣母像。两人的争吵便从这两幅圣母像开始，大家真该瞧瞧这两个天主教徒是如何对待他们的圣母和教内弟兄的：

"挺漂亮的呀，你们的无玷始胎圣母！"

"带着你的'好妈妈'滚开吧!"

"你们的童贞圣母在巴勒斯坦真没什么可光彩的!"

"呸!你们的好,丑八怪!谁知道她到底做过些什么……还是去问问圣约瑟夫吧!"

自以为身在那不勒斯港的两个人就差动刀子了,我保证,如果车夫没有插话进来的话,两个人的神学之争最后就要以兵刃相见结束了。

"能不能让我们和你们的圣母安静会儿啊,"车夫笑着对两个博凯尔人说,"那都是女人们的事儿,男人瞎掺和什么呀。"

车夫脸上挂了丝迟疑的神情,打了声响鞭,似乎在等待大家赞同他的想法。

争论结束了,可面包店老板的话头才刚刚打开而已,急于发泄的他把目光转向了可怜的鸭舌帽,那个坐在角落里一言不发的忧郁男人。面包店老板的脸上挂上了嘲弄的表情:

"嘿,磨刀的,你老婆呢?……她是哪个教区的?"

完全有理由相信,这句话里有着某种引人发笑的言外之意,要不然为什么话音刚落,车上的人就笑成了一片……磨刀人没有笑,像没听见一样。看到这情形,面包店老板又转向我:

"您不知道他老婆吧,先生?那可是个顶有意思的教民!博凯尔再也找不出第二个像她一样的女人了。"

笑声更大了。磨刀人没有动弹,只是低着头小声说:"闭嘴,做面包的!"

但可恶的面包店老板并没有停下的意思,反而变本加厉:

"我的天啊!不过老兄只有这么一个媳妇儿也没什么可值得同情的……因为一点都不会烦啊……您想想吧!一个每隔半年就让自己被拐走一次的美人儿,哪次回来还没点新鲜事儿要讲?所以也不吃亏,谁让这俩人一样奇怪呢……您能想象吗,先生,这两口子刚结婚没一年,您猜怎么着!女人就跟着一个卖巧克力的跑去西班牙了。

"男人自己在家里又是痛哭,又是酗酒……就和疯了一样。可是没过多久，美人儿就回来了，一身西班牙人打扮，还带回一只系着铃铛的小鼓。乡亲们看见她都劝她：

"'赶紧躲起来吧，不然你男人会杀了你的。'

"哎哟，还杀了她呢……人家两口子居然不声不响地和好了，老婆还教老公打那小鼓呢。"

又是一阵哄笑。磨刀人依旧坐在角落里没抬头，只是再一次低声说："闭嘴吧，做面包的。"

面包店老板根本没在意，继续说道："先生，您可能会想，那美人儿回来后该安分守己了吧……咳！才不呢……看老公这么好说话，女人就又萌生了逃跑的念头……继西班牙之后，是一个军官，然后是一个罗纳河上跑船的船员，再然后是一个音乐家，再然后是……谁知道还有谁！值得庆幸的是，每次都会上演同一出喜剧。女人跑了，男人哭了；女人回来了，男人安慰了。人们总是把她从他身边抢走，他又总是失而复得……现在，您可见识到这位丈夫是多么有耐心了吧！不过确实得承认，磨刀家的女人是真真儿的漂亮……像只小红雀，活泼、娇美、身材匀称、皮肤还白，浅褐色的眼睛总是笑眯眯地盯着男人们看。不骗您，我的巴黎朋友，如果您再来博凯尔见到她的话……"

"噢，做面包的，求你闭嘴吧……"可怜的磨刀人再次用令人心碎的声音央求道。

就在这时，马车停了。盎格罗尔农场到了，两个博凯尔人该下车了。我发誓，我一丁点儿都不想挽留他们……这个爱戏弄人的面包店老板！他走进农场院子之后都还能听见那里边的笑声。

乘客们陆续下车，马车里空了许多。卡马尔格的守门人在阿尔勒下车后，车夫也跳下车牵着马走起来……车厢里就剩下我和磨刀人，我们各自守着各自的角落，没有说话。天很热，马车顶棚的皮垫发出一股焦味儿。我感觉眼皮一阵阵地发沉，头也越来越重，但怎么都睡不着，耳朵边一直回响着那句"求你闭嘴吧"，那么轻，那么让人心痛……可怜的磨刀人也一样，一样睡不着。从背后，我看到他宽阔的肩膀在颤抖,他的手,一双老人一样苍白粗糙的手,也在扶着椅背颤抖。他哭了……

"到站了,巴黎老兄!"车夫突然冲我喊道。顺着他的皮鞭,我看到了我青翠的小山丘和山丘上像大蝴蝶一样矗立的磨坊。

我赶忙下车。经过磨刀人身旁时,我试图看向鸭舌帽下的脸,我想在离开前看看他。不幸的磨刀人似乎读懂了我的心思,倏地抬起头,迎上了我的目光:

"好好看清我吧,朋友。"他用低沉的声音对我说,"如果哪天您听说博凯尔发生了一起惨案,您可以说,您认识作案的那个人。"

那是一张暗淡无光、忧伤的面庞,那双眼睛像吹熄的蜡烛。他眼里噙着泪,声音里却含着仇恨。那仇恨,是弱者的愤怒……若此刻我是磨刀人的妻子,则一定要当心了……

科尔尼耶老板的秘密

法朗赛·玛玛依是位老短笛手,晚上经常来磨坊找我聊天,他一边喝烧酒,一边讲着村里的事儿,其中一个悲伤的故事就发生在二十年前我的磨坊里。老人的讲述非常动人,所以我想,不如就向你们复述一遍当日的听闻吧。

亲爱的读者朋友们,请暂且假设你们坐在一坛飘香的老酒前,一位年迈的短笛手正向你们娓娓道来……

我的先生,我们村儿可不是一直像现在这样死气沉沉、单调乏味。过去,这儿的磨坊业兴盛得很,方圆十里的农场都要驮着麦子来我们村子磨面……村周围的小山丘上布满了风磨,环视一周,透过松树顶看到的尽是在密史脱拉风吹拂下转动的风车。排成长队的驴子驮着口袋顺着山路跑上跑下,每天最开心的就是站在山头上听热闹的鞭子声、风帆的噼啪声和帮工们赶驴推磨的"喏——驾"声……一到星期日,我们一大伙人就会凑到磨坊里聚会,山上的磨坊主们会准备好麝香葡萄酒。磨坊家的女人们个个都美得像女王,尤其是戴上花边头巾和金十字架项链的时候。我呢,就会带上我的短笛,大家围在一起跳法兰多拉舞,一直跳到深夜。那些磨坊,您应该能想象到,就是我们村子的快乐和财富。

可惜,巴黎人来了,他们要在达拉斯贡的公路旁建一座蒸汽面粉厂,一座漂亮的、全新的面粉厂!人们开始习惯于把麦子送到面粉厂磨面,可怜的风磨坊失去了活儿计。有一段时间,磨坊主们也抗争过,无奈,蒸汽的力量太强大,磨坊一个个地……唉,可怜哪!一个个地关了门儿……再也没有成队的驴子了……美丽的磨坊女们卖掉了金十字架项链……再也没有麝香葡萄酒,再也没有法兰多拉舞了!……密史脱拉风还在吹,风车却不转了……终于有一天,镇上下令拆掉废弃的磨坊,腾出地儿种葡萄和橄榄。

不过,在磨坊业遭遇灭顶之灾时,有一座磨坊坚持了下来,风车站在小山丘上正对着面粉厂倔强地转着。这就是科尔尼耶老板的磨坊,也就是咱们现在聊天的地方。

科尔尼耶老板可是位老磨坊主,跟面粉打了六十多年交道,当时的境遇让他生气极了,新建的面粉厂简直把他逼成了疯子。连续八天,他每天在村子里东奔西跑,纠集起一堆人围在他身旁,然后声嘶力竭地喊着说,外人要利用面粉厂的白面控制普罗旺斯。"千万别去面粉厂,"他说,"那些强盗们为了赚钱居然使用蒸汽,那是魔鬼的发明啊!而我的磨坊,靠的是密史脱拉风和来自地中海的西北风,是上帝的呼吸啊……"科尔尼耶老板找到了许许多多像这样赞美风磨的动听言辞,可惜没有人听。

大怒之下,老头儿把自己关进了磨坊,一个人像只怕人的野兽般生活起来。他甚至连十五岁的小孙女维威特都不想留在身边。父母双亡后,小维威特在世上就只有爷爷一个亲人了,但是可怜的小姑娘却不得不开始独自为生计奔波,去各个农场当雇工,收麦、养蚕、种橄榄。不过,祖父看起来还是很疼爱这个小孙女的。他经常顶着大太阳走上四里路去农场看望她,当他坐在她身边时,他什么也不说,只是看着她流泪,一哭就是几个小时……

村里人都猜测说老磨坊主打发走小孙女是出于吝啬,可是这样让自己的孙女在一个又一个农场上打工,忍受农场主的粗暴、历经身为一个仆从的苦难,也不会给他的脸上添一点光啊。一直备受尊重的科尔尼耶老板变得越来越让人瞧不起，他光着脚，戴着满是窟窿的破帽子，穿着快碎成片儿的衣裳，走在街上像个流浪汉一样……星期天做礼拜时，看着他那个样子走进教堂，我们这些老人们真为他感到羞愧。科尔尼耶自己怎能感觉不到呢？所以他再也不敢坐回原来堂区财产管理委员的位子，而是一直躲在教堂最后面的圣水缸旁，和一堆穷人为伴。

科尔尼耶老板的生活中有几件事儿乡亲们一直没搞明白。村里人好久都没往他的磨坊里送过麦子了，可是磨坊的风车却从来没停歇过……一到晚上，人们总能在路上遇见赶着毛驴、驮着面粉口袋的老磨坊主。

"科尔尼耶老板，又运面粉呢！"村民们大声问道，"怎么样，磨坊的生意一直不错吧？"

"一直不错，我的孩子们，"老人快活地回答，"上帝保佑，磨坊一直不缺活儿。"

然而当人们问他这么多生意是从哪儿来的时候，他却把手放在了嘴唇上，严肃地说："嘘！我是在做外销……"到此结束，其他什么都别想问出来。

想去磨坊里一探究竟？更是没门儿！连小维威特都进不去，何况别人……

路过磨坊时，大门永远是紧闭的，大风车一直在转，老毛驴在院子里吃草，一只卧在窗台上晒太阳的大瘦猫恶狠狠地盯向窥探者。

神秘的一切成为人们乐此不疲的谈资。每个人都在用自己的方式解读科尔尼耶老板的秘密，但有一种共同的说法，那就是科尔尼耶老板的磨坊里藏着比面粉还多的钱币。

过了很久，真相终于大白了。

一天，年轻人们踏着我的笛声跳舞时，我发现自己的大儿子和小维威特恋爱了。说实话，当时我一点都没生气，因为毕竟科尔尼耶是我们这儿很受尊重的姓氏，而且维威特这只漂亮的小麻雀能在家里经常出现也确实挺让人开心的。只是，两个小情侣天天腻在一起难免会出问题，所以我想还是趁早把事儿办了为好。于是我就爬上山，去磨坊里和闺女的爷爷提亲……哎哟喂！那个老鬼！您真该瞧瞧他是怎么接待我的！人家根本就没给咱开门。我透过锁眼费劲地解释着来意，那只臭猫还一直像个魔鬼一样在我头顶乱叫。

老家伙没等我把话说完就极不厚道地冲我吼，说让我回家吹笛子去，就好像我有多着急给儿子找媳妇儿似的。要说找儿媳妇儿，我大可以去面粉厂挑……您应该能理解，听到这些狠话，我的血噌噌地往头顶冒，还好理智让我控制住了自己。让老疯子守着他的磨盘吧，我要马上回家告诉孩子们我有多失望……两个可怜的小羊羔不敢相信，他们央求我再给他们一次机会，让他们两个人一起去磨坊再跟爷爷谈谈……我不忍拒绝，去就去吧。一对小情侣就这样上了山。

他们到磨坊时，科尔尼耶老板碰巧刚刚离开。门被上了两道锁，但老头儿走的时候忘了把梯子收起来，两个孩子立马决定翻窗进去，看看这著名的磨坊里到底藏着些什么……

奇怪的事儿来了！磨面的房间是空的……找不到一只口袋、一颗麦粒儿，墙上甚至蜘蛛网上都看不到一丁点面粉渣儿……更别提麦粒被碾碎后的那股香气了……风车轴上落满了灰尘，那只大瘦猫正卧在上面睡觉。

楼下的房间同样一副废弃的样子：一张破床，几件烂衣裳，楼梯上扔着一块面包，墙角堆着三四只裂开的口袋，冒出了装在里面的石灰渣和白灰。

这就是科尔尼耶老板的秘密！原来他每天晚上运的就是这些石灰渣，他要用这种方式挽回磨坊的颜面，让人们以为磨坊里还在磨面……可怜的磨坊！可怜的老科尔尼耶！蒸汽面粉厂早就抢走了他的最后一笔生意。风车一直在转，可磨盘却是空的。

孩子们哭着回来了，跟我讲他们看到的一切，我的心像被撕裂了一样……事不宜迟，我奔向左邻右舍三言两语地告诉他们这个消息，大家一致认为现在最应该做的就是把各家剩下的麦子运去科尔尼耶的磨坊……说做就做！整个村子的人都上路了，山上再次排满了一长队驮着

麦子的毛驴——那是真正的麦子!

磨坊门大开着……科尔尼耶老板正坐在门前的石灰口袋上双手抱头哭泣。他回来后发现自己离开时有人闯进了磨坊,看到了自己凄惨的秘密。

"我好可怜啊!"他说,"现在我只能去死了……磨坊的脸都让我丢尽了。"

他撕心裂肺地放声痛哭,不停地呼喊着磨坊的名字,就好像是在对一个活生生的人诉说一样。

就在这时,驮麦的驴子来了,人们像过去一样大声喊着:"嗨!磨坊到了!……嗨!科尔尼耶老板!"

门口堆满了布袋,黄澄澄的麦粒撒得满地都是……

科尔尼耶老板瞪大了眼睛,他把麦粒捧在苍老的手心,一边哭,一边笑:

"这是麦子啊!……上帝啊!这是麦子啊!……让我,让我好好看看它们吧!"

接着,他转向我们:

"啊!我就知道你们会回来……所有的面粉厂都是强盗。"

我们打算把他抬起来庆祝风磨的胜利,他却说:"不,不,孩子们,我得赶紧喂喂我的磨……它太久没吃过东西了!"

看着老人在磨坊里东奔西跑,这边捅破盛麦子的口袋,那边盯着磨盘,大家眼里都不禁噙满了泪水,碾碎的麦粒腾起细细的粉末,飘向天花板。

结局对我们是公平的:从那天起,我们再也没有让老磨坊主断过生意。一天早上,科尔尼耶老板去世了,村里最后一座磨坊的风车也停了,这回,永远地停了……科尔尼耶老板不在了,再没有人接他的班了。还能怎样呢,先生!……这世上所有的事儿都得有个了结,不是吗!不得不承认,风磨时代已经过去了,就像罗纳河上马拉的驳船、大革命前的最高法院和花团锦簇的男士礼服一样,都过去了。

 # 赛甘先生的山羊
——写给巴黎的抒情诗人皮埃尔·格莱格瓦尔先生

若干年后你肯定还是老样子,我可怜的格莱格瓦尔!

什么!巴黎某著名报刊为你提供了一个专栏作家的职位,你居然想都没想就拒绝了……好好看看你是谁吧,你这个倒霉蛋儿!看你那件满是窟窿的褂子还有那条破烂不堪的裤子吧,面黄肌瘦的一副可怜相!瞧吧,这就是你痴迷于诗歌的代价,这就是你十几年来忠心侍奉阿波罗殿下得到的报答!落得如此下场,难道你一点都不感到羞愧吗?

笨蛋!赶紧去当你的专栏作家吧!接了这份差事,还用发愁挣不到钱?还用发愁得不到布雷邦府家宴的入场券?还用发愁不能在首演式上抛头露面?还用发愁换不起帽子上的羽毛?一切就都解决了……

什么?你还是不想干?你不想被束缚,还想这么一直随心所欲下去……好吧好吧,那你就听听《赛甘先生的山羊》这段故事吧,看看向往自由最终换来的到底是什么。

赛甘先生养山羊从来没有交到过什么好运气。

山羊们总是用同一种方式弃他而去:某一天早上,山羊扯断了绳索,跑到山里面,然后被山里的狼吃掉。无论主人如何怜爱地抚摸它

们，无论山里的野狼多么恐怖，山羊们就是那么义无反顾地要走。赛甘先生养的山羊好像个个都是受不得一点束缚的斗士，都要不惜一切代价地追求宽广自由的天空。

老实的赛甘先生一点都不了解山羊们的脾气，他沮丧极了，说："唉，完了！山羊们一住进我们家就烦，看来我是一只都养不住了！"

沮丧归沮丧，赛甘先生仍然没有放弃，前前后后丢了六只羊之后，他又买来了第七只。这次，他要从羊羔养起，为的是让山羊从小就开始适应家里的生活。

噢，格莱格瓦尔，你不知道赛甘先生的这第七只小羊有多么漂亮！它的眼睛温柔明亮，它的胡须像英姿飒爽的士官，它的蹄子乌黑发亮，它的犄角布满匀称的纹理，它雪白的毛发像贵妇的披肩……这绝对是一只可以和艾丝美拉达的小羊媲美的山羊，你能想象出来了吧，格莱格瓦尔？小山羊不但长得美，脾气也好，主人挤奶的时候它总是温顺地站着一动不动，从来不会把蹄子踏进奶桶。多么招人喜欢的小山羊啊！

赛甘先生的房子后面有一个四周种着山楂树的园子,他决定就在这园子里为小羊安家。赛甘先生在青草最肥沃的地方钉了根木桩,然后在木桩上系了根绳子,绳子很松很长,能够确保小羊享受到充足的活动空间。赛甘先生还时不时地来看望小羊,小羊感到很幸福,每天快乐地吃草。看到这些,赛甘先生也是喜笑颜开。

"终于有山羊喜欢待在我家了!"可怜的老实人心里想。

赛甘先生错了,这只乖巧的小山羊也终有厌倦的一天。

小山羊仰望着高山寻思:

"要是能生活在山里该多好!没有脖子上这条该死的绳子的束缚,可以自由自在地在欧石楠丛里跳跃,多好!牛呀、驴呀什么的可能觉得在园子里吃草就已经很幸福了,但是山羊不一样,山羊需要更广阔的天地……"

从那天起,园子里的青草在小山羊嘴里变得没了滋味,它开始厌倦这里的生活,一天天消瘦起来,奶水也越来越少。它每天都张着鼻孔、拖着长音,面向大山咩咩哀鸣,样子真让人心疼。

赛甘先生觉察到小羊有些不对劲,但又说不清到底是哪儿出了问题……一天早上,他刚刚为小山羊挤完奶,小山羊突然转过身来用羊语对他说:"请听我说,赛甘先生,我在您家待烦了,请放我到大山里吧!"

"噢,天啊!……你,你也要走了!"赛甘先生一阵惊呼,手里的奶桶"啪"的一声掉在了地上。好不容易缓过神后,他坐到了山羊旁边:

"这不是真的,我的白雪,连你也要离开我吗?"

"没错,赛甘先生,您就让我走吧。"白雪回答。

"难道是因为园子里的草不够好吃吗?"

"不,不是的!赛甘先生。"

"那就是我把绳子绑得太紧了?我可以把它再放松一点的!"

"没这个必要,赛甘先生。"

"那究竟是为什么?你想要什么?"

"我想去山里面,赛甘先生。"

"可是，你不知道山里面有野狼吗？如果狼来了你要怎么办？"

"我有犄角，我会用犄角顶它，赛甘先生。"

"狼才不怕你的犄角呢。我原来养的比你还健壮的母山羊都被它们吃了……你还记得去年见过的老雷诺德吗？它能数得上是羊中豪杰了吧，简直和公羊一样又凶又壮。它和野狼鏖战了一夜……可是最终，还不是一样被吃掉了。"

"噢，可怜的雷诺德！……不过，我不怕，赛甘先生，放我到山里去吧。"

"我的天啊！……"赛甘先生说，"他们到底给我的山羊们施了什么魔法呀？为什么又有一只情愿去送死呢……我不能再眼睁睁地看悲剧发生了！你这个小坏蛋，不管你愿不愿意，我都得救你！为了防止你扯断绳子，我要把你关到牲畜棚里，你就在里面老老实实地待着吧。"

于是，赛甘先生把小山羊牵进了漆黑的牲畜棚，然后关紧门，上了两道锁。可惜，他忘了还有窗户。赛甘先生前脚刚走，小山羊后脚就从窗户逃走了……

你在笑吗，格莱格瓦尔？你肯定在笑！我知道你会站在山羊这边，和赛甘先生作对……看看一会儿你还笑不笑吧。

小山羊来到山里后，山里的老老小小都欣喜若狂。老杉树从来没有见过这么漂亮的小羊，大家像恭候高贵的女王般迎接小羊白雪的到来。栗树低低地垂下枝条，轻轻地抚摸它的毛发，路旁的金蝶花为它尽情开放、吐露芬芳，整座大山都在为它欢庆。

格莱格瓦尔，想象一下我们的小羊有多么兴奋快活吧！没有绳索，没有木桩……没有任何东西可以阻止它自由地跳跃、无忧无虑地吃草……山里的青草才是真正的青草呢！不但肥壮味美而且品种丰富，山下园子里的小细草根本就没办法比！还有花儿呢，苗壮的蓝色风铃草、花萼修长的红色洋地黄，漫山遍野都是芳香四溢的野花！……

我们的小山羊早就醉了，它四脚朝天，沿着山坡一滚而下，沾了一身的落叶和野栗子……突然一个鲤鱼打挺，它一跃而起，霍，又昂着头在树林里奔跑起来，一会儿冲上山顶，一会儿奔向谷底，来来回回，上蹿下跳……那欢实劲儿就像赛甘先生家的山羊们都同时被放进了大山一样。

它真是天不怕、地不怕，这个小白雪！

它纵身一跃就跳过了湍急的溪流，蹄下腾起一阵泡沫，打湿了它长长的毛发。全身湿漉漉的白雪找到一块平滑的岩石惬意地躺了下来，让阳光把自己烘干……一次，它无意中跑上了一块高地，嘴里衔着一只金雀花向低处的原野望去，它看到了赛甘先生的房子和房后的花园，它含着泪大笑起来。

"多小啊！"它说，"我为何曾经能忍受在那么狭小的空间里生活呢？"

可怜的小东西！它站在高处就以为自己和世界一样大了……

总之，这一天对于赛甘先生的小山羊来说太美妙了。临近正午时，它仍在左蹦右跳，并且偶遇了一群正在啃食野葡萄藤的岩羚羊。我们白

衣胜雪的小山羊立刻在岩羚羊群中引起一阵小骚动,岩羚羊们纷纷把最好的吃草位置让给它,所有的公羊都使尽浑身解数献上殷勤……别说,还真有那么一个运气不错的小子得到了白雪的青睐,白雪还和那只乌黑发亮的小公羊在树丛中散了好几个小时的步呢!至于小情侣间都说了些什么甜言蜜语,那就只能去问青苔上悄悄流淌的溪水了。

突然,风变凉了,山色渐暗,夜晚降临了……

"天这么快就黑了!"小山羊停下脚步,有点回不过神儿来。

轻雾笼罩了山下的农场,赛甘先生家的园子也渐渐隐匿在雾气之中,隐约可见的只有房顶飘着炊烟的烟囱。听到牧羊人赶着牲畜归去的铃声,小山羊心中一阵惆怅……一只回巢的猎鹰挥着翅膀从它的头顶掠过,它不禁颤抖了起来……紧接着,山里传来阴森的叫声:"呜!……呜!……"

是狼!这个撒了一天欢儿的小家伙终于意识到了危险的存在……就在这时,山下远远地传来了猎号声,那是善良的赛甘先生为解救小山羊所做出的最后一丝努力。

"呜……呜……"狼在叫。

"回来吧……回来吧……"猎号在召唤。

白雪萌生了回去的念头,可是一想到木桩、绳索和园子里的篱笆,它又退缩了,现在的它已经不愿意,也不能够再回到原来的生活了。所以,它选择了留下。

猎号声停了,再也没有响起……

小山羊听到身后树林里有沙沙的响声,它转过身,看见阴影中有两只又短又直的耳朵和一双发着青光的眼睛……没错,是狼!

这只体形庞大的恶魔一动不动地卧在树林里,死死地盯着雪白的小山羊,不停地吞着口水。它知道小山羊已经是自己的囊中之物了,所以并不着急,只等可怜的小东西转过身来才朝小羊龇牙一笑。

"嗨,赛甘先生家的小山羊!"狼伸出它猩红的大舌头舔了舔火绒般的嘴唇。

白雪被吓蒙了……它想起老雷诺德和狼战斗一整夜最终还是被吃

掉的故事，它觉得长痛不如短痛，干脆束手就擒得了。可是转念间，它又改变了主意，它要战斗！它低下头，双角指向野狼，它是赛甘先生家勇敢的山羊……它没有想过要把狼打败，因为历史上根本没有羊打败狼的记录，它只是想试试自己可以撑多久，看看能不能有机会打破老雷诺德的纪录。

恶魔扑了过来，小山羊挥舞着犄角奋力反抗。

啊，多么勇敢的小山羊啊！它一直在抗争，丝毫没有退缩过！不骗你，格莱格瓦尔，小山羊甚至曾十多次地把狼逼得连连后退。短暂的休战期间，小山羊还不忘衔几口青草，然后继续投入战斗……搏斗持续了一整夜。赛甘先生的小山羊时不时地抬头望一望如水的夜空和跳跃的繁星，它想："哦，如果我能坚持到天亮该多好……"

天上的星星一个接一个地熄灭了。白雪一次次加紧犄角的攻势，野狼一次次加紧利齿的攻击……地平线上露出一道微光……山下村子里的公鸡发出新一天的第一声啼鸣。

天终于亮了！可怜的小山羊只等着清晨的来临，它终于可以毫无遗憾地离开了。它瘫倒在地上，雪白的毛发早已被鲜血浸透……

再见吧，格莱格瓦尔！

你听到的这个故事绝非我所杜撰。如果你有机会来普罗旺斯，这里的老乡们也会经常对你讲起这段故事：

赛甘先生的山羊和狼战斗了一整夜，最后，在早晨被狼吃掉了。

你听好了，格莱格瓦尔：

最后，在早晨被狼吃掉了。

繁星
——一个普罗旺斯牧羊人的自述

在吕贝隆山上放牧的日子孤独极了,一连好几个星期都看不见人影,陪在身边的只有我的牧羊犬拉布里和母绵羊们。时不时地,也有来自余尔山的隐士们穿过牧场前去采药,或是面庞乌黑的烧炭翁钻进深山去伐薪烧炭。只不过,他们都是习惯了孤独和沉默的老实人,早已失去与他人交谈的欲望,况且,他们对山下村子里的事情也一无所知。

还好,每隔半个月我就能看到希望,希望就在通往牧场的小路上。远远地传来母骡的脖铃声,看到坡道上来给我送粮食的农场小伙计机灵的小脑袋瓜或是诺拉德大婶的红棕色头巾越来越近、越来越清晰,那一刻的我别提有多开心了!我缠着他们给我讲山下的事儿,谁家孩子洗礼了、谁家儿子娶媳妇了……不过,我最关心的是农场主家千金斯黛法妮小姐的近况。斯黛法妮小姐可是方圆十里最漂亮的姑娘。我总是装作漫不经意地打听她是否又参加了不少宴会,身旁是否又引来了一群献媚的小伙儿。如果他们问起,千金小姐的事儿和我这么一个放羊的穷小子有什么关系,我就会告诉他们我已经二十岁了,斯黛法妮是我这辈子见过最美丽的女人。

有一次恰巧碰到了星期日，粮食来得特别晚。一大早我就安慰自己说："今天有大弥撒，没办法。"临近中午的时候，突然下了一场暴雨，我想这下可完了，路那么泥泞、那么滑，骡子根本没办法上路。大雨连下了三个多小时天空才重新放晴，吕贝隆的山脊在雨水冲刷后变得闪闪发光，林中的树叶滴滴答答地淌着水，经过补给的山溪越发欢快地歌唱起来。就在这时，我听到了骡铃声，和溪水一样欢快，和复活节钟声一样清脆的骡铃声。不过，出现在视野里的既不是小伙计，也不是诺拉德大婶，而是……您猜是谁？……是斯黛法妮小姐！竟然是我们的斯黛法妮小姐！她只身一人，端坐在骡背上的两只箩筐间，雨后清风吹拂下的面庞如玫瑰般红润。

小伙计生病了，诺拉德大婶去孩子家度假了，美丽的斯黛法妮小姐跳下骡背时告诉我原因，而她的迟到是因为迷了路。不过，看她发系飘带、身着花边长裙盛装打扮的样子，我情愿相信她是因为参加舞会耽搁了，而不是在灌木丛中迷了路。噢，多么美丽的姑娘！我的眼睛一刻也移不开，怎么看都看不够。说老实话，这是我第一次离她这么近。往年入冬赶着羊群回农场后，我也会在晚饭时遇到斯黛法妮小姐，她总是打扮得漂漂亮亮，像位高傲的公主一样轻快地穿过大厅，从来不和我们这些下人们说话……而现在，她就在我面前，只属于我一个人，这怎么能不让我飘飘然呢？

斯黛法妮把箩筐里的粮食拿出来之后开始好奇地打量起周围。她轻撩起长裙走进栏圈，想要参观一下我的"卧室"。铺着羊皮的草床、挂在墙上的斗篷、牧杖、火镰，房间里的一切都令她感到新奇又有趣。

"那，你就住在这里喽，可怜的牧羊人？一个人的日子肯定很难熬吧！你平常都做些什么，想些什么呢？……"

我多么想回答："想您，我的小姐！"我不想说谎。可是我太激动了，激动得竟说不出一句话。我敢肯定她已经看出了我的窘迫，但这个机灵的小坏蛋硬是要害我窘上加窘。

"那你的女朋友呢？她会常来看你吗？……你的女朋友一定就是传

说中的金山羊,或者是在山巅飞舞的仙女艾斯黛拉……"

她不知道,她说这话时的样子像极了仙女艾斯黛拉。她回眸浅笑,随即便转身欲离去,难道不正是惊鸿一现的仙子吗。

"再见了,牧羊人。"

"再见,我的小姐。"

斯黛法妮走了,带着两只空箩筐。

她一点点地消失在山路尽头,骡子蹄下的小石子一颗颗地砸向我的心。我站在路边全神贯注地听了好久好久,直至夕阳西沉仍一动不敢动,生怕稍有动作就会从美梦中清醒。天黑了,山谷变成了深蓝色,羊群咩咩叫着挤进了羊圈。就在这时,我听到山坡下有人在叫我,是斯黛法妮小姐!她不再像先前那般笑容满面,而是全身湿漉漉的,又冷又怕,不停地在发抖。看来她是在回去的路上遇到了大雨后暴涨的索尔格河,渡河时险些溺水。最可怕的是时辰已晚,我们的小姐不可能再独自摸黑回农场,而我也不可能离开羊群送她回去。不得不留在山上过夜的现实令她十分不安,而我只能尽力安慰:

"不用太害怕,小姐。七月份的夜晚很短的,一下子就过去了。"

我赶忙生起一堆篝火,让她烤干被河水

浸透的长裙和双脚，接着为她端来了牛奶和奶酪。可是这个小可怜根本就没有心思烤火和吃饭，硕大的泪珠儿不停地在眼眶里打转。看着她这个样子，我也忍不住想哭。

夜晚彻底来临了，只余一丝若隐若现的微光还在远处的山脊上挣扎。我把美丽的小姐请进我的"卧室"，在草床上铺好干燥的麦秸和崭新的羊皮，然后对她说了声"晚安"便独自走出"卧室"，守在房门外……苍天做证，虽然爱的火焰让我热血沸腾，但我真的不曾萌生一丁点出格的想法。我自豪极了，因为栏圈的一个角落吸引着所有羊儿们好奇的目光，那里安睡着主人家的千金，她像一只最洁白、最珍贵的绵羊，今夜的安危交由我来保护。夜空从未像今日一样深邃，繁星从未像今夜一样明亮……

忽然，栏圈的栅栏门被"吱扭"一声推开，美丽的斯黛法妮出现在我面前。羊儿们反刍青草的声音和睡梦中无意识的叫声吵得她无法入眠，所以她情愿守着屋外的火堆坐上一夜。我把自己身上披的羊皮搭到她的肩上，往火堆里又添了几把干柴，我们就这样挨着彼此安安静静地坐着。

如果您也曾有过在星空下过夜的经历，那您一定知道，当人们睡去时，恰有一个神秘的世界正在悄悄地苏醒。那时，河水的歌声变得更加清脆，池塘上时不时地闪现微光，山间的精灵开始自由地奔跑，空气中传来似真似幻的沙沙声，那是树枝在拔节，是青草在抽芽。白天，是生物的世界，夜晚，则是无生物的世界。当然，这些对于一个从来没有在野外过夜经验的人来说，确实有些恐怖……瞧，我们的大小姐就在发抖，她抱着肩一声不吭地朝我这边挪了挪。有一次，微微发光的池塘传来一阵叫声，那声音悠长又哀伤，不停地在我们耳边回荡，就在同一时间，一颗美丽的流星划过夜空，坠落在池塘的方向，似乎是那呜咽声的伴侣。

"那是什么？"斯黛法妮轻声问。

"是去往天堂的灵魂，小姐。"我在胸前画了个"十"字。

她也学着我的样子画了个"十"字，然后仰着头沉思了几分钟，

对我说:"难道是真的吗?你们牧羊人都懂巫术?"

"当然不是,我的小姐!我们长年生活在山上,离星星最近,所以就比山下的你们了解得多一些罢了。"

她仍旧仰着头,双手托着下巴,肩上裹着羊皮,像极了牧羊的仙子。

"夜空原来是这样的!多美啊!我从来没有见过这么多星星……你知道它们的名字吗,牧童?"

"当然,小姐……瞧!咱们头顶上的这条河叫'圣雅克之路',也就是银河,它从法国通往西班牙,是英勇的查理曼大帝当年和阿拉伯人打仗时,加里斯的圣雅克为了给查理曼指路而在天上画出来的。再远一点的那片星星叫'灵魂之车'(大熊星座),您可以看到它有四根闪闪发光的车轴,最前边的三颗星星是'灵魂之车'的三匹马,三颗星星旁边小一点的那颗就是车夫。您看到流星雨了吗?那些坠落的星星是上帝不愿接纳的灵魂……稍微低一点的是'耙子',也叫'三王星'(猎户座),'三王星'是牧羊人的时钟,嗯,现在的时间应该是子夜刚过。再稍微低一点,一直指向南方的是'米兰的约翰'(天狼星),它非常亮,是群星的火把。关于它,牧羊人中流传着这样一段传说:一天晚上,'米兰的约翰''三王星'和'北斗星'同时受邀去参加一个朋友的订婚礼。'北斗星'是个急性子,早早地就上了路,看到了吗?就是天空尽头的那条路。'三王星'见状也立马动身,抄下边的近路赶上了'北斗星'。'米兰的约翰'是个大懒虫,一觉睡过了,落在最后面。它气急败坏,把手里的棍子狠狠地向前面的两个人掷去。这就是为什么'三王星'还有个别名叫'米兰的约翰的棍子'……不过,这么多星星中最美丽的还要数'牧羊人之星',小姐,它是我们牧羊人的灯塔,清晨赶羊出圈时它为我们指引方向,夜晚放牧归来时它为我们照亮回家的路。我们称它为'玛格洛娜',美丽的'玛格洛娜'总是追赶在'普罗旺斯的皮埃尔'(土星)身后,两人每隔七年就能结一次婚。"

"什么?牧童,星星也能结婚?"

"当然了,我的小姐。"

正当我准备向她描述星星的婚礼时,我突然感到有一股又轻又细的气息落在肩上,那是斯黛法妮波浪般的长发和发间的丝带,她困极了,脑袋沉沉地靠在我的肩头。她就这样一动不动地睡着,直到群星渐渐熄灭,朝阳一点一点从东方升起。而我,就那么看着熟睡的她,心底有过一丝波澜,但清澈如水的夜在我的心里注满了美好的念想,我得到了它圣洁的守护。在我们身旁,星星静静地继续它们的行程,像一群温顺的小羊。我时常这样想象:有一颗最美、最亮的星星走散了,她迷了路,然后落在我的肩头,美美地睡着了……

阿尔勒的姑娘

从磨坊通往村子的山路旁有一座农家院。那是一座典型的普罗旺斯农舍：种着榆树的大院子、涂成红色的屋顶、留着孔隙的棕色院墙、粮仓顶的风向旗、吊磨盘的滑轮、扎成捆的枯黄的干草……

为什么这么一座普通的农舍会让我印象深刻呢？为什么这么一扇紧闭的大门会令我如此揪心呢？我自己也说不清楚，反正它就是能让人直冒冷汗。院子周围安静极了，行人们路过的时候从不说话，珠鸡们走到这儿也是无声无息地四散而逃……院子里更是没有一丝声响！真的，连骡铃声都听不到……如果没有白色的窗帘和屋顶冒出的炊烟，完全有理由相信这是座废弃的宅子。

昨天中午从村里回家时，阳光有些毒，所以我就顺着那座院子的外墙根儿走，借榆树荫遮遮光……农庄前的大路上停着一辆马车，几个雇工正在默默地往车上装干草……院门打开了，我边走边往里瞧了一眼，看到院子顶头的石桌旁坐着一位满头白发的老人，老人的胳膊支在桌上，双手抱着头，身上穿着一件很短的上衣和一条快烂成碎片的短裤……我不由得停下脚步，一名工人低声告诉我："嘘！那位就是这家的主人……自从儿子过世后他就一直这样。"

就在这时，一位妇女带着一个小男孩从我们身边走进农场，两个人都穿着黑色的丧服,手里拿着金色的经书。

工人继续补充道:"这是女主人和他家的小儿子。自从大儿子自杀后,他们每天都要去教堂祷告。唉!先生,多么不幸啊!……父亲每天都穿着儿子的衣服,谁劝都不脱……喏儿!驾!走吧,畜生!"

马车要走了,可是故事才刚听了个开头而已,于是我就问车夫能不能让我陪他走上一段,请他把故事讲完。那天,我坐在马车的干草垛上听完了这段令人悲伤的故事……

他叫约翰,是个非常招人喜欢的年轻人,二十岁的他仪表堂堂、身体健壮,性格像个女孩子般乖巧。因为长相俊俏,所以赢得了不少少女的青睐,可惜约翰早已心有所属。那天,在阿尔勒城的集市上,约翰一眼就爱上了一位衣着华丽、身材娇小的阿尔勒姑娘。不过家里人并不看好约翰的这段感情,因为那姑娘一看就是个招蜂引蝶的主儿,并且她的父母也都不是本地人。约翰不在乎,他认定了这姑娘:"如果你们不让我娶她,我就去死。"

话已至此,家人不得不妥协,答应说秋后就去那姑娘家提亲。

一个星期天的晚上,一家人在农场的院子里吃晚饭,虽然未过门的新娘子没有在场,但一家人仍频频举杯为一对新人祝福,气氛就像婚礼一样热烈……这时,一个男人出现在大门前,他声音颤抖着问能不能和伊斯塔夫庄主单独说两句话。老伊斯塔夫起身走向门外。

"先生,"男人对老伊斯塔夫说,"您真的要让您的儿子娶一个荡妇吗?她是我的情人,我们都在一起两年了。我不是信口胡说,您看看这些信就知道了……我和她的事儿她父母都知道,并且早就许诺说要把女儿嫁给我了。可是自从您的儿子出现后,她和她的父母就翻了脸,不想要我了……不过我相信,一个这样见异思迁的女人将来也不会是个好妻子。"

"很好!"老伊斯塔夫看了一眼那些情书说道,"随我来家里喝杯葡萄酒吧。"

男人回答:"谢谢!不过不必了,我心里很难受,喝不下东西。"

男人说完就走了。

父亲回到饭桌前,没有露出一丝异样的神色。"喜宴"继续在愉快的气氛中结束……

那天晚上,伊斯塔夫庄主约儿子一起去田间散步,两人在外面待了很久,回来时母亲仍在等着。

"老伴儿,"男主人把儿子推到妻子面前说,"抱抱他吧!他太不幸了……"

从此之后,约翰再也没有提起过那位阿尔勒姑娘。可是他心底的爱并没有熄灭,自从父亲告诉他他的姑娘曾属于另外一个男人之后,他发现自己的爱竟比以前更深了。他太骄傲了,骄傲得不敢说出口,他就是被自己的这份骄傲给逼死的,可怜的孩子!……有时,他会整日坐在

角落里一动不动，有时，又像拼了命似的在田里干十来个人的农活……傍晚，他会踏上通往阿尔勒城的路，漫无目的地向前走，直到站在城外，看见夕阳余晖下阿尔勒城尖尖的钟楼后才停下来往回走。

看约翰整日如此孤独忧伤，大伙儿都不知道要怎么办才好，但愿别出什么意外……一天吃饭的时候，母亲满眼泪水地看着儿子，说："约翰啊，如果你还爱她，想娶她，我们可以同意的……"

父亲羞红了脸，低下了头……

约翰摇了摇头，走出了院子……

从那天以后，约翰变了，他每天都装出很快活的样子，好让父母安心。舞会上、酒馆里、节日的聚会上又能经常看到约翰的身影了。那年的丰维叶尔选举庆典上，约翰还当起了法兰多拉舞的领舞。

父亲说："他终于走出来了。"可是母亲还是不放心，变得比以前更加关注儿子的一举一动……约翰和弟弟住在蚕场边的屋子里，可怜的老太太就在儿子们的卧室旁搭了一张床铺住下……她说蚕宝宝们晚上需要她的照料。

圣艾洛瓦节到了，这是农场守护神的节日。

农场上下一片欢腾……新楼里已经备好如泉水般丰沛的烧酒，大家都开怀畅饮。放鞭炮、点烟花、挂彩灯……圣艾洛瓦节万岁！大家尽情地跳着法兰多拉舞，小儿子点鞭炮时甚至烧坏了他的新罩衣……约翰也显得很高兴，还邀请母亲一起跳舞，可怜的老太太终于流下了幸福的眼泪。

午夜时分，人群散了，大家都去睡觉了……唯独约翰一个人没有睡。事后，小儿子说，哥哥那晚一直在哭泣……唉！你们根本不知道他有多痛苦……

第二天，天刚蒙蒙亮，母亲听到有细碎的脚步声穿过房间，她有种不祥的预感："约翰，是你吗？"

约翰没有回答，他已经登上了楼梯。

母亲连忙起身："约翰，你要去哪儿？"

他爬上粮仓顶,母亲也紧跟着上了楼:"儿啊,我的上帝啊!"
他关上门,插上了插销。

"约翰,我的约翰!回答妈妈,你要干什么!"

老太太用一双苍老颤抖的手拼命地找着插销……就在这时,窗户打开了,随即传来一声身体落地的声音,一切,都结束了……

可怜的孩子经常自言自语地说:"我太爱她了……我想一走了之……"唉!我们的心都要碎了!爱情原来真的可以让人不管不顾!……

那天早上,村里人都在奇怪会是谁在伊斯塔夫家的农场里哭得那么撕心裂肺……是她!院子里沾满晨露和鲜血的石桌前,尚未来得及穿衣服的母亲抱着怀中死去的儿子号啕痛哭。

教皇的母骡

普罗旺斯的农民们讲话时总爱引用两三句谚语,其中最生动、最独特的莫过于形容一个人特别记仇时说的那句:"这个人!您可得当心!……他就像教皇的母骡,憋上七年也要报一蹄之仇。"

我花了很长时间去寻找这句谚语的出处,想弄明白教皇的这头母骡和它隐忍了七年的复仇计划到底是怎么一回事。可惜,没有一个人可以为我提供线索,甚至连我亲爱的短笛手法朗赛·玛玛侬都搞不清楚,要知道,他可是这儿的"百事通",对普罗旺斯一带的历史故事了如指掌。法朗赛老爹的想法和我一样,也认为这句谚语背后肯定有段发生在阿维尼翁地区的历史故事,但是除了谚语本身之外,别的他什么都没听说过……

"看来,您只能去知了图书馆碰碰运气了。"老短笛手笑着对我说。

是个好主意!知了图书馆就在磨坊门前,我在里面足足待了八天。那是个相当了不起的图书馆,不仅藏书丰富,而且向诗人昼夜开放,还有铙钹不离手的图书管理员们整日为你奏乐,我在图书馆里度过了非常美妙的几日。经过一个多星期的艰苦搜索,我终于找到了问题的答案,弄清了教皇的母骡和憋了七年的一蹄到底是怎么回事儿。故事虽然有些平淡,但也蛮有意思的。我会努力把它讲得原汁原味,争取让你们也体验到昨天早晨我翻着泛黄的手稿,摸着圣母丝带的书签,嗅着书中隐约的薰衣草香味读故事的感觉。

您要是没有见识过教皇时代的阿维尼翁城,那可真是遗憾。幸福、愉悦、活力、节日,再没有第二个地方能比得上这儿热闹了。鲜花簇拥、彩带飘扬的街道上从早到晚都穿梭着教会的仪仗队和朝圣的人群,红衣主教们从罗纳河乘船而来,他们的双桅战船被装饰得旌旗招展;教皇的禁卫军们在广场上用拉丁文高唱着赞美诗;修行的教士们喋喋不休地背诵着经文;高矮不一的房屋像蜜蜂簇拥着蜂巢一般围绕在教皇的宫殿四周。织女们织祭披的嘀嗒声、银匠们雕圣水壶的叮咚声、乐师们调琴的咝咝声还有整经女工们的圣歌声不绝于耳,当然还有从高处传来的钟声和从桥上传来的手鼓声。我们这儿的人一高兴就必须得跳舞,跳舞呢就需要场地,城里的街道太窄了,根本跳不开法兰多拉舞,所以人群、短笛、手鼓什么的就都聚集到了阿维尼翁城外的桥上,人们迎着罗纳河的清风不停地跳舞……啊! 多么幸福的时光,多么欢乐的城市啊! 武器从来不是用来杀戮的,监狱都拿来当了酒窖,从来没有饥荒,从来没有战争……您看孔达时代的教皇们多么善于管理他们的臣民,他们的臣民又是多么怀念教皇的时代啊! ……

孔达时代,有一位教皇格外受人爱戴,他叫作伯尼法斯,是位非常慈祥的老人。当年他去世时,阿维尼翁的人们都流下了泪水。那是一位值得人尊敬和拥戴的君主,他总是坐在他的母骡上对人微笑,无论你是贫贱的印染工还是高贵的大法官,他都一视同仁,彬彬有礼地为你祝福。他就是普罗旺斯的依佛多教皇,他的笑容里总含着一丝微妙,他的帽子上总插着一支黑角兰,并且他从来不戴金十字架……人们知道,善良的老人拥有的唯一财富就是他的葡萄园,一座位于阿维尼翁城外新宫的香桃木林中由他亲手栽种的葡萄园。

每周日的晚祷一结束,老教皇就要去照料他的园子。他惬意地坐在葡萄藤下享受夕阳,心爱的母骡守在身旁,红衣主教们也各自找棵树桩坐下。然后,老教皇会打开一小瓶自酿的葡萄酒,一边悠然慢酌,一边满眼柔情地欣赏自己的葡萄园。待一瓶美酒饮尽，天色也逐渐暗了下来，老教皇便心满意足地在朝臣们的簇拥下回城，经过阿维尼翁桥时，他备受桥上鼓声和法兰多拉舞的感染，挥舞着帽子打起了鼓点，连他身下的母骡也忍不住踏着节奏改变了步伐。教皇的举动让身后的红衣主教们颇为不满，但却博得了桥上所有民众的欢呼："哦！伟大的君主！哦！英明的教皇！"

除了新宫的葡萄园，教皇最喜爱的就是他的母骡。每天晚上睡觉之前，他都要去马厩里转上一圈，看看秣槽里的草料够不够、厩门有没有锁好，用罢晚膳，他还要盯着仆人们按照法兰西风味为心爱的母骡调制一碗糖分和香料充足的红酒，然后亲自给母骡送去，全然不顾红衣主教们的白眼和指责……不得不说，教皇的这头母骡确实值得上如此精心的照料，它毛色黑亮，间有红斑，臀部宽阔丰满，步伐稳健，绒球、花饰、银铃、丝带，小脑袋上的饰品一应俱全，最重要的是它性格温顺，再配上天真无邪的大眼睛和摇摇摆摆的长耳朵，活像是天使般的孩童。所有阿维尼翁人都很尊重它，当它走在街上时，没有一个人不向它表示友好，因为大家都知道，这是赢得教皇好感的最佳途径。而这只看起来单纯可爱的骡子也确实给不少人带来过好运，狄斯特·维代纳的发迹史就是最好的例证。

这个狄斯特·维代纳用一个词来形容就是"小无赖"。他整日在家里的银器店游手好闲，带得学徒们也不务正业，逼得老爹居里·维代纳实在没办法，只好把他赶出了家门。有大半年的时间，他每天都穿着那件夹克衫在阿维尼翁的下流街区游荡，并且时常出现在教皇宫附近。原来这家伙早就打上了教皇母骡的主意，您可看看他是怎么耍花招的吧……

一天，教皇正独自牵着他的母骡沿宫墙边散步，狄斯特见状立即靠上前去，他双手合十，装出一副无限仰慕的表情说："哦，上帝呀！我伟大的父亲，您有一匹多么了不起的骡子啊！……如果，如果我能再靠近一点看看它……啊！我的教皇，多么漂亮的骡子！……我想，即便是德意志的皇帝也不见得有这么了不起的骡子吧！"狄斯特一边抚摸着

母骡,一边像对一位女士一般温柔地轻声唤着它:"来呀,我的小宝贝,我的小心肝……"善良的教皇感动极了,暗暗寻思:"多么好的孩子呀!……看他对我的骡子多么温柔体贴啊!"

您知道第二天怎么了吗?狄斯特·维代纳脱下了他的黄夹克,换上了一身花边白袍、紫色披肩和一双纽扣皮鞋,他居然加入了儿童唱诗班。这唱诗班可是从来没有招收过除贵族子弟和红衣主教侄儿们之外的儿童,狄斯特·维代纳是头一例……小无赖的诡计得逞了,可是他还不满足……

混到教皇身边之后,狄斯特·维代纳故技重演。他对所有人都蛮横无理,唯独对母骡体贴入微。人们总是能看到他擎着一把燕麦或是一束干草出现在教皇宫里,一边向母骡挥舞手中的粮食,一边看向教皇的阳台,样子像是在说"嗨!看看这是给谁带的好吃的呀?……"一次,两次,次次如此,最后教皇也感觉自己老了,就把照看马厩和给母骡送酒的任务托付给了狄斯特·维代纳。红衣主教们对这样的安排大为不满。

母骡也没开心到哪儿去……自从狄斯特·维代纳接任以来,一到葡萄酒时间,母骡的厩房里就会涌进五六个身着披肩和花边长袍的唱诗班小教士，他们一股脑地钻进草垛，过不了一会儿，厩房里就会弥漫出一阵香料和焦糖的香气。狄斯特·维代纳小心翼翼地捧着法式葡萄酒出现了，母骡遭受的虐待这才正式开始。它最爱的葡萄酒，可以让它保持体温、飘飘欲仙的葡萄酒不但喝不到，狄斯特·维代纳还故意把酒端到食槽前让它闻闻，待到它满鼻子都是酒香、口水直流的时候，那醉人的琼浆却"哗"的一声流进了那群无耻小教士的喉咙……喝干它的酒也就罢了，最可恨的是这群小恶魔们一喝酒就耍酒疯！……一个揪它的耳朵，一个抻他的尾巴，基盖骑到了它的背上，贝吕盖把帽子扣到了它的脑袋上，小浑球们胡作非为的时候谁都没有想到过母骡只需一扭腰、一伸蹄就能把他们送到外太空……哦，才不会呢！教皇的母骡可是头宽宏大量、悲天悯人的骡子，它才不会动不动就发脾气呢……无论孩子们如何胡闹，骡子始终不愠不恼，它只记恨一个人，那个人就是狄斯特·维代纳……这家伙只要一走到它身后，它的蹄子就止不住地发痒，忍不住地想踢上一脚，因为这家伙实在太无耻、手段太卑劣了！有一次，他居然借着酒劲儿对它使出了最恶毒的伎俩！……

您能相信他居然把骡子牵到了教皇宫最高处的钟楼吗？……这是真事儿！几乎全普罗旺斯的人都看到了。想象一下可怜的母骡被蒙着眼睛爬了不知多少级台阶、转了不知多少个弯，然后突然发现自己站在钟楼顶端的平台上，心里有多么的害怕吧。钟楼顶的阳光很刺眼，脚下几百米的地方就是阿维尼翁城，市场的木屋从楼顶看来不过榛子那么大，站在营房前的禁卫军们就像一群红蚂蚁，远处有一条银色的"丝带"，"丝带"上点缀着一座迷你版的小桥，人们在那座小桥上不停地跳着舞……啊！可怜的小东西！站在这么高的地方，它的魂儿都被吓没了！它忍不住一声惊叫，整座教皇宫的窗户都差点被震碎。

"怎么了，怎么了？我的骡子怎么了？"老教皇也惊叫着冲向阳台。

这时狄斯特·维代纳已经站到了院子里，换上了一副痛哭流涕、伤心绝望的嘴脸。

"啊！我慈祥的父亲啊！是，是您的骡子……它……它……上帝啊……我们该怎么办啊！它自己爬到钟楼顶上了……"

"什么？它自个儿爬上去的？？？"

"是啊，我的圣父。它自个儿爬上去的……看！快看！就在楼顶……您看到它的耳朵了吗？……像两只燕子……"

"我的天啊！"可怜的老教皇一看，果不其然……"它疯了吗！它这是要自杀呀……我的小可怜儿，你快下来好不好！"

苍天做证，母骡是真心想平平安安地下去呀……可是从哪儿下去呀？楼梯？噢，算了吧！上楼还好，要是下楼，它就是有一百条腿也不够用的，早就折了……可怜的骡子不知所措地在天台上来回打转儿，满眼冒金星，这时，它想起了罪魁祸首狄斯特·维代纳："这个浑蛋！要是我今儿从这儿下去了……哼，看我明天不踢死你！"

复仇计划让它稍稍平静了一些，否则它真有可能坚持不住……最终，人们成功地把它解救了下来，不过着实费了不少劲。人们先是架起滑轮，绑上绳子和担架，然后把骡子固定到担架上往下运。骡子感到羞愧极了，您想吧，堂堂教皇的母骡竟然在全阿维翁人的注视下像只四脚朝天的乌龟一样被拖了下来，这脸要往哪儿搁！

不幸的家伙彻夜难眠，它总感觉自己还站在那个倒霉的天台上，下面的人都在嘲笑它。接着，它又想起了那个卑鄙无耻的狄斯特·维代纳和明天的复仇行动！哼！等着吧，看我怎么踢你！我保证要让整个庞贝里古斯特地区都看到我踢你时扬起的尘土……骡子在厩房里精心策划送给"老朋友"的"大礼"时，您知道狄斯特·维代纳在干什么吗？他正在教皇的船头引吭高歌，和一群年轻贵族子弟们一起沿罗纳河前往那不勒斯。阿维翁每年都要派一些出身高贵的年轻人去热娜皇后身边学习外交礼仪，狄斯特虽然不是贵族，但是老教皇执意要感谢他对母骡的细心照料以及他在营救母骡时的英勇表现，所以就把这次机会给了他。

第二天，母骡别提有多失望了！

"这个浑蛋！他肯定是预感到要大难临头了！……"母骡愤怒地摇

着脖铃想,"君子报仇,十年不晚。你迟早得回来吧!浑蛋,这一蹄,老娘给你留着呢!……"

于是,母骡就一直保留着这一蹄。

狄斯特离开后,教皇的母骡终于恢复了以前平静的生活。基盖和贝吕盖再也没有出现在厩房里,每天都能喝到法兰西美酒的日子又回来了,母骡的心情也一天天见好,不但中午能安心睡上一大觉,而且经过阿维尼翁桥时又有精神跳加沃特舞步了。不过自从钟楼天台事件后,人们对它便不似先前那般热情了,总有人在路上偷偷指着它窃窃私语,老人们暗暗地摇头,孩子们指着钟楼大笑,就连慈祥的老教皇也不像从前那样信任它了。星期天,老教皇从葡萄园回来的路上想趴在它背上打个盹儿,可是转念一想:"万一我一觉醒来,发现被驮上了钟楼怎么办!"这一切,母骡看在眼里,又不能明说,只得默默忍受。只有当人们提起狄斯特·维代纳这个名字时,母骡才一反常态,不停地抖动它长长的耳朵,一边冷笑,一边在石板上使劲地磨蹄子……

七年过去了,就在第七年年底,狄斯特·维代纳终于从那不勒斯

回来了。其实他在那边的学习还没有结束，但是一听说教皇的首席侍膳官突然离世的消息，他就匆匆忙忙地赶了回来，想要填补这个难得的空缺。

阴谋家狄斯特·维代纳走进教皇宫，站到老教皇面前，老教皇一时没认出来他是谁。他长高了、长壮了，而老教皇却越来越老了，不戴眼镜根本看不清东西。

狄斯特·维代纳一点都不害臊。

"怎么？伟大的圣父，您居然不认识我了？……是我呀，狄斯特·维代纳！……"

"维代纳？……"

"没错，就是我！您肯定还记得原来每天给您的母骡端酒的那个人吧？就是我啊！……"

"噢，想起来了，想起来了……那个乖巧可人的孩子，他叫狄斯特·维代纳！没错！……那你，现在来找我有什么事儿吗？"

"哎，倒是没什么大事儿，我伟大的圣父……我就是想问问……噢，对了，您的母骡它一向可好？……好极了！……我这次来是想向您请求首席侍膳官这个职位的，之前的那位侍膳官大人不是过世了吗。"

"你？首席侍膳官？……你也太年轻了吧！告诉我你多大了？"

"二十岁零两个月，圣明的教皇啊，我刚好比您的骡子大五岁……噢，多么好的一头骡子呀，它真是上帝的杰作！……您不知道我有多么爱它！……我在意大利的时候想它想得厉害呢！……您能准许我再看看它吗？"

"当然可以，我的好孩子，你很快就能见到它了。"老教皇被感动得一塌糊涂，"既然你这么喜欢我的骡子，我又怎么忍心让你们分离呢！我宣布，从今天开始，你就是我的首席侍膳官了……我的那些朝臣们又要嚷嚷了，不管他们！反正我已经习惯了……明天晚祷结束后来我宫里吧，我要当众为你授予爵位和徽章，然后……我就带你去见我的骡子，咱们三个一起去葡萄园……呵呵，就这么定了！走吧孩子……"

狄斯特·维代纳从教皇宫出来后别提有多兴奋了，他迫不及待地盼着明天授职仪式的开始。教皇宫里还有一个人和他一样激动难耐，那就是教皇的母骡！自从维代纳回来后直到第二天的晚祷，这只可怕的畜牲便一直猛吃燕麦，不停地在墙上磨着后蹄，它要好好地为明天的仪式做准备……

第二天晚祷一结束，狄斯特·维代纳就准时出现在了教皇宫的院子里。所有的高级神职人员均已到场：有穿红袍的主教们，有穿黑色天鹅绒的圣列检察官们，有戴小帽的修道院院长们，有圣－阿里科教区的执事们，还有披紫色披肩的唱诗班领队们……低级教士们也全部位列两旁：穿制服的教皇禁卫军、苦修协会的修士、神情粗野的望都山隐士、执铃跟随的小教士、袒胸露背的鞭笞派教徒、穿法官袍的圣器管理员……所有和教会有关的人都来了，甚至连送圣水的、点灯的、熄灯的仆人们也一个不落！……啊！多么盛大的授职仪式啊！钟鼓齐鸣，鞭炮轰响、阳光普照、丝乐悠扬，还有远处阿维尼翁桥上永不停歇的手鼓和舞蹈……

当仪表堂堂、风姿绰约的狄斯特·维代纳出现在众人面前时，人群中立即爆发出一阵啧啧的称赞声，这真是一位英俊的普罗旺斯青年！他满头金发，发梢微卷，颌下的一小撮胡须像是从他父亲的雕刀下削出来的金属薄片般精致。听说热娜皇后曾多次亲手抚摸过这撮金色的胡须，而维代纳先生那目空一切、漫不经心的神情一看就是深得圣宠的人才会有的。授职仪式当天，维代纳为了向自己的祖国致敬，特意把那不勒斯的装扮脱下，换上了一套绣着玫瑰花的普罗旺斯男士礼服，并且在帽子上插了一根长长的白鹨羽毛。

一进场，首席侍膳官便优雅地向众人致敬，继而迈上高高的台阶，台阶上面，教皇已经准备好了他的爵位徽章———只黄杨木汤匙和一身橘黄色的制服。母骡则候在台阶下面，背上已经套好了鞍具，只等仪式一结束就直奔葡萄园……维代纳经过母骡身边时，脸上立刻堆出殷勤的笑容，他稍作停顿，伸出手，友好地在母骡背上轻敲两下，同时用余光观察教皇是否看见了这亲昵的一幕。位置刚刚好！母骡抓准机会，噌地一抬腿，"瞧好吧！你这个浑蛋，强盗！这一脚我可是为你足足留了七年！"

母骡的这一蹄简直太壮观、太可怕了！毫不夸张地说，整个庞贝里古斯特地区都能看到它扬起的尘土。只见一阵黄色的旋风吹过，卷起一片白色的羽毛，而那狄斯特·维代纳早已不知去向！……

要说一般情况下，骡子的蹄子可绝没有这么迅速有力，但您别忘了，这是教皇的骡子，它的这一蹄足足憋了七年……还有比这个更能表现教士们强烈复仇心的故事吗！

桑居奈尔的灯塔

那晚,我彻夜未眠。呼啸的密史脱拉风搅得我整夜都不曾闭上眼睛。磨坊破旧的风车在北风中像船帆一样沉重地摇晃,屋顶的瓦片也被掀得四处翻飞。远处,山丘上浓密的松林在黑暗中起伏摆荡、沙沙作响。这感觉就像是漂在波涛汹涌的大海上一样。

那晚的情景让我不由得回想起三年前在桑居奈尔灯塔上度过的无数个不眠之夜。桑居奈尔灯塔坐落在科西嘉海滨,位于阿雅克肖湾的入口处,它和我的磨坊一样,也是一个可以独处和遐想的理想之地。

请您想象一下,在一个淡红色的原生态海岛尽头,矗立着一座高高的灯塔,陪伴这座灯塔的是位于海岛另一端的一座热那亚式的古炮楼。我寄居在灯塔上的时候,恰巧那座炮楼里也住着一只老鹰。临近海边处有一个已经被荒草占据的废弃的检疫站,除此之外,岛上再无其他建筑物,只剩无数的沟壑、树林和礁石,还有时不时蹿出的几只野山羊以及迎风奔跑的科西嘉小马。海岛的最高点,也就是海鸟们成群盘旋的中心,便是灯塔的小屋,屋子四周有一圈砌着白色围栏的平台,那是守塔人仅有的活动场所。小屋有一扇绿色的拱门,屋顶上方则是砌成多面体的巨型灯室,灯室在阳光的照射下闪闪发光,即便是在白天也始终灯火通明……这就是桑居奈尔岛,那个当我听见磨坊周围松涛怒号时就从回忆中钻出的岛屿，那个在我遇到磨坊之前，当我想呼吸新鲜空气、享受孤独和寂寞时为我提供庇护所的岛屿。

我在岛上都做些什么呢？

没有任何事可做，比现在在磨坊里还悠闲。如果密史脱拉风或者西北风刮得不那么厉害的话，我就会坐到两块快被海水没过的礁石之间，和海鸥、乌鸦、燕子为伴，花上一整天的时间凝视大海，静静地享受那份孤独和寂寞。您一定也体验过这种感觉对吗？什么都不想、什么都不做，整个人都醉了，灵魂飘离了身躯自在地游荡，感觉自己也变成了天空中盘旋的海鸥、海浪中浮动的泡沫、天海交接处邮船上冒出的一股轻烟，感觉自己就是那艘张着红帆的采珠船，是一滴露水，是一抹薄雾，是一切东西，唯独不是自己……哦，我在这岛屿上度过了多少半梦半醒的美妙时光啊！……

刮大风的时候，海边是不能待了，于是我就躲到检疫站的院子里。那个小院儿很是凄凉冷清，弥漫着浓郁的迷迭香气和艾草味儿。我靠着老墙根儿蜷缩成一团，呼吸着毫无人气的味道，注视着阳光下像古墓一样废弃的石屋，任由寂寞侵袭。有时，大门那儿会发出嘭嘭的响声，草丛里似乎有什么东西在跳动……原来是一只和我一样前来避风的山羊在吃草。山羊看到我之后愣了一下神儿，警觉地站着一动不动，它高高昂起犄角，用一种天真稚气的眼神盯着我……

将近五点钟的时候，灯塔的大喇叭响了，是守塔人在召唤我回去吃晚饭。我寻了林间的一条小路，慢慢朝耸立于海面礁石之上的灯塔前行，每走一步都要回头望望阳光下波光粼粼的海面，只觉得视野随着我的步步高升而变得越来越开阔。

灯塔之上的景象亦是十分迷人温馨。漂亮的餐厅铺着理石地板，墙面上镶着橡木，热腾腾的鱼汤摆在餐厅正中，门敞开着，夕阳的余晖越过门外白色的露台洒向屋内，照得屋里红彤彤一片。守塔人都到齐了，就等着我入座开饭呢。这座灯塔上一共有三个守塔人，一个来自马赛，另外两个是科西嘉本地人，三个人都不高，有着一样的络腮胡子和被海风吹得皲裂的古铜色面庞,虽然三个人打扮相似,都穿着羊皮做的短风衣,但脾气秉性可是完全不同。

从他们的生活习惯可以明显感觉到两个民族的差异。马赛人机智灵活,每天都在忙东忙西,手头总有干不完的活儿。他从早到晚地绕着海岛转悠,不是种花钓鱼就是捡海鸥蛋,甚至还躲在树林里伏击野山羊挤羊奶,并且还总能看到他兴致勃勃地捣蒜泥、熬鱼汤。

两个科西嘉人就不一样了,他们自视为国家公职人员,一下班便什么都不管,只顾着钻进厨房玩扑克,除了剪烟叶、装烟斗之外,两人的手就没离开过牌桌……

不过,三个人都是淳朴善良的老实人,都对我这个客人体贴备至,虽然他们内心都觉得我这个客人有点稀奇古怪……

您想想,一个城里人把自己关到这么一座偏僻的灯塔上寻找快乐,多么令人匪夷所思!……对于三个守塔人来说,灯塔上的日子简直难熬得要命,只有回到陆地上度假那才叫幸福……天气好的季节,三个人每月都能轮休一次,在灯塔上值三十天的班,然后就可以回陆地休上十天的假。可是到了冬天和风浪大的季节就享受不到这种待遇了。海风狂啸、海浪翻涌,整个桑居奈尔岛都覆上一层白色的泡沫,守塔人在灯塔上一困就是两三个月,有时还会遇到十分危险的情况。

"先生,给您讲个我亲身经历的事儿吧。"某天吃晚饭的时候,巴尔多利老爹打开了话匣子。"那是五年前的冬天,也是围着这张桌子,我和另外一个守塔人就像咱们今晚这样坐在这儿吃饭。那天灯塔上只有我们两个人值班,我和契戈……其他人不是生病回家就是休假去了,我也记不太清……那顿晚饭吃得很平静,快要吃完的时候,契戈突然停住了,用一种古怪的眼神盯着我,紧接着'扑通'一声,伸直胳膊趴到了桌子上。我赶紧跑过去使劲地摇他,叫'喂,契戈!……醒醒,契戈!……'可是一点反应也没有。他死了……

"您可以想象,当时的我完全被吓傻了!守着他的尸体不知所措地呆坐了一个多小时。猛地,我想起另一件事——灯塔!忘记点灯了!于是我急忙爬上灯室，把灯点燃。天已经完全黑了……多么可怕的夜晚啊，先生！海风比任何时候都狂躁。我总是觉得楼梯口有人在叫我……我开始浑身发烫、嗓子冒烟，可是我不敢下楼……我害怕楼下那具尸体。黎明时分，我终于找回一点勇气，走下楼把契戈抬到了床上，给他盖上一条被单，念了一段祈祷文，然后拉响求救的信号。"无奈海浪太大，警报响了一遍又一遍，始终没有船只靠近……我一个人守着可怜的契戈，不知道还要等上多久……我打算就这么一直陪着他，直到有船来把他运走，可是整整三天过去了，依然看不到任何希望……怎么办？把他抬出去葬掉？岛上的石头太硬了，根本挖不动呀，再加上这里乌鸦这么多，把一个基督徒交给这些东西简直太不人道了。于是我想起检疫站的那间石屋……我花了整整一个下午才把契戈扛到那儿。先生，这可不是件容易的事儿！既需要力气，又需要胆量。不瞒您说，直到现在，碰上刮大风的下午从这个楼梯往下走的时候，我还总感觉有一具尸体压在肩上呢……"

可怜的巴尔多利老爹！他回忆起那段经历额头上就直冒冷汗。

我们的晚餐时间总是在这样的聊天中度过，灯塔、大海、沉船、科西嘉海盗……守塔人脑海中的故事讲也讲不完……等到夕阳西下，值第一个夜班的守塔人便点燃他的灯笼，拿上烟斗、水壶和桑居奈尔灯塔上唯一的藏书———本红色封皮的古代演义，消失在走廊尽头。过不了多大会儿，整座灯塔都会回响起链条绞动的声音，那是刚

上好发条的大钟在嘀嗒地转动。

我会趁着这段时间挪到屋外的平台上。太阳已经挂到天边,像跳水一样越来越快地朝海的另一边坠落,只留一条淡红色的海平线在身后闪耀。海风渐凉,海岛染上了一层蓝紫色。空中一只巨大的鸟儿扇着沉重的翅膀从我身边略过——那是住在热那亚炮楼上的老鹰在还巢……海面上雾气越聚越浓,敲击礁石的海浪越涌越烈,眼前只剩下白茫茫的雾气和白花花的浪花……突然,我的头顶上方射出一道柔和的亮光,灯塔亮了,光芒洒向大海,留下了笼罩在黑暗之中的海岛。那一道道刚刚还拂过我的柔光现在却把我遗弃在了无尽的夜色之中……风更凉了,是时候回屋了。我摸索着关上餐厅的大门,插上插销,然后又摸索着爬上楼梯,铁皮焊的楼梯颤颤巍巍,每爬一步都吱吱作响。终于,我爬上了塔顶的灯室,可算看到了光亮。

灯室里有一只巨大的卡索油灯,油灯有六排灯芯和一个不停转动着的多面体灯罩。灯罩的几个面由水晶透镜制成,另外几个面则是用来挡风的玻璃……走进灯室的刹那,我被晃得一阵眩晕,油灯的铜件、锡件、金属反光镜、凸起的水晶透镜……无不在灯火的照射下闪烁着耀眼的光芒。

慢慢地,眼睛适应了,我一屁股坐到油灯下守塔人的身旁,他正在高声朗读那本古代演义,不为别的,只为提提神,不让自己睡着。

灯室之外,夜深如渊。狂风号叫着拍打灯室的玻璃窗,大海低声地咆哮,整座灯塔似乎都在震颤。海岛顶端的礁石承受着海浪炮轰般的攻击……玻璃窗时不时发出嘭嘭的撞击声,猜想是夜行的鸟儿看到了光亮,却不幸被玻璃窗挡了个头破血流……除此之外,温暖明亮的灯室就只剩灯芯的爆裂声、灯油的滴答声、链条的转动声和守塔人单调的诵读声……

子夜时分,守塔人起身再次检查了一遍灯芯,然后带着我一起下楼。我们在楼梯上碰见值第二个夜班的同伴,他一边揉着惺忪的睡眼一边往上爬,接过我们手里的水壶和古代演义后就算是正式上岗了……睡觉之前，我们还有最后一项任务——去顶头的储藏室做记录。储藏室里堆满了链条、缆绳、钟锤、锡器以及一本一直翻开着的记事簿，守塔人借着小灯笼的微光在上面写下：

　　午夜，浪高，有风暴，海上有船。

"塞米特朗"号沉没记

既然前几夜的密史脱拉风已经把我们吹到了科西嘉海滨,那么就让我顺势跟你们再讲上一段海难的故事吧。科西嘉当地的渔民们经常聊起那段骇人听闻的海难,我也是偶然才听到了其中的一些细节。

事情发生在三年前……

我跟随着七八个海关水手驾驶的小船在撒丁岛海域航行。这段旅程对于我这么一个丁点航海经验都没有的旱鸭子来说简直苦不堪言!整个三月,海上没有一天风平浪静,海风一直在我们身后狂啸不止,海浪更是像发疯似的翻滚。

一天晚上,为了躲避风暴,我们把船停靠在了伯尼法西亚海峡的入口处,借着那儿的一小撮岛屿做缓冲……小岛上的景色并无奇特之处,一眼望去尽是光秃秃的礁石、栖居的海鸟、几撮苦艾草和一些黄连木,岛上有不少泥坑,坑里堆积着正在腐烂的树皮和木块。不过我敢保证,在这儿的礁石堆里过夜比窝在甲板室里要舒服上一百倍。想想那艘老船和堆了半仓货物的船舱,还有像出入自己家一样肆无忌惮袭来的海浪,就会觉得能找到现在这么一处避风港已经是莫大的幸福。

一下船,船员们便燃起煮饭的篝火。船长把我叫到身旁,指了指岛上另一端用白色石头围起来的一块地方说:"您有兴趣去那块墓地看看吗?"

"墓地?您不是在开玩笑吧,里奥奈第船长!这到底是哪啊?"

"拉维支群岛,先生,这里就是六百多名'塞米特朗'号遇难者的安息之地。十年前,他们的战船就是在这片海域不幸沉没的……可怜的人们啊!他们几乎从未看到过前来悼念自己的友人。今天,既然咱们来了,就去和他们打个招呼吧……"

"我十分乐意,船长先生!"

"塞米特朗"号遇难者的墓地真是凄凉无比!……墓地仅有一圈低矮的围墙,铁门已经锈得几乎打不开了,祭台上冷冷清清,几百个黑色的十字架落寞得只能与荒草为伴……没有一只花圈,没有一件祭品!没有,什么都没有……啊!被遗弃在远方的孤独的灵魂啊,你们躺在异乡的墓穴之中是否感到无比的寒冷呢?

我和船长跪在墓地里,他大声地祷告着。此时,一群海鸥在我们头顶盘旋,它们是唯一的墓地看守员,正用嘶哑的叫声配合大海的哀号,和我们共同悼念亡灵。

祷告完毕,我们满心忧伤地回到停船的地方。我和船长去墓地的时候,水手们并没有闲着,他们已经在一块大礁石后边燃起一堆篝火,煮熟了一锅鱼汤。大家围着火堆坐成一圈,每个人手里捧着一只红色陶土做的碗,碗里盛了两片浇好卤汁的黑面包。晚饭吃得很安静,大家都饿坏了,身上的衣服也湿透了,再加上旁边就是墓地,所以没有人说话……不过,当碗里的饭一吃完,烟斗一点燃,大家的话匣子就打开了,聊的当然还是"塞米特朗"号。

"灾难是怎么发生的呀?"我问船长。他双手抱着头,神情黯然地盯着篝火。

"事情到底是怎么发生的?"善良的里奥奈第船长叹了一口气,"唉!先生,这件事儿没有一个人能说清楚。我们只知道'塞米特朗'号是在事发前一晚从都隆港出发的,要运送一支部队到克里米亚。船起航时天气就不好,到了夜里就变得更糟了,不但风大,还赶上了暴雨,海上状况史无前例地糟糕……第二天早晨，风小了点儿，但危险丝毫没有减弱。不知从哪儿刮来了一阵该死的大雾，船员们连四五步之外的信号灯都看不清楚……那场浓雾，先生，您想也想得到它有多么可怕……不过它对于'塞米特朗'号来说算不上致命的一击。我一直认为船在雾气上来之前就已经失去控制，因为历史上从来没有任何一次海难是大雾造成的，有经验的船长决不至于连大雾都应付不了。'塞米特朗'号的船长是一位远近闻名的海上老手，曾在科西嘉观测站工作三年之久，对这里的海岸线了如指掌，比我只强不弱。"

"那您认为'塞米特朗'号是在什么时候沉没的呢？"

"应该是在中午，没错先生，是正中午……有雾的中午并不比黑夜好到哪儿去，船就像掉进了饿狼的嘴巴……住在岸边的一个海关水手曾经跟我讲，那天中午十一点三十分左右，他从屋里出来去关百叶窗，头上的帽子被狂风刮跑了。要知道，一顶帽子对于收入微薄的海关水手来说是很珍贵的，于是他就沿着海边拼命地追赶自己的帽子，险些被巨浪卷走。就在这时，海关水手抬起头，猛然间发现前面不远处有一艘大帆船在狂风的席卷下朝拉维支群岛的方向急速前行。船漂得太快了，海关水手根本没有时间看清楚。不过可以断定，他当时看到的就是'塞米特朗'号。因为就在半个小时之后，一个住在岛上的羊倌说他听到了一声巨响……说起那羊倌，他就在咱们这儿，先生，还是让他亲自给您讲讲吧……嘿，帕伦伯！……别害怕，过来烤烤火吧！"

一个头戴风帽的老人羞羞怯怯地朝我们走来。他早就围着火堆转了好几圈了，我一直以为他也是船上的水手呢，谁能想到这荒岛之上还有羊倌呀。

他是个麻风病人，有些呆呆傻傻的。不知是染上了哪种坏血病，他的嘴唇肿得像两条肥香肠，看起来很恶心。我们费了好大工夫才跟他解释清楚正在聊的话题。老人听明白后抬起手指掀了掀厚重的嘴唇，向我们讲述起那日的见闻：临近正午的时候，他在自己的茅草屋里听到了一声撞击岩石的巨响。那天海水涨得特别高，漫过了整座岛屿，他被困

在屋里寸步难行，直到第二天才能勉强打开屋门。门外的景象把他吓傻了，岸边全是被海浪冲来的尸骨残骸。惊魂未定的羊倌连忙朝他的小船跑去，他得赶紧去伯尼法西亚找人来。

说了一大段话，羊倌疲惫地停了下来，船长重新拾起话头。

"没错先生，就是这位可怜的老人家跑来跟我们报的信。当时，他几乎已经害怕得发疯了，就是因为这件事儿，他的脑子再没有清醒过来。您想想吧，六百具尸体，混杂着碎木板、烂布片横七竖八地堆在海滩上……哦，可怜的'塞米特朗'号！……大海一下子就把它砸了个粉碎。老羊倌好不容易才找到几片稍微大一点的木板搭了个围栏……至于那些遇难的人们，唉，几乎没有一具全尸……一个摞一个地堆成了一堆，真是惨不忍睹……人们在尸体中辨认出了穿制服的船长，脖子上系着圣带的神父，还有一个被卷到岩石缝隙里的小水手，小水手两眼瞪得浑圆，像是还活着一样……可惜不是！船上没有一个人能幸免于难……"

船长突然停了下来。"喂，纳迪，留点心！"船长喊道，"火快灭了！"

纳迪连忙往火堆里添了两三块涂了柏油的木块，火又旺了起来。里奥奈第船长继续讲述："这次海难中最悲惨的是这件事儿……就在事故发生前的三个星期，有一艘轻型巡洋舰像'塞米特朗'号一样从都隆港前往克里米亚，那艘船也是在这片海域，以同样的方式惨遭沉没。不过那次我们来得及时，救起了所有的船员和船上二十名辎重兵……这二十个辎重兵似乎根本没有被刚刚经历的海难吓倒，我们把他们运到伯尼法西亚港的一艘大船上观察休整了两天，他们就马上变得没事人儿一样和我们道了别，坐上船返回都隆港。三个星期后，他们竟又鬼使神差地登上战舰重新向克里米亚进发……您肯定能猜到是哪艘战舰吧！……没错，就是'塞米特朗'号……我们又找到了他们，整整二十人，一个不落，就在咱们现在坐的这个位置……我发现的是一个蓄着小胡子的金发士官，小伙儿既年轻又英俊，还特别爱讲笑话。我还邀请他来家里住过，他能把全家人逗得合不拢嘴……看见他也躺在那里，我的心啊……唉，苍天啊！……"

讲到这儿，勇敢的里奥奈第船长也不禁眼眶湿润起来，他敲了敲烟斗，裹了裹身上的大衣，起身向我道了晚安……过了好久，我还是能听到水手们的低声交谈……然后，烟斗一个接一个地熄灭了，说话声渐渐消失，老羊倌也走了……只剩下我一个人睁着眼睛想象"塞米特朗"号遇难的前前后后。

船长和羊倌的讲述在脑海中挥之不去，我试着用想象重构起海难的完整过程，却不知与海难唯一的见证者——海鸥，所目睹的一切是否相符。故事的某些细节令我颇为震惊，比如穿着制服的船长，系着圣带的神父，还有那二十个曾经死里逃生的辎重兵，这些细节是帮助我想象出沉船始末的重要素材……我仿佛看到了一艘从都隆港驶出的三桅战舰，夜晚的海面狂风怒号、波涛汹涌，不过船上的人们并不担心，因为他们有一位久经风浪、英勇无敌的船长……

第二天早晨，海上起雾了。人们开始有些不安。所有船员都在舱面上集合待命，船长坚守在船尾的指挥舱里寸步不离……船上搭运的士兵们都藏在又黑又热的甲板室里，有一些士兵生病了，虚弱地躺在自己的行囊上。船颠簸得厉害，人在上面根本站不稳，所以大家只好三五成群地围坐在地上，同时抓紧身边可抓的一切，闲聊着打发时间，外面的风声太大了，必须要大声喊才能让对方听清。有人开始害怕了……

"听我说，这片海域可是海难的高发区，"有经验的辎重兵们满不在乎地说笑。不过他们轻松的语气一点都不能叫人安心，尤其是那个爱逗乐的巴黎小战士，他的话更是让人浑身起鸡皮疙瘩："沉船！……沉船可有意思呢。可以先洗个冷水澡，然后再被人送到伯尼法西亚，还可以受邀到里奥奈第船长家吃乌鸫大餐！"

大兵们都被逗乐了……

突然，咔嚓一声……怎么回事？发生什么事了？……

"船舵坏了！"一个全身湿淋淋的水手跑过甲板室的时候叫喊着说。

"旅途愉快！"巴黎小伙儿嚷嚷。可是这次，没有人再笑了。

舱面上一片混乱。雾大得伸手不见五指，惊恐万分的水手们跌跌撞撞地跑来跑去……船舵坏了，没有舵还怎么开船……"塞米特朗"号只有随波逐流，像疾风一样没头没脑地狂奔……这应当就是海关水手看到的一幕，当时的时间是十一点三十分。战舰前端传来一声大炮般的巨响……触礁了！触礁了！……完了，全完了，没有一点希望了，船直直地朝岛上的礁石冲了过去……船长走下指挥舱……不一会儿就又回来了，身上换上了一套正式的制服……即使是死，也要死得体面。

甲板室里，士兵们惊恐地看着同伴，一句话也说不出来……病倒的战士试图站起来……巴黎小伙儿也不笑了……此时，舱门被打开，系好圣带的神父出现在大家面前。

"跪下吧，我的孩子们！"

大家顺从地跪下，神父用洪亮的声音带所有人完成了临终前的最后一次祷告。

突然响起一声可怕的撞击声，接着是一声叫喊，战士们手挽起手，抓牢彼此，死神的光芒掠过他们惊愕的双眼……

上帝啊！……

我就这么飘飘忽忽地梦了一夜，守着岛上的尸骨和残骸追忆十年前的那场灾难，悼念散落在远方的孤独亡灵……远处，海峡入口依旧狂风肆虐、巨浪滔天，营地的篝火被风吹得摇摇欲熄，我听到拴着小船的绳索与岩石发出低沉的摩擦声……

海关水手

　　我乘坐的这艘小船名叫"艾米丽"号,由维西奥港开往拉维支群岛。小船隶属于海关,又旧又破,只有半边舱面铺着甲板。狭小的涂着柏油的甲板室里只能放下一张桌子和两张小床,遮风、挡雨、避浪,全靠这一小块地方。您真该看看咱们水手的生活是多么艰苦!他们个个汗流浃背,被浸湿的粗布衣服冒着热气,像桑拿房里刚拿出来的浴袍一样。大冬天里,水手们的日子亦是如此,白天浑身湿透也就罢了,痛苦的是晚上也得靠在被海水浸透的凳子上干哆嗦。船上不能生火,适合停靠的海岸也不是说有就有,可怜的人们只能在这又脏又湿的船上熬……不过,水手们一个抱怨的都没有,即便是遇上最恶劣的天气,他们依旧波澜不惊、心境平和。可是,他们的日子实在是苦啊!

　　船上的水手们基本都已成家,老婆和孩子留在岸上,他们则长年累月地在海上漂泊,躲避一处处暗礁,抗击一次次风浪。能填饱肚子的只有发霉的面包和野洋葱,从来没有肉,因为酒肉对于一个一年只能挣五百法郎的海关水手来说简直太奢侈了!一年五百法郎!可以想象出他们岸上的家里是个什么样子!那一定是个漆黑的窝棚,孩子们没有鞋穿,只能光着脚跑……这算什么!海关水手们照样乐呵呵的。船尾的甲板室前放着一只用来接雨水的大木桶,那是船员们的淡水,大家都靠它来解渴。我清楚地记得每个人在喝饱之后都会晃晃手里的大茶缸,嘴里发出一声心满意足的"哈",那既惬意又滑稽的声音在我听来却是一阵心酸。

水手中最快乐、最满足的是一个又黑又矮又壮的伯尼法西亚人,名叫帕隆博。无论晴天还是雨天,帕隆博只要闲下来就会唱歌。有时海浪卷得老高,有时天空阴得乌黑,有时暴风雨一触即发,所有船员都坐在甲板上,双手抓紧绳索,抬头望着天,不安地等待着暴风雨的来临。此时,一片寂静中响起了帕隆博婉转的歌声:

您错了,主教大人,
我荣幸万分,
里赛特聪慧过人,
她住在乡村……

任凭狂风呼啸、风帆摇摆、小船颠簸,海关水手的歌声依旧悠扬动听,像只海鸥在风浪尖盘旋。有时,风声太大,听不清帕隆博的歌词,不过在两波海浪的间隙,伴随着船上淅淅沥沥的流水声,还是能听到那句副歌：

> 里赛特聪慧过人，
>
> 她住在乡村……

一天，海上风雨交加，出乎意料的是没有听到帕隆博的歌声。满心疑惑的我从甲板室里探出脑袋："喂，帕隆博！今天怎么不唱歌了？"

帕隆博没有回答，而是一动不动地躺在长椅底下。我走到他身边，看到他牙关紧闭，全身正烧得发抖。

"他染上了庞杜拉病。"同伴们满面愁容地告诉我。

他们所说的庞杜拉病是一种胸膜炎。当时，铅灰色的天空一眼望不到尽头，船上积满了水，可怜的高烧病人身上只裹了件旧胶布雨衣躺在湿淋淋的甲板上，像一只刚上岸的海豹，我的记忆中再没有比这更凄惨的画面了。没过多久，高烧病人便在寒冷、大风、海浪的轮番侵袭下开始浑身抽搐。必须得靠岸才行！

经过一次次努力，小船终于在傍晚时分驶进了一个寂静荒凉的小海港，港口里能看到的唯一活物就是几只盘旋的海鸥。海滩被陡峭的岩石和茂密的灌木丛围得严严实实，靠水面最近的地方有一座白色的小屋，小屋墙上镶着灰色的百叶窗，这是海关的哨所。这座有着编号的国有建筑孤零零地坐落在这样一片无人之境，怎么看都觉得透着一股阴森气儿。我们把可怜的帕隆博抬进小屋，"临时病房"的条件恶劣得让人直想掉眼泪。进屋的时候，海关的哨兵正和他的妻儿们围着火堆吃晚饭，面黄肌瘦的一家人眼睛却都大得吓人，突出的眼眶发出病态的红色。妈妈看上去还年轻，怀里抱着一个尚在吃奶的婴儿，跟我们说话时止不住地打哆嗦。

"这地方不能长待，"海关哨兵轻声说，"我们每隔两年就得轮一次岗，否则疟疾病会把人活活吃掉的……"

现在，最要紧的是给帕隆博找个医生，可是离这儿最近的诊所也有七八里远，怎么办呢？总不能让个孩子跑那么远去请医生吧。就在水手们束手无策的时候,女主人说话了,她起身走到门前,对着外面喊道:"赛戈!……赛戈!……"

说话间,走进一个身材高壮的青年男子,男子头戴一顶褐色的毡帽,身穿一件羊皮大衣,很像是山里的猎人或者强盗。其实我们停船上岸的时候就已经见过他了,当时他正坐在门口,嘴里叼着烟斗,双腿间夹着一只火镰,但不知为何,看到我们靠近他就转身走了。也许他是把我们当成大兵了吧。赛戈一进门,女主人的脸上忽然染了一层红晕。

"这是我的表弟……"女主人说,"他即便是在丛林里迷了路也不会有危险的。"

说完,她凑到男子耳边低语了几句,并用手指了指生病的帕隆博。男子没有说话,只是点了点头便走出门,吹了声口哨叫来自己的猎犬,然后就扛上火镰上路了。只见他迈开修长的双腿灵活地在岩石间穿梭,慢慢消失在远方。

由于父亲在场,孩子们显得有些拘束,晚饭吃得极快。桌上的煮栗子和白奶酪被一扫而空,只剩下白水。只有白开水!可是这在孩子们看来已经十分丰盛了。唉,可怜的人们!

晚饭结束,妈妈带着孩子们上楼睡觉,爸爸则点燃灯笼准备去岸边巡查。我们守在火堆旁照看病人。帕隆博和在海上时一样,不停地发抖。为了让他好受一点,我们把几块烤热的鹅卵石和砖头放到他胸口为他镇痛。我凑到他的床边时,神志不清的他居然有那么一两次认出了我。似乎是要向我表示感谢,他伸出那只布满老茧的大手,那只手滚烫得像是刚从火堆里取出的火炭……

多么悲惨的夜晚!屋外,夜已降临,天气变得越发糟糕,轰鸣声、爆裂声、泡沫喷涌声……海浪与岩石的鏖战全面开启。狂风钻进狭长的港湾,一次次地造访荒野中的哨所。屋里的火光随风跳跃,水手们阴郁的面庞被照得忽明忽暗。大家围坐在火堆旁,空洞的眼睛里没有一丝情绪,这些汉子们看惯了海上单调的风景,这种表情已经成为一种习惯。帕隆博时不时地轻吟两声,所有人的目光便循着声音投向小屋里病人蜷缩的角落。他正在慢慢地死去,没有一丝挣扎,只有胸脯伴随着沉重的喘息一起一伏。看着帕隆博,一向坚忍不拔的海上工人们忽然体验到命运的残酷,不过他们没有反抗,没有罢工,只是长长地叹了口气……

一个水手走过我面前,往火堆里添了把柴草,他悲痛地低声对我说:"先生,您看到了吧……这个行当太苦了!……"

菊菊乡的神父[1]

每年圣蜡节，普罗旺斯的诗人们都会在阿维尼翁出版一本小册子，册子里收录了许多美丽的诗歌和机智的小故事，读起来非常轻松有趣。这不，我手里这本就是今年新鲜出炉的，里面有一则韵文故事特别引人入胜，就让我稍加删节地复述给你们听听吧……巴黎的朋友们啊，准备迎接你们的意外好礼吧，这回送上的可是普罗旺斯的特等面粉……

教士马丁是菊菊乡的本堂神父。

他像面包一样善良，像金子一样诚实，他像疼爱子女般爱护着菊菊乡的信众们。在他看来，只要菊菊乡的孩子们能听他几句劝，稍稍让他满意一点，可爱的菊菊乡就一定能成为人间天堂。可惜，唉！连他的忏悔室都冷清得结上了蜘蛛网，复活节的圣体饼总是能完好无损地待在圣体盒里，根本没人来碰。神父伤心极了，他整日祈求上帝能再多给他些时日，好让他在死之前把菊菊乡的这群迷途羔羊送回羊圈。

功夫不负有心人，上帝真的聆听到了他的祷告。

一个礼拜日，马丁先生在弥撒结束后登上了讲经台。

我的兄弟姐妹们，不管你们相不相信，我都要告诉你们，有一天

---

[1] 本文最早发表于1866年10月28日《事件报》。——原注

夜里,我这个罪人站到了天堂的门前。

我边敲门边喊:"圣彼得,请为我开开门!"

"哦,是您呀,正直的马丁先生,什么风儿把您给吹来了?……有什么可以为您效劳的吗?"

"伟大的圣彼得,您执掌着天堂的钥匙和花名册,如果可以的话,请您原谅我的好奇,能不能请您帮我看看我们菊菊乡有多少人在天堂好吗?"

"我没有任何理由拒绝您,马丁先生。请随我一起看看这花名册吧。"

圣彼得把厚厚的花名册搬了出来,然后戴上圆框眼镜翻开册子。

"来,让咱们看一看。菊菊乡,菊……菊……乡……在这儿,菊菊乡。好心的马丁先生,菊菊乡这一页是空的。天堂没有来自菊菊乡的灵魂……不骗您,就像火鸡蛋里挑不出鱼骨头一样,真的找不到一个菊菊乡人。"

"什么?!一个都没有?这不可能!您再仔细找找……"

"真的没有,我的神父。您要是不相信就自个儿瞧瞧吧。"

"噢,上帝啊,可怜可怜我吧!"我又是跺脚又是祷告。圣彼得见状安慰我说:"马丁先生,您也别瞎想了,这样会急火攻心的。说到底,这不是您的错儿。您的菊菊乡百姓们没准儿都在炼狱里接受改造呢。"

"啊！伟大的圣彼得，您发发慈悲，让我去看看他们吧。至少，让我有个机会给他们一点安慰呀！"

"没问题，我的老朋友……喏，先换上这双鞋，去炼狱的路可不好走……嗯，这下就妥了……现在请您沿着这条路直走，走到尽头您会发现一扇银色的大门，大门上镶满了黑色的十字架……您去敲右手边的那扇门，就会有人给您开门了……再见了老兄，一路顺风！"

我像一只被驱赶的野兽一样艰难地向前迈步。那条小路上满是荆棘和烤得发烫的石子，路旁还有许多吐着信子的蟒蛇，现在想想都还会起一身鸡皮疙瘩。走啊走啊，终于走到了那扇银色的大门前。

"哐！哐！哐！"

"谁呀？"一个低沉沙哑的声音问道。

"我是菊菊乡的神父。"

"哪儿的神父？"

"菊菊乡的。"

"噢，请进吧……"

我走进大门，看到一位高大威武的天使，他长着一对像夜晚一样漆黑的翅膀，穿着一身像白昼一样明亮的长袍，腰间挂着一把镶着钻石的钥匙，正在一个比圣彼得的花名册还厚、还大的本子上唰唰地写着什么……

"说吧，有何贵干？"天使问。

"伟大的天使大人，我想知道……请原谅我的好奇……我想知道您这儿有多少来自菊菊乡的人？"

"哪儿的人？"

"菊菊乡的，我是那儿的神父。"

"哦，您是马丁教士对不对？"

"正是在下，天使先生。"

"您刚才说的是菊菊乡对吧？"

天使打开他的花名册，用手蘸了下唾沫开始一页一页地翻……

"菊菊乡啊……"天使长叹了口气说,"马丁先生,炼狱里没有从菊菊乡来的人。"

"我的上帝啊!圣母啊!圣约瑟夫啊!炼狱里也没有我们菊菊乡的人!苍天啊!那他们会在哪儿呀?"

"别着急,神父。他们既然不在我这儿,那就是在天堂喽,不然还能在哪儿呢!"

"可是我已经去天堂问过了!"

"您去过了?……怎么样?"

"怎么样?没有!一个都没有!……哦,天使们的圣母啊!……"

"神父先生,您想还有什么可能呢?他们既然不在天堂,也不在炼狱,那就只能是在……"

"圣十字架呀!耶稣呀!大卫的圣子呀!这怎么可能啊!……会不会是圣彼得在跟我开玩笑呢?……可是我没有听错啊!……哎呀呀,这下可怎么办呀!我们菊菊乡人一个上天堂的都没有,我这个当神父的还有什么指望啊!"

"听着,可怜的马丁先生,如果您确实想弄清楚菊菊乡人到底在哪儿,那就快点沿着这条路走,最好是快跑几步……在路的左手边会有一扇大门,到那儿您就看到真相了。愿上帝保佑!"

说完,天使关上了大门。

这条路比来炼狱的路还要长,路上铺满了烧红的木炭。我像个醉汉一样一步一个跟头地往前走,身上每个毛孔都在往外淌汗,口渴难耐也只能大口大口地干喘气……不骗你们,要不是圣彼得送的那双鞋,我的脚早就被烤焦了。

摔了无数跟头后,我终于看到了矗立在路左侧的大门……那扇门巨大无比,像锅炉门一样半敞着。噢,孩子们,你们想象不到那是怎样一番景象!门口根本没有人把守,更不用登记,一群一群的人像周末去小酒馆一样往里涌。

我浑身是汗,可还是忍不住打了几个寒战,所有汗毛都竖了起来。我闻到了一股煳味儿,像是皮肉被烧焦的味道,对,就和咱们的艾罗瓦给驴子钉掌儿时用烙铁烫驴蹄时的味儿一样。这里又闷又臭的空气本就憋得人喘不过气来,再加上不绝于耳的呻吟声、哭号声、咒骂声,就更让人胸闷气短了。

"喂,你到底进不进来?"一个长着犄角的恶魔用叉子戳着我说。

"我?我不进去。我是上帝的朋友。"

"你是上帝的朋友?……得了吧!你这个头上长疮的东西,你是上帝的朋友还来这儿干吗?……"

"我……哦,请不要这么凶地对我讲话好不好,我害怕得快站不稳了……我来……我从很远的地方来……是想,是想斗胆问问您……是不是,是不是在您这儿,碰巧有那么几个菊菊乡人……"

"哈!上帝啊,你这家伙装什么傻呀!你难道不知道所有菊菊乡人都在这儿?骗谁呀你!喏,臭教士,好好看看你们这些出了名的菊菊乡人在这儿是怎么接受调教的吧……"

于是,我在一团熊熊烈火中看到了咱们菊菊乡的乡亲们:

有高个子的高戈·加利,你们都认识吧,就是那个经常喝醉后打老婆的高戈·加利。

还有加达莉奈,那个目中无人的小妓女……她一个人睡在谷仓里……你们这些年轻的小伙子应该还记得她吧……得了得了,她的丑事我已经念叨得够多了。

还有帕斯卡尔·杜瓦德普瓦,他偷了朱利安先生的橄榄拿到自己家榨油。

我还看到了拾穗的巴蓓特,她为了尽快凑成一捆,竟然从别人家的麦垛里大把大把地往外偷。

还有高价出售自家井水的多菲纳。

还有托尔蒂亚纳,每次他在街上碰到戴着天主圣像的我,都会叼着烟斗、戴着三角帽趾高气扬地扬长而去,就像是遇到了一条狗一样。

还有古洛和泽特两口子,还有雅克,还有皮埃尔,还有托尼……

听了神父的叙述,菊菊乡的乡亲们个个都吓得脸色惨白,止不住得唏嘘,仿佛自己也看到了敞着门的地狱,里面有自己的父母、祖父母和兄弟姐妹。

"弟兄们,你们肯定已经感觉到了,"马丁神父继续说,"感觉到事情不能再这样下去了吧!我是你们的神父,要对你们的灵魂负责。我愿意,我希望可以拯救正在坠向深渊的你们。刻不容缓,明天咱们就开工。这项工作容不得半点差池,必须好好部署。咱们得定出个先后顺序,像跳戎基叶尔舞一样排着队进行。

"明天是星期一,我要先听老头儿老太太们的忏悔,这个不费工夫。

"星期二,是小孩子们,这个也能很快完成。

"星期三,请年轻的小伙子和姑娘们来找我。这个嘛,得花上一段时间。

"星期四,属于成年男人,用不了多长时间。

"星期五，成年女人，我敢说，这个也没什么障碍。

"星期六，我要专门留给磨坊老板！……给他一个人留一天的时间也不算富裕……

"这样算来，星期天就能结束了，咱们从此就都幸福了。

"明白了吧，孩子们，麦子熟了就得割，酒酿好了就得喝。咱们现在积攒太多脏衣服了，是时候洗一洗了。

"这就是我向上帝祈求的恩泽。阿门！"

说做就做。所有菊菊乡人都泡上了脏衣服。

自从那个值得纪念的礼拜天后，菊菊乡人积德行善的美名就在方圆几十里传开了。

善良的马丁神父也满心欢喜、不胜欣慰。有一天，他又做了一个梦，梦见自己在一群温顺的羔羊的跟随下走上了一条两侧满是明晃晃蜡烛的路，路上香火缭绕，唱诗班的孩子们唱着感恩的圣歌，他和他的羔羊们一步步走向光明的天国。

这就是菊菊乡神父的故事。一个大乞丐从他的同乡那儿听来这个故事后便把它编进了卢玛里叶的叙事诗，现在，我又按照我听到的版本原汁原味地讲给了你们。

一对老年夫妇

"什么？阿桑老爹，有我一封信？"

"没错先生……是一封来自巴黎的信。"

阿桑老爹因为拿着一封巴黎的来信而显得相当自豪……我可没这感觉！一大清早就接到这么一封从让·雅克大街寄来的信，肯定没什么好事，没准还得浪费一整天的时间来处理。瞧，还真被我猜对了不是！

"老兄，得请你帮个忙。恐怕你得关上磨坊大门立即去一趟伊居叶尔……伊居叶尔是个挺大的镇子，离你的磨坊也就三四里路吧，权当散散步好了。到了之后你就打听儿童福利院在哪儿，福利院后边的第一座房子比较矮，窗户是灰色的，带着一个后花园，房子大门一直是开着的，你直接进去大声喊说：'你们好，善良的主人们！我是莫里斯的朋友……'然后就能看到一对老头儿老太太，没错，他们已经非常老了。这对老人会坐在扶手椅里向你张开双臂，请你代替我给他们一个真诚温暖的拥抱。接着，他们会拉着你唠家常，会跟你讲许许多多关于我的事儿。我敢保证肯定全是我的荒唐事儿，你不会笑话的对吧，嗯？……他们就是我的祖父母，对于他们来说，我这个孙子就是他们的全部，可是自从十年前离开家后，我们就再也没有见过面……十年，太久了！可我有什么办法呢！巴黎把我捆得无法脱身，而他们又一把年纪了，要是让他们来巴黎看我，路上指不定会出什么状况……还好，你在南方，我亲爱的磨坊主，请你代我去抱抱他们吧，让两位老人感受一下我的思念……放心吧，我常跟他们提起你，咱们的情谊他们都了解……"

什么见鬼的情谊啊！难道友情就是专拣这么难得的好天气让我跑上几里路？本来我都打算好了，要找块可以避风的岩石，然后边听松涛边好好享受普罗旺斯的阳光。可谁知一大早就接到这么一封信，计划全泡汤了……摊上这样的朋友还有啥办法呢？我极不情愿地关上磨坊大门，把钥匙藏到墙上的通风口里，拿起拐杖和烟斗上了路。

走到伊居叶尔的时候已经是下午两点，街上空无一人，大家都下地干活了。大路两旁榆树参天，知了拼命地在树上大叫，镇政府前的广场上有只毛驴在晒太阳，教堂前的喷泉上空飞过一群白鸽，可我总不能向知了、毛驴或是鸽子问路吧……正发愁的时候忽然看见有个老太太坐在自家门口纺线，我赶忙走上前去道明来意，说自己在找儿童福利院。老太太绝对不是普通人，只轻轻抬了一下手中的纺锤，儿童福利院就像变戏法儿似的出现在我眼前……这是一座又大又黑的院落，拱形的大门上方镶着一支红陶土烧成的古典十字架，十字架四周写着几句拉丁文。院落旁边还有一座小房子，灰窗户、后花园……没错，就是它！我按照信上的指示，没有敲门，径直走了进去。

我一辈子都忘不了那条长长的走廊，既安静，又清凉，玫红色的墙壁尽头挂着一卷纱帘，纱帘后的花园若隐若现。欣赏着廊壁上褪了色的花卉，那感觉就像是走进了古代大法官的宅邸……走廊顶端的左侧有一扇半掩的房门，屋里传出嘀嗒的钟声和小孩子的读书声，听声音应该是一个小学生，正在一字一句地读课文："于—是—圣—伊—雷—内—大—声—喊—道—我—是—上—帝—的—小—麦—我—应—该—被—这—些—牲—口—的—牙—齿—碾—碎……"我悄悄走近房门，朝里面张望……

宁静昏暗的小屋里摆着一张躺椅，椅子上躺着一个神态安详的老头儿，老头儿的颧骨红扑扑的，从额头到指尖都布满了皱纹。老头儿睡着了，嘴巴微张，两手搭在膝盖上。椅子旁边坐着一个穿蓝色衣服的小女孩，大罩衣、小帽子，一看就是福利院孩子的装束，她正捧着一本看起来比她还要大的书，朗读着圣伊雷内的故事……小女孩令人惊叹的读书声在屋子里回荡，老头儿听着读书声睡得香甜，苍蝇一动不动地趴在天花板上，窗下笼中的金丝雀安静得一声不吭，就连大座钟也像是睡着了，嘀嘀嗒嗒地打着鼾。房间里唯一清醒活跃的只有透过窗户缝儿钻进来的一束阳光和阳光下舞动的灰尘精灵了……在这一片昏昏沉沉的气氛中，小女孩继续神情专注地念着："突—然—扑—来—两—只—狮—子—把—他—吞—入—口—中……"正好读到这儿的时候，我走了进去……即使此时真的是吃人的狮子闯进来，估计也没有我的突然造访吓人。戏剧性的一幕发生了！小女孩一声惊呼，手里的书"啪"地落地，金丝雀拍打起翅膀，苍蝇没头没脑地一通儿乱飞，大座钟"当当"地响了起来，老头儿从梦中惊醒，"嗖"一下从躺椅上跳了起来，我尴尬地停在门口，大声叫道："你们好啊，善良的主人们！我是莫里斯的朋友。"

噢，您不知道接下来的画面有多么感人！可怜的老人家张开双臂朝我走来，然后一把将我拥入怀中，用力地握着我的双手，搂我在屋里打转儿，嘴里不停地念叨："我的上帝啊！我的上帝啊！……"他脸上的每一条皱纹似乎都在笑，脸也激动得通红，结结巴巴地说着："哦，先生……哦，先生……"接着，他走到里屋门前高呼："玛梅特！"

里屋门开了，传来一阵妇人碎步小跑的窸窣声……那就是玛梅特，一个梳着发髻，穿一袭褐色长裙的漂亮老太太。她手里拿着一条绣花手绢，打算用最传统的屈膝礼向我打招呼……多么令人感动啊！两位老人长得居然像一个模子刻出来的一样，如果老头儿也梳个发髻的话，那他就是另一个玛梅特了。唯一不同的是，真玛梅特的眼泪比较多，所以皱纹也比老伴儿多一些。和老头儿一样，她身旁也跟着一个福利院的小女孩，小女孩俨然是寸步不离玛梅特的小卫士。一对老人由一对福利院的小朋友来陪伴，真是既感人又辛酸。

玛梅特一进门就准备向我屈膝行礼，不过老头儿的一句话就打断了她的大礼。

"这位是莫里斯的朋友……"

玛梅特闻言,眼泪唰的一下就涌了出来,她浑身颤抖,手绢也掉到了地上,双颊变得通红,比老头儿的脸还红……这对老人啊!他们的血管里估计总共也没有多少血,一激动就全跑脸上了……

"快,快,搬凳子呀……"老太太对身边的小女孩说。

"去,去,开窗户呀……"老头儿对身边的小女孩喊。

俩人一人拉起我的一只手,疾步把我拽到窗边。窗户已经打开了,他们要好好把我看个清楚。小女孩搬来了板凳,我坐到两位老人中间,两个小女孩守在我们身后,问话正式开始。

"他还好吧?他现在在做什么?为什么他不自己回来呢?他过得好不好?……"几个小时都是这么一直唠唠叨叨,没完没了!

我呢,只能尽力回答他们的问题,把我所知道的一切尽可能详细地告诉他们。不过面对诸如"莫里斯出门是否记得关门窗""莫里斯家里的壁纸是什么颜色"这类问题,我也只能厚颜无耻地胡乱编造一通了。

"他家的壁纸呀!……是蓝色的,没错夫人,是浅蓝色的,还带着花环暗纹呢……"

"真的?"老太太激动地转身对老伴儿说,"真是个好孩子!"

"当然,绝对是个好孩子!"老头儿也难抑内心的狂喜。

我说话的时候,老两口脸上始终带着微笑,眯着眼睛轻轻地点头。老头儿时不时凑到我耳边说:"请您稍微大声一点……老太婆她耳朵不太好。"

老太太也时不时凑过来说:"请稍微大声一点好吗……老头子的耳朵有点背……"

于是我就又把嗓门提高了点儿,老两口一起向我投来感激的微笑。从他们憔悴的笑容中,我读出了里面的期待,他们想要从我的眼睛里看到他们的莫里斯。我的心变得柔软无比,眼前浮现出莫里斯模模糊糊的形象,我的这位朋友似乎正站在遥远的云端向我浅浅地微笑。

突然，老头儿从椅子上站了起来。

"我想起来了，玛梅特，他是不是还没吃午饭呢！"

玛梅特也是惊恐万分，高举双手大叫道："没吃午饭！……我的天啊！这怎么能行！"

我还以为他们仍在说莫里斯，所以赶紧告诉他们说，好孩子莫里斯中午十二点之前就会乖乖地把午饭吃完。我理解错了，原来他们是在说

我。当我承认自己的肚子确实有点饿的时候,可真把他们给紧张坏了。

"小蓝,快把餐具摆好!把饭桌搬到正中间,铺上礼拜天的桌布,盘子要那套带花纹的。快别笑了孩子们,咱们得麻利点……"

她们确实够"麻利"的,在摔碎了三个盘子后,午餐终于被端上了桌。

"虽然简单了点,但味道应该还不错!"玛梅特将我引到餐桌前,"不过先生,恐怕您得自己吃了……我们几个人早上已经吃过了。"

可怜的老人,可能你什么时候问他们,他们都会说早上已经吃过了。

玛梅特口中简单可口的午餐其实是一小杯牛奶、几枚椰枣、一小块船形蛋糕和几块类似松糕的点心。这些东西也许是她和她的金丝雀一个星期的口粮……可是我一顿饭就把它们全塞进了肚子里!……您不知道桌旁的几位观众看着我吃东西的时候有多么义愤填膺!两个蓝衣小姑娘互相推搡着窃窃私语,就连笼子里的金丝雀也颇为不满,样子像是在说:"看呀!这个先生居然把一整块蛋糕都吃了!"

我确实把桌上的食物都吃光了,而且是在不知不觉中吃光的,因为我的全部心思都用来观察这间房子了。房间明亮又宁静,空气里弥漫着一股古老的气息……屋子里的两张小床分外引人注目,床小巧得像两只摇篮,我猜想,每天清早,两位老人躺在他们缀着流苏的纱帐里,时钟刚敲了三下两个人就醒了。

"你醒了吗,玛梅特?"

"醒了,我的朋友。"

"莫里斯的确是个好孩子,对吧?"

"噢,那还用说!他当然是个好孩子。"

两张紧靠彼此的小床让我想象出了这么一段对话……

正当我冥思遐想之际,屋子另一端的壁橱前又上演了惊险的一幕。事情是这样的:壁橱最顶层的格子上藏着一瓶樱桃酒,那瓶酒是专门为莫里斯留的,留了整整十年。现在,老两口想要把它拿下来招待我。尽管玛梅特一再苦苦哀求,老头儿还是坚持要自己蹬着板凳把酒取下来……您可以想象一下这么一幅画面：老头儿爬上板凳，颤颤巍巍地站了起来，两个蓝衣小姑娘死死地扶着板凳，老太太吓得脸都白了，喘着粗气张开双臂。壁橱门一开，一阵清甜的柠檬香味从一摞摞橙黄色的衣服堆里飘了出来……多么感人的画面啊！

几个人费了好大劲儿，那瓶珍贵的樱桃酒才算是拿了下来。和樱桃酒配套的还有一只刻着暗纹的银酒杯，那是莫里斯小时候用的杯子。老两口为我斟了满满一杯樱桃酒。

"莫里斯最爱喝这樱桃酒了！"老头儿一边为我斟酒，一边馋馋地凑到我耳边说："您真是幸运，可以喝到这酒！……这可是我老婆亲手酿的，您尝尝就知道有多香了。"

唉！老太太亲手酿的酒确实是不错，可惜她忘记加糖了。有什么办法呢？人老了记性当然要差些。可怜的玛梅特，不得不说，您的樱桃酒太难喝了……但是我依旧眉头都没皱一下地把杯中的酒一饮而尽。

午饭吃完了，我准备起身向好心的主人们告别。他们显然还意犹未尽，想让我再多聊聊好孩子莫里斯的事儿。可惜，天色渐暗，磨坊离这儿又不算近，我必须得走了。

"玛梅特，帮我拿外套过来！……我送先生到广场那儿。"

玛梅特心里很清楚，老头儿走到广场可不是件轻松的事儿，不过她并没有把情绪挂到脸上，只是在帮老头儿穿外套和系扣子的时候才轻声嘱咐了一句："送到了就赶紧回来啊！"

老头儿调皮地应了一句："嘿嘿，那可说不准哟……也许……"

两人相视一笑，小蓝衣们也看着老两口笑了起来，就连笼子里的金丝雀也像是在笑……是不是樱桃酒的香气把大家都熏醉了呢……

我和老爷子出门的时候，天已经有些黑了。爷爷的小蓝衣一直在后边跟着，好一会儿陪老头儿回家。不过老头儿并没有注意到，他只顾挽着我的手臂，像个壮年人一样迈开豪迈的步伐。玛梅特站在门口，容光满面地望着渐行渐远的我们，微笑着摇摇头，似乎在说："我的老头子啊，他还跟年轻时一样呢！……走得挺稳的！"

80

散文诗两首

清早打开房门,发现我的磨坊披上了一袭银装。结霜了,小草像一支支冰凌般闪着星星点点的光芒,草身被叶尖的浓霜压得咔咔作响,整片山谷似乎都被冻得瑟瑟发抖……原来我亲爱的普罗旺斯也会有千里冰封的北国风光。我站在挂满白流苏的松林中,看着一簇簇薰衣草变身水晶花束,脑海中构思出两则略带日耳曼风情的散文诗。伴着霜雪的点点光芒,我将脑海中的幻想曲诉诸笔端,只听头顶湛蓝的天空中飞过一群南去的候鸟,它们纷纷唱着:"天冷了……天冷了……"

一、太子之死

小太子病倒了,小太子命不久矣……王国内所有教堂都不分昼夜地燃着蜡烛供奉圣体,为太子祈福。京城的街道上弥漫着寂静而忧郁的气氛,钟楼上的钟表停止了报时,穿梭的马车跑得比步行还缓慢……皇宫四周围满了好奇的市民,他们扒着栅栏往里瞧,想一探究竟。国王的禁卫军们个个挺着穿着铠甲的大肚皮,摆出一副不可一世的样子站在院子里聊天。

城堡上下一片骚动……仆人和管家们沿着大理石的楼梯跑上跑下……走廊里站满了穿着丝质长袍的贵族和朝臣,他们一小撮一小撮地相互低声传递着最新的消息……大台阶上,王室的贵妇们行着屈膝礼,用精致的绣花手绢不停地擦拭眼泪。

花房里聚集了一群穿长袍的医生。透过花房的玻璃,可以看见这群医生们都挥动着阔大的衣袖,探着戴假发的脑袋,一本正经地讨论着太子的病情……太傅和太子的马厩总管在花房门外踱来踱去,焦急地等待着医生们的诊断结果。厨房的小学徒从两人身边走过,连声招呼都不打。总管先生像个异教徒一样咒骂着神灵,而太傅先生嘴里则不停地嘟囔贺拉斯的诗句……就在此时,马厩里发出一声哀怨的嘶鸣,是小太子的马儿,马夫顾不上喂它,饥肠辘辘的栗色小马正守着空空如也的秣槽哀号。

国王呢?国王陛下去哪儿了?……国王把自己关到了城堡深处的一个房间里……君主可不想让旁人看到自己伤心落泪的样子……不过王后就顾不上那么多了……她守在小太子的床头,美丽的面庞上挂满了泪珠儿,她毫不在意众人的注视,像个民间的纺织女工一样放声大哭。

小太子躺在他的花边小床上紧闭着双眼,面色比身后的靠垫还苍白。旁人都以为太子睡着了,可是他没有!小太子哪里能睡得着呢……他把头转向母亲,看见母亲在哭,于是便问:"母后,您为何要哭泣呢?难道您也认为我会死吗?"

王后想要回答,可是话到嘴边居然就又变成了抽噎。

"母后,您别哭了。难道您忘了我是太子吗?太子不会就这么死去的……"

王后的哭声变得更加响亮了,小太子不禁有些害怕。

"哦啦啦!"太子说,"我不要被死神带走,我要想办法把他给拦住,不让他靠近……去找四十名最强壮的步兵来,让他们轮班在我的床前值守!……还要一百门大炮,要装上炮捻随时准备开火!要是死神胆敢靠近,就让他先尝尝我的厉害!……"

为了满足太子的心愿,王后打了个手势。不一会儿,院子里就传来了大炮滑动的声音,四十名手持长矛的步兵也已经站到房间四周整装待发。这些步兵都是蓄着灰色络腮胡的老战士,小太子看到之后立即鼓掌欢迎,他认出了其中的一个,叫道:"洛朗!洛朗!"

步兵走近太子榻前。

"我是多么爱你啊,我的老洛朗……如果死神敢带我走,你就会亮出你的大刀把他杀掉,对不对?"

洛朗答道:"没错,太子殿下……"

只见两滴滚烫的眼泪沿着洛朗古铜色的脸颊悄悄滑下。

此时,走进一位神父。神父手持十字架低声在太子耳边讲了许久。小太子听着神父的话语,神色震惊,然后突然打断说:"我明白您的意思,神父先生。可是,可是我的小伙伴贝博就不能代替我死吗?如果我给他很多很多钱的话……"

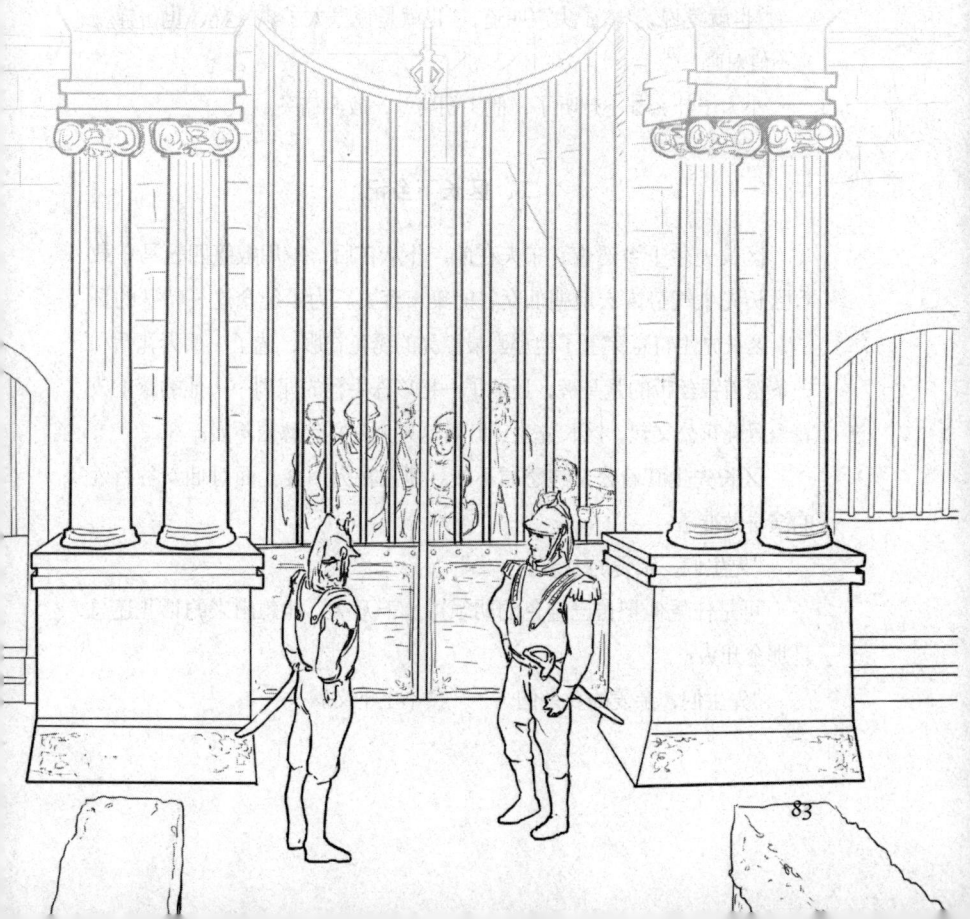

神父继续低声讲解，小太子的表情越来越恐惧。

神父终于说完了，小太子长叹一口气。

"您说的话太让人伤心了，神父先生。但至少有一件事还能稍微令人宽慰一点，您的意思是在天上，也就是在天堂里，我仍然会是太子……我知道，好心的上帝是我的表兄，他不会忘记我的身份，肯定会给我太子的待遇。"

然后太子转头对母亲说："请为我带上我最漂亮的衣服，我要穿那件白貂皮上衣和那双天鹅绒面浅口皮鞋！我不能在天使面前丢面子，我得穿着太子的服饰进天堂。"

神父第三次俯身贴向太子耳畔，再次用低沉的声音讲了许久……话还没说完，便被太子愤怒地打断了。

"也就是说，"太子尖声叫道，"也就是说皇太子也一样，也一样一文不值对吗！"

小太子什么都不想听了，他头朝墙壁，放声痛哭。

二、区长下乡记

区长先生下乡巡查。车夫在前，仆从在后，专用敞篷四轮马车载着区长先生气势恢宏地朝仙女谷的集市奔去。为了纪念这一特殊的日子，区长先生特意穿上了他那套最漂亮的绣花礼服，选了一顶大礼帽和一条镶着银丝带的紧身裤，还配了一把珍珠手柄的佩剑……他的膝上放着一只轧花公文包，区长先生正盯着这只大公文包愁眉不展。

区长先生盯着公文包愁眉不展。他正在为一会儿面对仙女谷百姓的演讲做准备：

"先生们，亲爱的乡亲们……"

可是任凭他把自己金色的胡须捋上千万次，能想出来的话儿还总是那个开头：

"先生们，亲爱的乡亲们……"接不上下文。

接不上下文……马车里简直要闷死了！……通往仙女谷的大路在烈日下尘土飞扬，一眼望不到尽头……空气像炭火一样灼人，路旁老榆树的叶子上染着一层细细的白灰，枝杈上成百上千的知了你唱我和……区长先生突然打了个哆嗦。他看到不远处的小山丘下有一片绿油油的橡树林在对自己招手。

那片绿油油的橡树林在对他招手：

"来这儿歇歇脚吧，区长先生。来我的树荫下构思您的演讲稿，您会感到文思泉涌……"

区长先生被吸引住了。他跳下马车，让随从们原地待命，他要自己去橡树林里写演讲稿。

绿油油的橡树林中有无数的小鸟和竞相开放的紫罗兰，树下的青草丛中细细的泉水叮咚作响……它们看到穿着漂亮紧身裤、手提皮制公文包走近的区长先生都感到害怕极了，鸟儿不敢再唱了，泉水不敢再流了，胆小的紫罗兰也慌忙把头扎进草丛……小世界里所有的生灵都不曾见过区长这等大人物，它们小声猜测着这位身穿银色短裤的漂亮先生姓甚名谁。

树荫下，大家在小声猜测着这位身穿银色短裤的漂亮先生姓甚名谁……此时，走进树林的区长先生顿感一阵寂静和清凉，心下十分欢喜。他撩起礼服下摆，把礼帽放在草地上，一屁股坐到了小橡树下的青苔上。只见区长先生打开膝上的公文包，取出一沓稿纸。

"他一定是位艺术家！"黄莺猜。

"不对不对，"灰雀说，"他不是艺术家！艺术家怎么会穿银色短裤呢，他一定是位王子。"

"没错，应该是位王子！"灰雀再次断定。

"他既不是艺术家，也不是王子。"一只老夜莺打断了黄莺和灰雀的对话。"我知道，我知道，他是区长先生！"这只老夜莺曾在区政府的花园里唱过一夏天的歌，所以一眼就认出区长先生来了。

小树林里一阵窃窃私语：

"是区长先生,是区长先生!"

"看他的头顶,都秃了!"长着一顶漂亮羽冠的云雀小姐眼神犀利。

紫罗兰听到后怯怯地问:"那他,坏不坏?"

"他坏不坏?"紫罗兰们问。

老夜莺回答:"他一点都不坏!"

大家这才放下心,鸟儿重新开始歌唱,泉水重新开始流淌,紫罗兰重新抬起了头,小世界恢复了区长先生未到时的模样……区长先生丝毫没有察觉出方才的喧闹,只一门心思地祈求缪斯女神赐予他灵感。他举着笔,清了清嗓子,字正腔圆地念道:"先生们,亲爱的乡亲们……"

"先生们,亲爱的乡亲们……"区长先生字正腔圆地念道。

一阵大笑声将他打断,区长转身,看到一只肥胖的啄木鸟正站在他的大礼帽上朝他笑。区长先生耸了耸肩,准备继续他的演讲,却又再次被啄木鸟打断。

"喂,你讲的东西有什么意思吗?"

"什么?有什么意思!"区长先生的脸被气得通红,他用力摆手赶走了那只放肆的东西,然后重新拾起他优雅的姿态:

"先生们,亲爱的乡亲们……"

"先生们,亲爱的乡亲们……"区长先生优雅地说。

可是又来了!这回是紫

罗兰们。它们纷纷伸长脖子，凑到区长耳畔轻柔地对他说："区长先生，请您闻闻我们香不香啊？"

泉水也应声在青苔间奏起了美妙的音乐，头顶的枝丫上，一群黄莺也开始为区长先生唱起最动听的歌曲，整片小树林像是密谋好了一样，不把区长先生的演讲搞乱誓不罢休。

整片小树林密谋起来要把区长先生的演讲搞乱……区长先生被花香熏醉了，被歌声唱醉了，无论如何努力都抵抗不住林间的魅力。他把胳膊肘支在草地上，解开礼服的纽扣，嘴里还倔强地重复了两三遍演讲稿的开头，不过已经很难听清他说的到底是什么了。

"先生们，亲爱的乡亲们……先生们，亲爱的……先……生……"

不一会儿，他就把"乡亲们"全忘了，缪斯女神也只好蒙上面纱悄然离去。

蒙上你的面纱吧，缪斯女神！……一个小时过后，区长的随从们开始担心起主人的安危，他们钻进树林，被眼前的景象羞得无地自容……区长先生像个流浪汉一样半裸着身子趴在草地上，嘴里还叼着几支紫罗兰……区长先生正在梦里写演讲稿呢……

毕休的公文包[1]

就在我十月份离开巴黎前几日的一天清晨,家中来了位老朋友。当时我正在吃早饭,只见一个穿着溅满污泥的破烂衣衫,驼着背,像只被拔光毛的鹭鸶一样颤抖着细长双腿走进来的老头儿。他就是毕休,没错,我的巴黎朋友们,他就是你们的毕休,那个冷酷又迷人,十五年来常用尖刻的文章和讽刺的漫画把你们逗乐的疯狂讽刺作家毕休……啊!这个可怜的人儿是陷入了怎样的困境呢?如果不是进门时的那个鬼脸,我断然不敢相信眼前的人就是毕休。

他的头耷拉在肩膀上,嘴里衔着手杖,像是叼着一支单簧管。这位曾经风光无限如今却穷困潦倒的大讽刺家慢慢地蹭到屋子中央,直直地撞到了餐桌上。他痛苦万分地说:"可怜可怜我这个瞎子吧!……"

我被他惟妙惟肖的表演逗得忍不住哈哈大笑,可是他却毫无表情地对我说:"您以为我是在开玩笑吗?……请看看我的双眼吧。"

他转过身,我看到了两只空洞无光的瞳孔。

"我瞎了,亲爱的朋友,我这辈子都看不见东西了……这就是用硫酸水写作的后果。我为这个看起来光鲜的职业烧瞎了双眼,彻底瞎

---

[1] 本文最早发表于1868年11月17日《费加罗报》。——原注

了……您看看我的眼皮。"他指着自己的一双眼皮给我看,那上面被烧得连一根睫毛都没有剩下。

我难过极了,找不到一句可以安慰他的话语。我的沉默使他感到不安。

"您在工作吗?"

"不,毕休,我在吃早饭。您也一起用一点吧?"

他没有回答,从他轻微颤动了一下的鼻翼,我看出他很想吃。于是,我牵起他的手,把他拉到了身旁的椅子上。

给他盛饭的时候,这个可怜虫在桌子上闻来闻去,微笑着说:"真香!我终于可以大吃一顿了。您不知道我有多久没吃过一顿像样的早餐了!每天早晨,我只能拿着一个铜板买来的面包在各个衙门之间奔走……因为,您知道的,现在追赶他们就是我唯一的职业。我想走走后门儿,开一个烟店……还能有什么办法呢,一家老小总得吃饭吧!我画不了画,也写不了字了……什么?我来说,让别人代笔写?……可是说些什么呢?……我的脑子里是空的,想编东西都编不出来。我原来的职业是观察巴黎的百态,然后把它们记下来,画下来,可是现在没了双眼,一切就全完了……所以,我想到了开个烟店。我可没有奢望要把烟店开在多么繁华的地段,既不是当红舞女的老娘,又不是高级军官的遗孀,我哪里有那种福气呢!这点儿自知之明我还是有的。我只想在外省弄个小店面,远点儿、偏点儿,哪怕是在孚日山的某个角落里也无所谓。到那时,我会叼着一支瓷质的大烟斗,改名叫作汉斯或者泽贝倍,然后撕下作家同行们的作品用来卷烟,借以慰藉我这颗再也无法写作的心。"

"这就是我的全部要求,一点都不过分,不是吗?……可是就这点请求,居然也实现不了……其实这本不该是什么难事儿,不管怎么说,我过去好歹也算是个红人儿,和将军一同进餐,去王子和部长家做客,都是常有的事儿。这些贵人们时常邀请我,是因为我能给他们带来欢乐,或者是因为我的文章和漫画让他们有几分畏惧。可是现在不一样了,我没有让人家害怕的资本了!我再也没有接到过一张邀请函,谁会想让一个瞎子出现在自己的餐桌上呢!请您递给我一片面包好吗?……啊!这些强盗们!他们非要让我为了一个小烟店吃尽苦头。整整六个月,我拿着这份请愿书跑遍了所有官员的府邸。一大早,仆人们开始生炉火,在院子里为部长大人遛马的时候我就到了,一等就是一整天,直到燃起灯笼、厨房飘起炊烟的时候才离开……

"我的日子全在部长家门房里装柴火的箱子上度过了。看门的人们都认识我,他们私下里管我叫'好好先生',因为我为了得到他们的照顾,不得不讲些小笑话或者是在油纸的角上画一些大胡子的简笔画博他们一乐……这就是我享受了二十年功名利禄后落得的最终下场,这就是一个艺术家的下场!……就这样,据说全法国还有四万个不知好歹的年轻人对这份职业无比向往呢!从外省开来的火车每天都要往巴黎运来一批又一批视文学、视油墨为生命的疯子!……啊!天真的外省人啊,我毕休潦倒的命运难道不足以成为你们的警钟吗!"

说完,他一头埋进了盘子里,狼吞虎咽地吃了起来,再没有说话……看见他这样,我的心里真不是滋味儿。吃饭的时候不是面包掉了,就是叉子丢了,双手摸摸索索地找酒杯,可怜的人儿啊,他还没有完全适应失明的生活。

过了一会儿,毕休又重新拾起了话头。

"您知道最让我难受的是什么吗?是再也看不了报纸了。不干这一行是理解不了我现在的感受的……有时候,我会在晚上回家的路上买一份报纸,不为别的,就为了闻闻油墨未干的味道和最新消息的气息……真好闻啊!可是没有人能给我读读上面究竟写了什么。我老婆她识字,但是她不愿意给我读,她总是拿社会新闻版里全是些不堪入目的消息为理由拒绝我。这些女人们啊!原来当情妇的时候不知害臊,一旦结了婚,就装得比谁都正经。自从我把她扶正为毕休太太之后,她就认为自己必须得虔诚无比,瞧她都虔诚到什么程度了吧!……逼着我用她求来的圣水擦眼睛,吃祝福过的面包,给教会捐款,读《耶稣降生记》,供奉中国的菩萨,谁知道她还会琢磨出什么花样!……全家都被她的善行给淹没了……现在我眼瞎了,为我读读报总该也算是一件善事了吧,可人家呢,人家却不干了……如果女儿还在身边的话,她一定会为我读报的。可是,自从我瞎了之后,她就被送到圣母修道院了,没办法,得省口粮食啊……

"至少这世上还有一个让我挂心的人,就是她,我的女儿!她还不到九岁,可什么病都得了个遍……她性格忧郁,长得还丑,甚至比我还丑!……简直是个丑八怪……这都是报应,谁让我的工作就是描绘各种各样的丑角儿呢……哎呀,真不赖,我竟然把家里的那点丑事全给抖搂出来了。这些破事儿与您何干呢?……来吧,再帮我倒杯烧酒吧。我得准备继续干活儿了,下一步要去趟教育局,那儿的门房可不太好哄,都是些退休下来的教书匠,古板得很。"

我为他斟满了一杯烧酒,他一口一口地小酌起来,露出一种受人怜悯之后的神情……突然,他似乎是产生了一股莫名其妙的灵感,忽地站了起来,手持酒杯,把凹着一双瞎眼的脑袋转动了一周,然后在脸上挂上了一丝演讲前绅士般的微笑,吊起尖尖的嗓门,如同身临两百人的宴会一样,开始了他的即兴演说:

"为艺术干杯!为文学干杯!为新闻事业干杯!"

演说持续了整整十分钟。我敢说,这是这个讽刺作家有生以来最疯狂也是最优秀的一篇即兴作品。

"请您想象一下,年底的文学杂志上刊登了一篇名为《十九世纪六十年代文学大事记》的文章,文章是这样写的:'过去的一年里,文学界盛事连连,各种闲言碎语、叫骂争吵不断,光怪陆离的文学圈里丑事频发,文字垃圾堆得比粪坑还满。这个圈子比地狱还黑暗,所谓的文人们相互辱骂、相互敲诈、相互残杀,因分毫之利而引发的争吵声比菜市场小市民的讨价还价声还高亢。可尽管如此,文艺圈里被饿死的人仍是随处可见。文人们怯懦,文人们落魄,文人中不乏有像T.男爵一样落得一袭破衣,捧着一只木钵跑去杜勒伊宫的乞讨者。年

终，又有一批批的文人死掉了，葬礼的消息早已发布，议员先生前来致辞，悼词仍是千古不变的'亲爱的令人惋惜的……可怜的亲爱的……'可是死者的丧葬费仍是没有一个人肯出。每年，这个圈子里有多少人被逼得自杀，被逼得发疯……请您想象一下吧，一个天才的滑稽大师绘声绘色地在他的即兴祝酒词中为您道出了这个圈子里的真相，这就是我，毕休的演说。"

演说结束，杯里的酒也喝完了，他问了一下时间起身就走，连告别的话都没有说，毫无礼貌可言……不知道教育部长家的门房今早会怎样接待他，我只知道自己这辈子从来没有像今天早晨这么伤感过。这个可怕的瞎子走后，我始终沉浸在忧伤中无法自拔。桌上的墨水瓶让我恶心，羽毛笔让我感到害怕，我只想逃得远远的，去看看树，去呼吸一下新鲜空气……天啊！多么强烈的仇恨，多么强烈的怒气，才能让一个人不惜一切地去辱骂自己的职业，把一切抹黑……啊！这个可恶的家伙……

我愤怒地在屋里来回踱步，感觉耳边还回响着他说自己女儿时候的冷笑。

突然，瞎子刚才坐过的凳子旁边似乎有什么东西从我脚下滑过，我弯下腰，发现是他的公文包，一只硕大油亮的公文包，包的四角已经被磨破了。这只皮包毕休从不离身，他曾笑称那是他的毒囊。毕休的这只公文包在我们文艺圈相当出名，人们都说里面藏着不少可怕的资料……难得我有这么好的机会能打开看看，一探究竟。皮包被塞得满满的，掉到地上时，里面的东西已经全都散开了，我不得不一张张拾起来……

其中有一沓写在印花纸上的信件，每封信的开头都是"我亲爱的爸爸"，署名是"赛琳娜·毕休，于玛丽圣母修道院"。

还有一些治疗儿童疾病的旧处方：哮喘、癫痫、猩红热、麻疹……能得的病，可怜的小姑娘真的是一样都没逃过！

最后，是一只封着口的大信封，信封里露出几根卷曲的黄色头发，像从小女孩的小圆帽里散下的发丝一样。信封上，歪歪斜斜地写着几个大字，一看就是出自盲人之手：

"赛琳娜的头发，剪于五月十三日，送她去那儿的当天。"

这就是毕休公文包里的全部内容。

得了吧，巴黎人们，你们和毕休没什么两样。所有的厌恶、嘲讽、讥笑、挖苦，到头来还不是换来一个：

赛琳娜的头发，剪于五月十三日……

金脑人的故事[①]
——写给一位想听快乐故事的女士

亲爱的女士，读罢您的来信，我深感自责。我也意识到自己写的故事确实过于沉重和忧郁，并为此悔恨不已。我发誓，今天一定要为您写一篇轻松的故事作为补偿，一篇极为欢乐的故事。

我有什么理由伤感呢？远离巴黎的尘嚣，住在阳光明媚的山冈上，生活在手鼓和葡萄酒之乡，周围除了阳光就是音乐，有白尾鸟为我奏乐，有山雀为我歌唱，还有清晨的杓鹬、午后的鸣蝉、傍晚的牧笛相伴，以及葡萄园里褐发女子爽朗的笑声……守着这么多美好的事物，我还有什么理由伤感呢！来普罗旺斯吐苦水？真是找错地方了！我必须马上痛改前非、改变文路，开始专为太太们写些玫瑰色的诗歌和轻松的爱情故事。

噢，不！我还是没有逃离巴黎。每天，即使我躲进松林，也依旧可以听到从巴黎传来的各种噩耗……就在我写下这段话的时候，刚刚得知故友查尔勒·巴赫巴哈离世的消息，我和我的磨坊随即陷入无尽的伤痛之中。再见吧，杓鹬和知了！我实在没有什么心情听你们歌唱了……这就是为什么，亲爱的女士，我无法履行我的诺言了，今天，还是要给

[①] 本文最早发表于1866年9月29日《事件报》。——原注

您讲上一段忧伤的故事。

从前，有一个金脑人，没错，他的脑浆是金子做的。金脑人出生的时候，所有医生都说这个孩子活不了多久，因为他的脑袋太大太重了。然而，金脑人却像阳光下的橄榄树一样倔强地一天天长大了，只是那颗大脑袋让他吃了不少苦，走路的时候总是摇摇晃晃地撞到桌椅板凳上，让人看了不禁心酸……他经常摔跤，有一天，不小心从高高的楼梯上滚了下来，脑门儿直接磕到了大理石台阶上，发出金块坠地的声响。父母都觉得孩子这下得摔死了，可出乎意料的是，扶起来之后发现孩子只受了点儿轻伤，并且金色的头发里冒出的不是鲜血，而是两三滴金水。父母这才知道自己的孩子长着一颗金脑袋。

家人严守着这个秘密，可怜的小孩子自己也没感觉到什么异常，只是时不时的会问爸爸妈妈为什么不让他上街和别的小朋友一起玩耍。

"会有人把你偷走的，我的宝贝儿！"母亲告诉他。

小孩儿非常害怕自己被人偷走，所以就乖乖地钻回房间自己玩。他也不怎么说话，只是拖着沉重的脑袋在房间里来回溜达……

直到十八岁的时候，父母才告诉了金脑人命运给他的特殊安排。父母抚养他成人不容易，所以就问他可不可以从他的脑子里取出一点金子作为回报。男孩儿丝毫没有犹豫就答应了。至于他是怎么把金子从脑袋里取出来的，故事里并没有确切的描述，只知道最后，金脑人拿出一块核桃大小的金子，骄傲地扔给了母亲……之后，金脑人开始因为自己的超能力而变得忘乎所以，他得意扬扬地离开了父母，满世界地去挥霍浪费。

他自认为脑袋里的金子取之不尽，所以生活得奢靡无度，花钱如流水一般。可是他错了，任何东西都有枯竭的一天。渐渐地，他的双眼失去了光彩，脸颊上的肉也越来越少。终于，在一场午夜的狂欢后，他独自一人在杯盘狼藉、蜡烛熄灭的宴会厅里醒来，他感到脑袋里空空荡荡的，他开始恐惧和不安。是时候停下来了。

从那天起，他过上了一种全新的生活。金脑人离开了纸醉金迷的大都市，去一个很远的地方靠双手挣钱糊口。他变得像个吝啬鬼一样又计较又胆怯,逼着自己忘掉脑中的财富,永远不再去碰……只可惜,他被一个曾经的狐朋狗友给盯上了,而且这个朋友知道他全部的秘密。

一天晚上,可怜的金脑人被头颅中剧烈的疼痛折磨而醒,他头晕目眩地下了床,借着月光看到他的那个朋友往大衣里藏了什么东西,然后就匆匆逃走了……

他又失去了一些金脑浆!……

事情没过多久,金脑人就恋爱了,这下全完了……他疯狂地爱上了一个娇小的金发女子,金发女子也爱他,不过更爱精致的绒球、雪白的羽毛和长筒靴上金褐色的漂亮流苏。

这个古灵精怪的尤物像只小鸟,又像是洋娃娃,金脑人的一片片金子在她手中就像变戏法一样,唰的一下就花光了。不过这样的挥霍换来的是两人的欢乐。女人娇蛮任性,男人更是一味地娇惯纵容,甚至因为害怕给女人造成困扰,而不忍把自己悲惨的财富秘密告诉女人。

"那我们很有钱喽?"女人问。

可怜的男人回答:"噢,当然……很富有!"

于是,精灵般的小鸟便一直天真地啄食金脑人的脑浆,而金脑人却总是对她投以宠溺的微笑。不过有时候,他也会突然害怕起来,想要吝啬一点,可是一旦娇滴滴的小娘子蹦蹦跳跳地朝他走来,他就会全线崩溃。

"我富有的老公啊!给我买份贵重的礼物吧……"

然后他就给她买来贵重的礼物。

这样的生活持续了两年。两年之后的一个清晨,小娘子突然死了,像只小鸟一样,没有人知道为什么……金脑人的财富也见了底。失去爱妻的金脑人用他最后的一点金子为妻子办了一场奢华的葬礼。葬礼上鞭炮齐鸣,华丽的四轮灵车挂满了黑色的帐幔,装饰着羽毛的马匹牵引着灵车,天鹅绒的毯子上缀着泪滴般的珍珠……总之,一切都美到了极致。现在,金子对他来说还有什么意义呢?……葬礼结束后,他把剩下的钱随意打发给了教会、搬运工甚至卖花女……走出墓地的时候,他神奇的脑壳里除了壁上还剩些金屑外已经没有任何东西了。

　　接着，人们看到他在街上失魂落魄地逛荡，两手耷拉着，踉踉跄跄，像个醉汉一样。傍晚，华灯初上，他走到了一家商店的橱窗前，发现里面有成堆的衣料和无数在灯光下闪烁的珠宝。他在橱窗前站了好久，被一双配有天鹅绒的缎面长筒靴吸引得挪不动脚步。"我知道这双鞋一准能让某个人高兴！"他笑着自言自语道，似乎已经忘了他的娇妻已不在人世。他走进商店要把这双鞋买下来。

　　正在后屋的店员听到一声叫喊，赶紧跑了出来，她被眼前的景象吓呆了：一个男人紧靠着柜台，痛苦地望着走来的她，一只手拿着那双缎面长靴，另一只手沾满了鲜血，指甲里钳着一点刚刚刮下来的金屑。

　　这就是金脑人的故事。

　　故事听起来虽然荒诞，却在某种程度上有着它的真实性……世界上有太多靠脑子生活的人，他们为了生计，不得不一点一点地耗尽自己的精髓。对于他们来说，生活就是一种折磨，直到有一天，他们终于无法承受……

诗人米斯塔尔[①]

上个星期天起床的时候,我有一种仍住在巴黎的错觉。外面在下雨,天灰蒙蒙的,磨坊里一片凄凉。我实在不想独自一人度过这样一个阴冷的雨天,所以立即萌生了去找佛雷德里克·米斯塔尔的念头,和他在一起至少能让自己感觉暖和点儿。大诗人佛雷德里克·米斯塔尔住在一个叫作马雅纳的小村庄,离我的磨坊只有十几里远。

说走就走!拿上一支桃木拐杖,一本《蒙田文集》,一件雨披,就这么上路了!

田地里空无一人……信奉天主教的普罗旺斯人要让他们的大地也在星期天休息一下……农舍都关着门,只留一条看家的狗儿守着院子……一辆搭着雨篷的马车渐行渐远,驾车的是一位头戴风帽、身披褐色蓑衣的老妇人,拉车的骡子丝毫没有因为下雨而简化自己的节日盛装,蓝白相间的草编鞍鞯、红色的绒球、银色的脖领,一样也不少,它一路小跑地载着乡亲们去教堂做弥撒。远处,透过雨雾可以看到河面上荡着一只小船,渔夫站在船头用力地撒着渔网……

[①] 米斯塔尔(1830—1914),法国著名诗人,作品多反映普罗旺斯的自然景色和乡土感情,于1904年获得诺贝尔文学奖。

这样的天气根本没有办法边走路边读书。大雨本就滂沱，再加上西北风，和过泼水节没什么两样……我喘着粗气跋涉了整整三个小时后，终于看到了前方的柏树林，小村庄马雅纳正娇羞地藏在树林里避风。

村里的街道上连一只猫都没有，所有人都去做弥撒了。经过教堂时，我听到管风琴正在奏鸣，五彩玻璃窗里面有无数的烛火在跳动。

诗人的家在村边，沿左手边的圣·雷米大街走到尽头便是。那是一座平房，房前有一个小花园……我悄悄推开门……没有人！客厅的门是关着的，但是可以听到里屋有人正踱着步子高声朗读着什么……那是我再熟悉不过的脚步和嗓音了……我站在涂着白灰的门厅里，手搭在门锁上，心激动得怦怦直跳。我迟疑了片刻，他在里面，可是他正在工作，是不是应该等他把一节诗读完再进去？……哎呀，管它呢！我一把推开了门。

噢，巴黎的朋友们啊，如果大诗人米斯塔尔走进你们的沙龙，向你们展示他的家乡马雅纳，你们一定认为这个来自乡间的文人会穿上入时的衣着，不但衬衫的领口笔挺，还会戴上一顶与他的诗文所取得的荣耀相称的礼帽，对吗？……不，那就不是米斯塔尔了。世界上只有一个米斯塔尔，就是上个星期天我在村子里见到的那个米斯塔尔。他的毡帽已经耷拉到了耳梢，他甚至没有穿衬衣，腰间系着一条加泰罗尼亚式的红腰带，他的眼睛炯炯有神，脸颊上闪着灵感的光辉，嘴边挂着一抹微笑，优雅得像希腊神话里的牧羊人。他正两手插着裤兜，在屋里大步流星地走着，仔细推敲着他的诗句……

"呦，怎么是你！"米斯塔尔一把搂住我的脖子惊喜地叫道。"你怎么想起来看我了呀！……来得正好，今天是马雅纳的庙会日，一会儿不但有音乐会，还有斗牛和宗教游行，当然也少不了法兰多拉舞，热闹得很……我母亲去做弥撒了，很快就回来，咱们先吃饭，然后，哈哈，就去看姑娘们跳舞……"

米斯塔尔滔滔不绝地讲述今天的安排时，我边听边饶有兴趣地欣赏着他的小客厅。好久没来了，曾经真是在这里度过了不少美好的时

光啊！客厅的样子一点都没变：还是贴着清新的壁纸，摆着一张黄格子的沙发和两把藤椅，断臂的维纳斯和阿尔勒的维纳斯两个雕像优雅地站在壁炉旁，墙上还挂着画家艾贝尔为他画的肖像画和摄影师艾迪那·卡尔加为他拍摄的照片。靠窗的角落里安放着诗人的书桌，那是一张税务员的小办公桌，桌上堆满了旧书和字典。我在书桌正中发现了一沓厚厚的文稿……是《卡朗达尔》，大诗人佛雷德里克·米斯塔尔的最新诗作，即将在今年圣诞节出版。这本诗集花了米斯塔尔整整七年的时间，近半年来他没干别的，全部用来琢磨这结尾的一篇诗了。即便如此，他仍觉得还欠那么一点火候。您应该能够理解，对于诗人来说，总是还有需要润色的句子，总是还有更优美的韵律有待发现……可惜，米斯塔尔的诗都是用普罗旺斯方言写的，任凭他如何精心雕琢，最后能读懂的人是少之又少……啊！这位了不起的诗人用蒙田的一句话来形容再合适不过了：有这么一种人，人们都问他为什么要花如此大的心力去钻研一种几乎无人能懂的艺术，他的回答是："有少数几个人懂就够了，哪怕只有一个知音，甚至连一个都没有，也无所谓……"

我双手捧着《卡朗达尔》一页页地翻阅，读得心潮澎湃……就在此时，窗外的街上传来短笛和手鼓的声音，只见我们的朋友米斯塔尔飞

奔到柜子前取出几瓶酒和几只杯子，然后迅速地把餐桌摆到客厅中央，随即为门外的乐手们打开了屋门，并对我说："你可别笑话我……他们是来给我奏曲凑热闹的……我是镇上的议员。"

小小的客厅里顿时挤满了人。乐手们把手鼓放到凳子上，把会旗靠在墙角。酒杯里已经斟满了烧酒，大家纷纷为佛雷德里克·米斯塔尔举杯。几瓶美酒下肚，大家的兴致越来越高，七嘴八舌地议论起今年的庙会，猜测今晚的法兰多拉舞会不会比去年热闹，斗牛会不会比去年的精彩……没过多久，乐手们便起身告辞，他们还要去别的议员家讨讨喜。

这时，米斯塔尔的母亲回来了。三两下工夫，餐桌就又重新收拾好了：一条漂亮的白色台布上摆放了两副餐具。我了解米斯塔尔家的习惯，家里有客人的时候，米斯塔尔的母亲是不会上餐桌的，因为老太太只会讲普罗旺斯方言，和说法语的客人交流会让她感到为难……最重要的是，厨房也离不开她。

天啊！我今天是多么幸运，可以享用到如此丰盛的一餐。烤羊肉、当地特产的奶酪、苹果酱、无花果，还有麝香葡萄，所有的食物上都浇了一层晶莹剔透的卤汁，再配上透明的玻璃盘子，那娇艳的玫瑰色简直美极了……

饭后用甜点的时候，我取来了诗集，把它放到米斯塔尔面前。

"咱们可是说好的，要出去走走。"诗人微笑着说。

"不，不！……还是读读它吧，《卡朗达尔》,《卡朗达尔》！"

米斯塔尔知道拗不过我，于是便开启了他柔和悦耳的声音，一边用手打着拍子，一边为我朗读起《卡朗达尔》的第一章：

一位坠入爱河的少女，
我曾讲述过她悲惨的境遇。
如果上帝允许，
我想先唱一唱一个来自加西的少年，
他是一个穷困潦倒的渔夫……

屋外，晚祷的钟声敲响了，广场上燃起鞭炮，短笛和着手鼓在街上来来回回的奏鸣。卡玛尔克的公牛在人们的引逗下狂奔，发出哞哞的叫声。

而我呢，双肘支在桌子上，眼里噙着泪水，正专注地倾听着一个普罗旺斯少年渔夫的故事。

卡朗达尔只是一个小小的渔夫，是爱情让他成为英雄……为了赢得佳人爱思特艾尔的芳心，他做出了许多了不起的事情，希腊神话里赫拉克勒斯的十二件伟业和卡朗达尔的所作所为相比，简直微不足道。

卡朗达尔带领渔夫们一起致富。他发明了一种强大的捕鱼机器，一下子就能把海里的鱼全部打上岸。有一次，一群穷凶极恶的强盗占领了奥利乌勒斯山谷，而这伙强盗的后台竟是赛维兰伯爵，卡朗达尔不畏权贵和危险，独自一人闯入强盗们的老巢，在情妇堆儿里活捉了赛维兰……小伙儿卡朗达尔真是勇气可嘉！一天，他在圣·伯姆遇到了剑拔弩张的两伙人，这两伙人正准备在建造了莎勒蒙神庙的雅克大师的墓穴前用武力解决纷争，卡朗达尔当然不会坐视不管，他用良言相劝，两伙人居然真的放下了屠刀……

还有好多出乎凡人意料的事呢！……传说在巨石耸立的吕尔山上有一片高不可攀的雪松林，从来没有樵夫敢踏进那里一步。卡朗达尔可不怕，他只身一人在林子里待了三十天。这三十天里，人们听见他的斧头声从未间断，一下一下地砍入粗壮的树干。整个雪松林都遭了殃，参天的大树一棵棵地倒下，滚进了深渊。当卡朗达尔从山上下来的时候，山里的雪松一棵也没剩下。

最后，作为对功勋卓著的少年的嘉奖，渔夫卡朗达尔不但赢得了爱思特艾尔的芳心，还被加西的乡亲们推选为行政官。这就是卡朗达尔的故事……其实，是不是卡朗达尔根本不重要，诗的灵魂是普罗旺斯，是属于大海的普罗旺斯，是属于高山的普罗旺斯，是普罗旺斯的历史，是普罗旺斯的风俗，是普罗旺斯的传说，是普罗旺斯的风景，是淳朴自由的普罗旺斯人，是一个在湮灭前夕终于找到一个可以为自己歌唱的伟大诗人的民族……今日，尽管现代的你们铺设了一条条铁路，架起了一根根电线杆，把普罗旺斯方言赶出了课堂，可是普罗旺斯依旧会在《米洛依》和《卡朗达尔》里永存。"

"好了，诗已经读得不少了！"米斯塔尔合上文稿说，"该出去看看庙会庆典进行得如何了。"

我们走到街上，发现几乎全村的人都来了。一股北风将天空中的乌云一扫而净，被雨水浸湿了的红色屋顶在水洗过的天空下散发出柔美的光芒。我们正好赶上宗教游行的队伍往回走。队伍长不见尾，走了足足一个小时。队伍中有戴风帽的苦修士、穿白衣的苦修士、穿蓝衣的苦修士、穿灰衣的苦修士、蒙面修女、金色玫瑰花会旗、四人扛着的木制镀金神像、手捧花束的彩陶神像、绿色天鹅绒华盖下的各种金银圣器、缠着白丝巾的十字架……所有一切都在微风的吹拂下和烛火以及夕阳的映衬下晕出一道道光圈。钟声愈敲愈响，赞美诗和祷告声此起彼伏。

游行终于结束了，圣像被放回了教堂。我们赶紧转场，去看斗牛和在打谷场举办的运动会。摔跤、跳远、抓猪、丢羊皮袋，一系列普罗旺斯的特色游戏玩得正酣……当我们回到村里的时候天色已暗。米斯塔尔坐到了村广场边的一家小咖啡馆里，今晚他还要和朋友吉多尔在这里小聚一下。广场上已经燃起一堆节日的篝火，瓦楞纸做的灯笼一盏接一盏地将夜空点亮，年轻的姑娘小伙儿们早已站好了位置，只等手鼓一响，热情的法兰多拉舞便应声而起，欢乐的人群要围着火堆尽情地跳上一整夜。

夜宵过后，我们俩实在没力气再玩了，于是便回到了米斯塔尔的卧室。那是一间再简陋不过的乡下人的卧室了，里面只有两张大床，墙上连壁纸都没有，甚至连屋顶的横梁都直接裸露在外……四年前，法兰西学院为《米洛依》的作者颁发了三千法郎的奖励，米斯塔尔太太当时就想用这笔奖金把卧室装修一下。

"咱们把你的卧室贴贴壁纸，装装天花板好不好？"母亲问儿子。

"不行，不行！"米斯塔尔回答，"这笔奖金是诗人们共有的，咱不能私自动用。"

于是，卧室就一直保持着光秃秃的模样，而这笔属于诗人们共有的基金只要还没用完，那些敲开米斯塔尔家门前来借钱的人就从来没遇到过阻碍……

我带了《卡朗达尔》的文稿进卧室，想要请诗人在睡觉前再为我读上一段。米斯塔尔选了有关彩陶的一节，大致意思是这样的：

某次盛大的晚宴上，主人为宾客们呈上了一套精致的慕斯提耶彩陶餐具。每只盘子的底部都用蓝色的釉质绘着一段有关普罗旺斯的故事，这盘盘碟碟组合起来就构成了一部普罗旺斯的史志。作者是怀着多么的深厚感情才能绘出这样一部杰作呢！每只盘子上还都写着一首小诗，小诗首首清新又睿智，与希腊诗人泰奥克利特的作品有异曲同工之妙。

米斯塔尔用他美丽的普罗旺斯方言为我朗读着那些诗句。普罗旺斯方言与拉丁文有七分相像，过去曾是王公贵族的用语，而现在却只有牧羊人才能听懂。我顿时对面前的诗人充满了敬仰，是他，在一片废墟中重新挖掘出了他的母语。这使我联想到了阿尔皮勒山上经常可以看到的波克斯时代的宫殿遗址：宫殿的屋顶早已坍塌，台阶上的栏杆荡然无存，窗户上的玻璃不知落向了何处，尖尖的穹顶和大门上的徽饰被苔藓啃噬得没了痕迹，母鸡在曾经高贵无比的院落里觅食，家猪在昔日精致的廊柱间打滚，驴子在长满青草的小教堂里反刍，鸽子飞到盛满雨水的圣水缸前汲水，宫殿外墙的层层瓦砾上竟然还有两三户农民搭起了临时的茅草屋。

终于有一天，一位农民的儿子爱上了这片废墟，他因这片瑰丽的财富遭遇如此的亵渎而痛心疾首。赶快，赶快，把这些可恶的畜牲们赶出这尊贵的院落！他的行为得到仙女们的暗中相助。他独自一人，重新扶起了坍塌的墙壁，建起了高高的楼梯，为窗棂装上了五彩的玻璃，为宝座涂上了崭新的金粉，一座宏伟的宫殿恢复了往日的容颜，只待尊贵的教皇和皇后再次入驻。

这座被修复的宫殿就是普罗旺斯方言。

这位农民的儿子就是米斯塔尔。

三遍小弥撒

——圣诞节的故事

I

"确定是有两只茭白烤火鸡对吗,加里古?"

"不会错的,尊敬的神父大人!那两只茭白烤火鸡是我亲手帮厨子往火鸡肚子里填的料,还能不知道么。厨子说待会儿烤的时候,火鸡皮就会嗞嗞冒着油炸开,变得又脆又嫩……"

"哦,我的上帝啊!我最爱吃茭白了!……快,快,加里古,把我的袍子拿来……嗯,除了茭白,还有什么别的好吃的?快跟我说说你在厨房都看到了些什么。"

"哎哟,可了不得了!各种各样的美味……从中午我们就开始给野鸡、戴胜鸡、大松鸡拔毛了,鸡毛丢得满地都是……还有人拎来了刚从池塘里捞的鳗鱼、金鲤、鳟鱼,还有……"

"那鳟鱼有多大个儿,加里古?"

"有这么老大呢,我的神父大人……肥极了!……"

"哦天哪!我怎么感觉它们就在我眼前呢……你把酒装到瓶子里了

吗？"

"不会忘的，我的神父，早就装好了……噢，该死！这瓶子就只能装这么一点酒，怎么能够您做完午夜弥撒后喝呢！您是没看见城堡餐厅里的酒，硕大的酒瓶个个儿都装满了五颜六色的葡萄酒呢……还有那些银光闪闪的餐具、雕刻精美的碗碟、鲜花、蜡烛……啧啧，我可从来没见过比这更丰盛的年夜饭了！侯爵先生把咱们这块儿有头有脸的人物都请来了，今晚您至少能看到四十位嘉宾，再加上大法官和公证人……啊！我的神父大人，您当然也在受邀之列啦，多幸福啊！……我呀，只要能闻闻那喷香的茭白烤火鸡就满足了。您不知道，不管走到哪儿，我都觉得有一股烤火鸡的香味儿……真香啊！……"

"快别说了，别说了，我的孩子。咱们可不能被贪吃的魔鬼扰乱了神志，尤其是在圣诞夜这么重要的日子……快去点上蜡烛吧，然后敲响第一遍弥撒的钟声。午夜马上就到了，咱们可不能耽误……"

这段对话发生在公元一千六百多年的一个圣诞夜，对话的主角是巴拉盖尔神父和他手下的小教士加里古。巴拉盖尔神父原是巴哈纳比特修道院的院长，后来被特兰盖拉吉侯爵请来主持本区的小教堂。而小教士加里古，据巴拉盖尔神父说是加里古，就说不准到底是人是魔了，因为魔鬼经常会在圣诞夜扮成圆脸的教堂杂役，专门引诱神父犯下可怕的贪吃罪。因此，当那个自称是加里古的家伙用力敲响弥撒的钟声时，神父大人虽然已经在圣器室换好了祭披，但是脑子早就被那些有关年夜饭的描述给搞乱了，嘴里不停地念叨着："烤火鸡……金鲤鱼……肥鳟鱼……"

城堡外，夜风将钟声送向远方，望都山的山脊上相继出现了点点灯光，那是特兰盖拉吉侯爵家佃户们的住所。佃户们听到城堡里弥撒钟声的召唤，三五成群地唱着歌，沿着山路走来。父亲打着灯笼走在最前面，母亲披着褐色的大斗篷，把孩子们紧紧搂在斗篷里。尽管已临近午夜，天黑风劲，善良的农民们仍是走得兴高采烈，因为他们知道，弥撒过后还有一顿丰盛的年夜饭等着他们呢，这可是传统！崎岖不平的山路上时不时地会奔过一辆华丽的四轮马车,仆人们在车前举着火把,映得车窗玻璃闪闪发光。有时,还会有一头摇着脖子碎步小跑的骡子经过,乡亲们认出了坐在骡子上的是他们的法官大人,于是便纷纷打招呼道:

"晚上好啊,阿尔诺顿老爷!"

"晚上好,我的孩子们!"

夜空如洗,繁星在严寒中显得格外璀璨,北风刺骨,细小的雪粒打在衣裳上随即滑落,丝毫不留水迹,白色圣诞,果然名不虚传。望都山山顶上塔楼簇拥下的古堡今夜尤为耀眼,高高的山墙和教堂的钟楼直耸入蓝黑的天空,玻璃窗透出的点点烛光来回跳动,在黑色古堡的背景下像是纸张燃烧后散落的火星儿……走过吊桥和暗道,还要再穿过前院才能进入教堂。现在,前院已经停满了马车,站满了车夫和仆从,火把和厨房的灶火把院子照得通明。烤肉铁叉旋转时发出的叮当声、平底锅里菜肴翻动的噼啪声、摆放碗碟的叮咚声响成了一片。一阵热气扑来,裹着诱人的烤肉味和浓郁的酱汁香,仿佛是在通知佃户、通知神父、通知法官、通知所有人:

弥撒之后的年夜饭将丰盛无比!

II

叮铃,叮铃……叮铃,叮铃……

午夜弥撒开始了。城堡的教堂是一座精致的主教教堂,有纵横交错的拱门和与墙面一样高的橡木护板,教堂里的地毯已经铺好,蜡烛已经全部点燃。宾客信徒齐聚一堂,个个都扮得光鲜靓丽。主祭台的唱诗班周围有一圈雕花木椅,坐在首席的是身穿一袭橙红色塔夫绸的特兰盖拉吉侯爵,他的身旁是今夜邀请来的贵宾们。唱诗班对面的丝绒跪凳上落座的有继承了丈夫遗产的老侯爵夫人,她今天穿了一身红色的锦袍,还有年轻貌美的特兰盖拉吉夫人,她梳着时下法兰西宫廷最流行的发髻。再远一点的座位上是身穿黑袍、头戴尖形假

发、胡须刮得干干净净的托马斯·阿尔诺顿法官和公证人安博华,两个黑衣人坐在夫人们鲜艳的绸缎之间像是两个不合群的低音符号。再往后就是肥胖的管家们、年轻的侍从们、马夫杂役们,还有管钥匙的巴尔波太太,巴尔波太太腰间挂着一只银圈,上面穿满了各式各样的钥匙。最后几排的条凳上是低级的神职人员、女仆、佃农和他们的家人。守着门站着的是厨房的帮工们,他们利用做饭的空当儿偷偷跑到教堂门口,想一睹午夜弥撒的盛况。他们这一来可好,宗教气氛浓重的教堂里又添上了从门缝里飘来的诱人饭香。

是不是那些出来进去的小白帽厨子们让主祭大人分心了呢?也许有

影响吧。但最要命的还是加里古的铃声,那铃声在祭台下叮叮咚咚响个不停,像个魔鬼一样缠在神父耳边一直在催说:"快点,快点……早点结束就能早点吃饭了!"

结果,魔鬼的铃声每敲响一次,神父就要走一次神儿,脑子里就只剩下年夜饭这一件事。他想象着忙成一团的厨房、燃着熊熊炉火的灶台、顶开锅盖的水蒸气、肥硕的烤火鸡、火鸡肚子里塞着的烤得喷香流油的茭白……

他仿佛还看到了一队队侍从端出一盘盘腾着香气的美味佳肴,他随着他们走进已经准备停当的宴会厅。哎哟,真是美极了!巨大的圆桌上摆满了山珍海味,有仍带着羽毛的孔雀,有张着金色翅膀的野鸡,有装满琼浆的酒瓶,有摞成金字塔的水果,还有加里古说的各种新鲜的鱼,它们躺在茴香铺就的案板上,鱼鳞仍闪着珠光,鼻孔里还插着香草,像是刚刚从水里捞出的一样。眼前鲜活的幻象让巴拉盖尔神父一度错觉那些菜品就摆在祭台前的绣花台布上。所以他竟有两三次把弥撒经里的词不小心念成了餐前的祷告词。不过除了这些微小的口误外,认真负责的主祭大人还是把他的弥撒主持得井井有条,一句祷告词也没落,一次跪拜也不缺,直到第一遍弥撒结束,一切都还安好。不过,您知道的,在圣诞夜,同一位主祭要连续主持三遍相同的弥撒……

"第一遍弥撒结束啦!"神父大人长出了一口气。事不宜迟,他向小教士加里古打了个手势,于是……

叮铃,叮铃……叮铃,叮铃……

第二遍弥撒的铃声敲响了。这次,巴拉盖尔神父大人开始变得有些控制不住自己了。

"快,快,再快点!"加里古尖细的铃声不断地冲他叫喊,可怜的主祭先生完全被贪吃的恶魔制伏了。他在食欲的催促下显得亢奋无比,念起弥撒经时像是有人在追赶他一样。他胡乱地屈身、起立、画十字,跪拜时更是为了节省时间只做做样子敷衍了事,刚伸出手去摸《福音书》,嘴里就开始嘀咕起《悔罪经》。他和手下的小教士似乎是在比赛看谁念经念得快，领唱和应唱之间似乎也在较着劲地你追我赶。词儿只念一半，嘴都不张开，没办法，赶时间嘛！嘟哝一遍就得了，听不清就听不清吧。

Oremus ps……ps……ps……

Mea culpa……pa……pa……

像急着把葡萄塞进酒桶的果农一样，主祭大人和他的助手们也在弥撒的经文里一阵胡乱扑腾，弄得汁水飞溅。

"Dom……scum!"巴拉盖尔念道。

"……Stutuo！……"加里古应道。该死的铃铛声一直在两人耳边响个不停，像是拴在骡子脖颈前催骡子快跑的脖铃一样烦人。踏着这样的节拍，第二遍小弥撒草草结束了。

"第二遍了！"神父气喘吁吁。可是不能浪费时间呀！神父气儿都没来得及喘上一口就涨红着脸冲下祭坛的台阶，于是……

叮铃，叮铃……叮铃，叮铃……

第三遍弥撒开始了。距离餐厅只有几步之遥了。可是……为什么！为什么越是临近年夜饭，可怜的巴拉盖尔神父就越是按捺不住自己的食欲呢！他眼前的幻象越来越清晰，金色的鲤鱼、流油的火鸡……全都在眼前……他伸手去抓……去抓……噢，天啊！……每一盘菜都喷香无比，每一瓶酒都馋得人口水直流，还有那该死的铃声，发疯似的摇个不停。

"快，快，再快点！……"

怎么才能再快一点呢？只动嘴皮不出声呗……神父这是在公然欺骗上帝，把上帝的弥撒搞得乱七八糟……这个可怜的家伙，他胆敢这么做！……在欲念的追赶下，他跳过了一段经文，接着又连续跳过两段，《使徒书信》太长了，根本来不及念完，《福音书》也是一掠而过，直接进入《信经》，《信经》念上个一两句就开始《天主经》，《天主经》也没念上两段就开始嘟哝《序祷》，他就这么连蹦带跳地犯下了足以入地狱的罪行。跟他串通好的还有那个可耻的加里古，他不断地帮主祭撩起祭披、摇动经书架、迅速地翻经书,把圣水壶推得七扭八歪,还不停地摇着铃铛,而且越摇越带劲,越摇越快。

您不知道在场的信众们都被吓成什么样了!他们根本听不清主祭大人在说什么,只能照猫画虎地模仿主祭的动作,并且模仿得一塌糊涂。这堆人刚站起来,那堆人却跪下了,这堆人刚坐下,那堆人又站起来了,弥撒古怪的进程让人摸不着头脑,条凳前的人们姿势千奇百怪。主管圣诞的星宿大仙从望都山上经过,看到众人的窘相不禁担心得脸色煞白……

"神父念得太快了……根本跟不上呀!"老侯爵夫人头昏脑涨地扶着她的发髻小声抱怨。

阿尔诺顿法官紧抓着鼻梁上的金丝眼镜,拼命地翻着经书,想搞清楚神父到底在念哪一页。可是坐在最后边的那些淳朴的佃农们却与神父心灵相通,他们也一心惦记着一会儿的年夜饭,丝毫不介意弥撒的速度。所以,当巴拉盖尔神父神采飞扬地转过身,用尽全身力气大声宣布"弥撒结束"后,教堂里响起一句齐刷刷的应和:"感谢上帝!"那声音是如此欢快,如此亢奋,就好像大家已经入席,开始干杯了一样。

Ⅲ

五分钟后,侯爵的宾客们已经在宴会厅落座完毕,神父大人也位列其中。城堡上下灯火通明,歌声、笑声、呼喊声、喧闹声充斥着宫殿的每一个角落。德高望重的巴拉盖尔神父丝毫不顾及形象,一叉子就戳向了烤火鸡的翅膀,他对自己贪吃罪的悔恨早已在美酒琼浆面前被抛到了九霄云外。他敞开了吃喝,一点都不节制。最后,这个可怜的神父居然在圣诞夜把自己给活活撑死了,连后悔的机会都没有。第二天早晨,他的灵魂来到了天堂,昨晚年夜饭的喧闹居然还在他的脑海中回响。您尽可以想象一下他在天堂受到了怎样的对待。

"别让我看到你,你这个败类!"至高无上的审判官大人呵斥道,"你昨晚犯下的罪过足以抹杀你一辈子的修行,知道吗!……你竟然敢把圣诞夜的弥撒搞得乱七八糟……行吧!那你就再做上三百遍吧!补不完这三百遍弥撒,你就别想进天堂!那些因你的罪过而犯了错的人们也逃不掉责罚,让他们每年圣诞夜还去你的教堂,和你一起做弥撒吧……"

这就是在橄榄乡广为流传的巴拉盖尔神父的故事。现如今,特兰盖拉吉侯爵的古堡已经不复存在,不过那间小教堂仍然在望都山山顶上的一片橡树林中挺立着。破旧的大门被风吹得劈啪作响,杂草没过了门槛,祭台的四周和交错的拱门的砖缝里搭满了鸟巢,窗户上的五彩玻璃早已荡然无存。但是每到圣诞夜,这片废墟上似乎就会燃起飘忽不定的烛火,农民们去做圣诞弥撒、吃年夜大餐的时候总是能看到这么一幅灵异的画面:一簇无形的蜡烛把教堂照亮,而且风雨无阻。

您肯定要笑了,怎么可能呢!可是一位当地的葡萄种植者会肯定地告诉您这是真事儿。这个人叫加里古,您没听错,就是那个加里古的后代。有一年的圣诞夜他喝醉了,在特兰盖拉吉古堡附近迷了路,然后就目睹了如下一幕:十一点之前,一切都还静悄悄的,没有火光,没有人声。突然,临近午夜的时候,古老的钟楼竟又响起了钟声,感觉像是从十里之外传来的一样。不一会儿,通往山顶的路上就闪烁起点点火光,似有人影在攒动。教堂的门廊下，人们边走边叽咕着：

"晚上好啊，阿尔诺顿大人！"

"晚上好，我的孩子们！"……

所有人都走进了教堂，我们的果农相当勇敢，也悄悄地跟了进去，他透过破旧的大门看到了怪异的景象。人们围绕在祭台周围，坐在废弃教堂的瓦砾上，仿佛当年的条凳还摆在那儿一样。美丽的夫人们穿着绫罗绸缎，梳着漂亮的发髻，达官贵人们也是一身华服，高高低低地坐了一片，农民们穿着祖父时代流行的碎花礼服，所有人都神情憔悴，显得灰头土脸、疲惫不堪。教堂的新宿主——蝙蝠被烛光搅得无法入睡，在蜡烛间来回盘旋。烛焰笔直，可又朦胧得像笼了层薄纱。最逗乐的是一个戴着金丝眼镜的老头儿，一只蝙蝠倔强地落到了他的假发上，静静地拍打着翅膀，老头儿不得不一直摆弄他那顶乌黑笨拙的假发套……

教堂尽头有一个身材矮小的老头儿，他跪在祭台中央，手里拿着只铃铛，绝望地摇着，可是那只铃铛根本没有芯，所以发不出一点声音。他的旁边是一个身着老旧的金线长袍的神父，那神父在祭台上走来走去，嘴里念念有词，可谁也听不清他在念什么……是的，那就是巴拉盖尔神父，正在补做他的三百遍小弥撒。

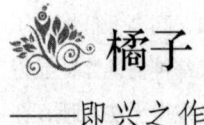# 橘子
——即兴之作

在巴黎，橘子给人的感觉是凄苦的。它们从树上掉落，然后被捡起来装进货箱，在寒冷多雨的隆冬被运送到巴黎。对于口味清淡的城里人来说，它们的果皮显得过于艳丽，而它们的香气又过于浓郁，所以就像流浪的波西比米亚人一样，被大众视为异类。雾气缭绕的夜晚，盛满橘子的小小流动货车占据了长长的人行道，车上红色纸灯笼的微光将橘子的面容照得更加落寞。单调而尖细的叫卖声被马路上车来车往的喧哗声淹没得若隐若现：

"瓦朗斯的柑橘，两文钱一个！"

有四分之三的巴黎人都以为，这种远道而来又长相平凡的圆滚滚的水果是制糖厂的产品，因为橘子树除了给橘子留下了一小截可怜的绿梗之外，再无其他痕迹。再加上精美的包装纸和它上市时赶上的一连串的节日，就进一步加深了人们的这种印象。尤其是在一月份左右，大街小巷里全是橘子，橘子皮堆满了道边的污水沟，那景象就好像是巴黎上空有一棵巨大的圣诞树，它用力摇晃着枝干，把挂在枝头的人造水果送给地上的人们。整个巴黎，橘子的身影无所不在，商店橱窗的货架上摆

放的是细心挑选和布置过的橘子，监狱和收容所门前堆放的是和饼干、苹果一起装在口袋里的橘子，舞会的入口处和周末的演出场上自然也少不了橘子，橘子甘甜的香气和煤油味儿、蹩脚的小提琴声以及剧院长椅上的灰尘混杂在一起，人们哪里还会记得橘子是从橘子树上长出来的呢！橘子被装成箱，直接从南方运到巴黎，此时，北方的橘树已经被修剪一新，移入温室过冬，所以它在公共花园里露面的时间也不过那么短短几日。

　　想要更好地了解橘子，就得去它们的故乡看一看，到巴利阿里群岛，到撒丁岛，到科西嘉岛，到阿尔及利亚或是天空湛蓝、气候温润的地中海沿岸转一转。我印象最深的是一片位于布利达港口的小橘林，那儿的橘树简直太美了！像上了釉一样墨绿发亮的叶子层层叠叠，枝叶掩映下的橘子露出玻璃般的光泽，使周围的空气都染上了一层橙红色的光晕，照得橘子花越发艳丽夺目。透过枝叶的缝隙，可以看到小城的城墙、耸着尖顶的寺庙和修士墓的穹顶。远处是绵延起伏的阿特拉斯山脉，山腰葱翠，山顶则戴着一顶白色的"皮帽"，如棉絮般的云朵绕着山峦翻涌。

　　我在布利达港居住的时候正好赶上了一次三十年不遇的反常气候在夜间突袭小城。霜冻覆盖了沉睡中的布利达，一觉醒来，小城变了模样，处处银装素裹。在阿尔及利亚清澈的天空下，霜雪仿佛是散落的珍珠粉末般洁净白皙，透着一种白孔雀羽毛般的光泽。最美的当然是那片橘树林了。坚实的叶子擎着未融的霜雪，像极了盛在漆盘里的果汁雪糕。蒙着白霜的果实颜色更加柔和了，仿佛一只只裹着薄纱的金锭。此情此景，给人一种在教堂过节的错觉：花边衬裙外面套着红色的长袍，金色的祭台上铺着镂花的针织品……

不过，关于橘子最美的记忆还要属在巴尔比利亚经历的那段午后时光。那是位于阿雅克肖附近的一个大花园，天气热的时候我经常去那儿睡午觉。花园里的橘树比布利达的更高更密，枝条甚至可以垂到园外的马路上。花园没有围墙，只有一道低矮的篱笆和一条小水沟，小水沟的不远处就是大海，苍茫无际的碧海……我在花园里度过的时光是多么美妙！头顶上就是橘树的花苞和喷香的橘子，熟透的橘子挨不过炎炎的暑气，"噗"的一声从枝头坠落，正好掉到我的手旁。那果子棒极了，从皮红到了心。这里不只是橘树美，周边的景色更是美！湛蓝的大海在橘叶间若隐若现，仿佛薄雾中闪闪发光的碎玻璃片。海浪声从远处传来，听着这涛声，感觉就像是乘上了一艘小船，船里弥漫着热风和橘香……啊！在巴尔比利亚花园里睡午觉真是一种享受！

但是有几次，正当我睡意渐浓的时候，一阵突如其来的鼓声把我从梦中惊醒，是一些蹩脚的乐手来路边的树荫下练习打鼓。透过篱笆，我看到了鼓上的铜皮和鼓手们红裤子外面套着的白色围裙。为了躲避大路上刺眼的阳光和不安分的尘土，这些可怜的穷小子们便寻了花园边上的这块阴凉地儿。他们敲了起来，他们热得满头大汗！我努力让自己清醒过来，随手捡了几个黄澄澄的橘子，闹着玩儿地朝他们丢了过去。被我掷中的鼓手立即停下来，先是愣了一分来钟，朝四周看了一圈，可还是没搞清楚这么好的橘子是从哪儿来的。不管那么多了，他一把把橘子捡起来，连皮带肉一股脑地塞进了嘴里。

我还记得巴尔比利亚花园旁边仅一墙之隔的地方有一个很奇怪的小花园，小花园的地势比较低，围墙又矮，所以我躺在橘树下就能看到它的全景。这个小角落布置得相当考究，小径上铺着黄沙，路旁种着茂盛的黄杨树，花园入口有两株柏树把守，整体感觉很像是马赛地区的乡间别墅。园子里没有一点阴凉，最里面是一座白色的石砌建筑，贴近地表的地方设有几个地窖的采光口。最初，我认为它是一座乡间别墅，但是仔细一看，发现上面还竖着一个十字架，还有一块刻着碑文的石碑，虽然看不清楚碑上写的是什么，但至少可以断定这不是乡间别墅，而是某个科西嘉家族的祖坟。在阿雅克肖附近，经常可以看到像这样建在私人花园里的小祭屋。每到星期天，一家人就会前来悼念死者。相比起散葬在公墓里的亡灵，这里的死者远没有那么孤苦凄凉，并且还有老朋友时常来陪伴。

　　从我午睡的地方可以看到一位老人沿着小径碎步走进园子。他每天都来这儿修树、松土、浇花，细心地摘掉枯萎的花瓣。当夕阳西下，他便走进长眠着他的家人的小屋，把耙子、铁锹、水壶收好，像个心无旁骛的墓地园丁一样，从容安静地照看着这间祭屋。这位善良的老头儿总是专心致志地做着这一切，每次关门的时候也都小心翼翼，生怕声响大了会惊扰到什么人似的。宁静灿烂的阳光下，园子里的一举一动不曾惊动过一只飞鸟，坐在花园的旁边，也丝毫不会感到忧伤。只有大海，显得更加宽广；天空，显得更加高远，在躁动不安的大自然中，在生活的重负之下，躺在这里午休，真有一种长眠之感……

两家小客栈

事情发生在从尼姆回来的路上。七月的午后,天气干热难耐,一条腾着热气,被银灰色太阳照得白花花的大路延伸向远方,一眼望不到尽头。没有风,路旁的橄榄树和小橡树纹丝不动,烈日当头,树下没有丁点阴凉,马车驶过扬起的尘土在阳光下飞舞。翻滚的热浪,刺耳的蝉鸣和压得人难以喘息的空气仿佛都是这一片明晃晃的强光的回响……我在这荒漠中跋涉了两个小时,突然在飞扬的尘土中发现了几座白色的小屋,那就是人们所说的圣·文森特驿站。五六户人家,几座红顶谷仓,稀稀拉拉的几株无花果树和一个干涸的水池便组成了一个微小的村落,村落的尽头还有两家相对而开的客栈,把守在道路的两边。

两家客栈对比强烈。

一边,建筑宏伟,装饰一新,店门敞开,店内人声鼎沸,好不热闹。门前的公共马车应该是刚刚停下,拉车的马还吐着白气,车上的乘客早就以最快的速度冲向了阴凉的墙角,边喝水边休息。院子里挤满了骡子和运货的大车,车夫们躺在草棚底下盼着天凉一点再上路。店里的叫喊声、辱骂声、敲桌子声、碰杯声、台球声、开汽水盖的声音,各种声响像炸了锅一样乱成一团。不过,仍有一个欢快响亮的歌声压住了嘈杂的一切,唱得玻璃窗都跟着微微震动:

美丽的玛尔戈东，
她清早起床，
提着银水桶，
来到泉水旁……

而另一边，则完全是另外一种景象：悄无声息，像是被遗弃了一样。大门前长满荒草，窗户破旧不堪，屋门上挂着一支枯黄的冬青枝，像一支老旧的翎羽。屋前松动的台阶石板下垫了几块从路边捡来的石子……一切都显得那么破败可怜，如果有人看见这副样子的客栈还能进去喝上一杯，那绝对是出于同情。

推开门，只见一间死气沉沉的长厅，耀眼的阳光穿过三扇没有窗帘的大窗户洒向屋内，不过这阳光并没能够为屋子添上一点生气，反而使它显得更加落寞和冷清。满是灰尘的玻璃杯杂乱地摆放在缺角少腿的桌子上，一张开裂的台球桌无力地张着它的四个球袋，像个乞讨的老汉。一张黄色的沙发，一座老吧台，在沉闷恶浊的热气中昏昏欲睡。还有苍蝇！一大堆苍蝇！我从来没见过那么多苍蝇！房顶上、窗户上、杯子上……哪儿都是。我推开门的刹那，苍蝇们嗡的一声到处乱飞，那感觉就像是捅了马蜂窝一样。

长厅尽头有一扇"十"字形的窗户，一个女人倚窗而立，全神贯注地盯着窗外。我连喊了两遍："喂，老板娘！"她才慢慢地转过身来。我看到了一个可怜的农村妇女，她满脸皱纹，皮肤皴裂，面色蜡黄，像老妇人一样戴着红棕色的花边发带。其实她岁数并不大，是泪水让她早早地衰老了。

"您想点点儿什么？"她擦干眼泪问我。

"我想坐会儿，顺便喝点什么……"

她像是没听懂似的，惊诧地盯着我，一动不动。

"这儿难道不是家客栈吗？"

女人叹了口气，

"是……是客栈。如果您不嫌弃的话……可是，您为什么不去对面呢？别人都去对面了，那儿比这儿热闹多了……"

"我就是嫌它太吵闹了……所以，更愿意到您这儿来。"

没等她回答，我就径直坐到了一张桌子旁。

确定我不是在开玩笑之后，老板娘便进进出出地忙活起来。开抽屉、拿酒、擦杯子、赶苍蝇……可怜的女人时不时地突然停下来，抬起头，好像是在想有没有遗漏什么环节。

紧接着，她走进里屋，我听到里面传来用大钥匙开锁的声音。她从面包箱里翻出一块面包，吹了吹上面的尘土，洗干净盘子，忙碌之中还伴随着一声声叹息和抽泣……

足足过了一刻钟，我的面前才摆上了一盘葡萄干、一块硬得像石头一样的面包和一瓶带酸味的劣质酒。

"请用吧！"这个怪异的女人说完便又转身走回窗前，恢复了先前的样子。

我一边喝酒，一边想着怎样才能让她开口说点什么。

"您这儿一直像现在一样没什么客人吗？"

"噢，不是这样的先生……过去，村里就只有我们这一家客栈，那时候的情形和现在完全不一样。我们的店就是驿站，每到打海番鸭的季节，猎人们都会来店里住宿吃饭，那时候，我家门前也是车流如织的……可是自从对面的客栈开张之后，我们就没客人了……大家都更喜欢去对面，因为我家，让人感觉太压抑了……不过也难怪我们的店不招人喜欢，我长得不好看，还得了疟疾，连我的两个孩子也夭折了……而那边，那边整日欢声笑语，老板娘是阿尔勒城来的女人，不但长得漂亮，还会打扮，穿花边的裙子、戴着三圈金项链。她找了一个赶公共马车的车夫做情人，有车夫就有来歇脚的乘客。另外，她还雇了一批花枝招展的女服务员……所以，顾客全都到她那边去了！贝祖斯、雷德桑、戎基叶尔的年轻人都是她那儿的常客，连那些赶货车的车夫也不怕绕远，专门去她的店里歇脚……而我，只能整日待在这里，没有一个客人，一天天地耗日子。"

她说话的语气心不在焉，就好像说的不是自己的事儿一样。她的

头一直靠在窗户上,显然,对面客栈里某一样东西比她自己的店更让她挂心……

突然,马路的那边一阵骚动,一辆公共马车驶出驿站,扬起一阵沙尘。我们可以听到清晰的马鞭声、喇叭声,还有年轻女服务员跑到门口的送别声:

"再见啦! ……再见啦! ……"

在这一片喧哗声中,那清澈的歌声显得更为高亢了:

她提着银水桶,
来到泉水旁,
只见从那边,
来了仨骑士……

听见这声音,老板娘浑身颤抖起来,她扭头对我说:"您听到了吗?"声音极轻,"那是我丈夫的歌声……他唱得很好听对吧?"

我吃惊地看着她:"什么?您丈夫! ……怎么连他也跑去对面了?"

她的神情变得忧伤起来,但说话的语调依然轻柔。

"有什么办法呢,先生?男人不都这样吗,不愿意看人哭哭啼啼的,而我,自从孩子们死后就天天以泪洗面……之后,客栈的顾客就越来越少……因此,当我可怜的约瑟烦透了的时候,就会去对面喝上一杯。他有一副好嗓子,所以阿尔勒的女人就请他留在那儿唱歌了。嘘……听,开始了……"

她全身发抖,双手伸向前方,大颗大颗的泪珠儿从脸上滑落,让她显得更加苍老和丑陋。她站在窗前,就这么恍恍惚惚地听着她的约瑟为对面阿尔勒的女人放声高歌:

带头的骑士对她说,
您好,
漂亮的小姐!
……

蝗虫

在回到磨坊之前,请允许我再讲上一段有关阿尔及利亚的往事吧……

抵达沙厄尔农场的那天晚上,我彻夜未眠。陌生的环境、旅途的劳顿、豺狼的嚎叫,再加上令人窒息的闷热,屋子里像被罩上了一层密不透风的蚊帐,想睡着都困难……天刚蒙蒙亮,我便打开了窗户,盛夏清晨的浓雾正缓缓地飘动,浓雾边缘镶了一圈黑色和粉色的花边,流动的雾气像极了战场上尚未散去的硝烟。树叶纹丝不动,眼前果园里的葡萄树在阳光充沛的坡地上成行排列,酝酿着甘甜的汁液,来自欧洲的果树则全部都躲在阴凉的一角,低矮的橙子树和枝条细长的橘子树都是一样的死气沉沉,没精打采地等待着暴风雨的来临。就连一向有点微风就摇摆的芭蕉此时也变得安静起来,笔挺地站着,像一队队头戴翎饰的士兵。

我盯着这令人赞叹的果园站了很久,全世界的果树似乎都在这儿集合了,它们虽身处异乡,但仍按着故乡的时令开花结果。麦田和橡树林之间有条小溪穿梭而过,潺潺的溪水在这个闷热的清晨让人倍感清凉,欣赏着眼前这繁密茂盛又井然有序的作物,看着盖有摩尔式拱廊,修着乳白色露台,配着马厩和货棚的农庄,我不禁想象起二十年前,勤劳善良的农民们刚来这里定居时的情形。当时的沙厄尔山谷只有一座养路工人的小木棚,荒芜的土地上尽是低矮的棕榈树和黄连木,一切都有待开发,一切都有待建设。再加上阿拉伯人时不时地侵扰,开拓者们要一边耕种,一边拿起武器自卫。没过多久,这里又遭到了瘟疫的袭击,眼病、疟疾……收成不好,只能反反复复地试验、改进。政府不支持也就罢了,可偏偏又反复无常而且狭隘固执。这里的开拓者们到底付出了多少努力,多少辛酸和汗水啊!

即便是现在,创业的艰难已经挺过去了,日子也逐渐好了起来,农场的男女主人依旧是家里起得最早的两个人。这不,一大清早,一楼的厨房里就响起了他们忙碌的脚步声,那是在为工人们准备早晨的咖啡。没过多久,上工的钟就响了,工人们纷纷上路,有来自勃艮第的葡萄工人,有衣衫褴褛、头戴红色小帽的卡比尔农夫,有打着赤脚的马翁犁地工,还有马耳他人、吕克戈人,总之,就是一支不太容易掌控

的联合部队。农场的男主人站在大门前,短促而有力地分配着今天的任务。他念完任务单便抬起头,仔细观察今天的天气,神情略显不安,就在这时,他发现了站在窗前的我。

"这天气对农活儿不利啊,热焚风就要来了。"他对我说。

果不其然,太阳刚升起来,就吹来了一阵阵灼热的大风,那感觉就像是处在一开一闭的锅炉门前一样。哪里都是热的,根本无处可躲。我们坐在廊子的草席上喝咖啡,没有任何说话或走动的勇气,连看门的狗也伸展了四条腿趴在石板上晾凉儿。一个早晨就这么在沉默中过去了。午餐时,天气稍稍好了些,丰盛的食物让大家找回了点精神。鲤鱼、鳟鱼、野猪肉、刺猬肉、斯达乌艾利黄油、克勒西亚红酒、番石榴、香蕉,连午餐也延续了这里风味混杂的特色……正当我们吃完饭准备离桌时,那扇为了阻挡花园热气侵袭而紧闭的落地窗后突然传来一阵惊呼:

"蝗虫!蝗虫来了!"

男主人像被突然宣判了死刑一样,脸色在瞬间变得煞白。我们赶紧冲到屋外,不到十分钟,刚刚还悄无声息的农场此时到处都是急匆匆的脚步和闹哄哄的叫嚷。躲在门洞里打盹的用人们一下子清醒过来,抄起手边的棍子、叉子、门闩,敲打着铜锅、铁盆、煎盘往外冲。牧羊人也吹起了放牧时的喇叭,还有人吹响了螺号和打猎的号角,声响之洪大、之嘈杂已到骇人的地步。而此时还有另外一个声音压倒了这片嘈杂,那是从邻村赶来帮忙的阿拉伯女人们又尖又高的叫喊声。据说通常情况下,只要制造出巨大的声响,让空气震动起来,就能阻止蝗虫下落,把它们赶走。

可是这些可怕的蝗虫到底在哪儿呢?热浪翻涌的空中,只能看到一片密实的黑云从远处飘来,像是一团冰雹,还伴随着暴风雨袭过树林的呼啸声。那就是蝗虫。它们张着干硬的翅膀,成群结伙而来,任凭我们的叫喊声再大也丝毫没有减缓这片黑云前行的速度。不一会儿,蝗虫群就飞到了我们的上空,黑云的边缘迅速出现一条裂缝,像是一旦第一滴雨坠落,大雨便势不可当一样,越来越多的蝗虫沿着第一批先行军的轨迹冲了下来。紧接着,整片黑云都断裂开来,蝗虫犹如冰雹,噼里啪啦地砸向田野,目之所及,全是拇指般粗细的棕褐色的蝗虫。

于是,一场屠杀爆发了。碾碎肢体的声音,砍断麦秆的声音……人们用耙子、铁镐、锄头用力搅打田里的蝗虫。可现实情况却是,人们打得越厉害,蝗虫反而越多。那些可恶的东西一个挨一个地铺了一层又一层,长长的腿纠缠在一起,密实得很。最上面的蝗虫拼命乱跳,跳到正准备犁地的牲口的鼻子上。农场和邻村的狗也都被放向了田里,它们狂吠着扑向无耻的侵略者。此时,来了两队阿尔及利亚步兵,他们头上扛着军号,前来支援受灾的农民,又是一场全新的屠杀。

这些士兵们没有像农民们一样扑打蝗虫,而是在田边铺上了火药,直接焚烧蝗虫。

烧焦的虫子发出令人作呕的恶臭,我实在忍受不了了,便躲回屋里。农场里面和田野上的情形差不多。蝗虫从门缝、从窗户、从烟囱里钻了进来,它们把墙板、窗帘啃了个精光之后还继续到处乱爬,掉下来又飞上去,雪白的墙上全是它们的黑影,恶心极了。烧蝗虫的味道始终散不去。晚饭只能一切从简,水都没得喝了,因为蓄水池、井、鱼塘、所有盛水的地方都被污染了。下午,虽然在我的卧室里已经杀死了不少蝗虫,可到晚上睡觉的时候还是能听到家具里发出像烧豆荚一样噼啪的跳动声。那天晚上,我再次失眠了,其实整个农场上下又有谁能睡得着呢?大火从田地的这端烧到了那端,土耳其士兵的焚烧战术仍在继续。

第二天,当我像昨日清晨一样推开窗户时,蝗虫们已经消失不见了,可是农场也被毁得惨不忍睹了!花园里,一枝花、一棵草都没有留下,东西都被啃光了,到处一片焦黑。香蕉树、杏树、桃树、橘树都已面目全非,只剩下光秃秃的树杈,失了叶子的树还如何称得上是树呢……人们开始清理水塘,翻搅土地,消灭遗留下来的虫卵,每一块泥土都要经过细细地翻动和敲打。看着无数淌着汁液的根须被生生从肥沃的土地里掀出来,谁的心能不痛呢……

神父的药酒

"我的邻居,请尝尝这杯酒吧,顺便讲讲最近有什么新鲜事儿。"

格拉维松神父像个珠宝商一样,数着滴数为我斟满了一小杯酒,杯中的酒不过两指高,但色泽金黄,晶莹剔透,喝到嘴里略略发酸,咽入肚中犹如阳光普照,又暖又甜,好喝极了……

"这是戈谢神父的药酒,它可是普罗旺斯欢乐与健康的象征。"善良正直的格拉维松神父十分得意地对我说,"这酒是在普莱蒙迪修道院酿制的,离您的磨坊不过两里地……都说查尔特勒酒是酒中之王,您不觉得这药酒比查尔特勒酒更甘甜吗?……您可能还不知道,这药酒背后有一段挺有趣的故事呢!请听我细细讲来吧……"

于是,神父先生就在他的餐厅里用极其质朴的言语为我讲起了关于药酒的故事。餐厅布置得十分简单,只挂着一套耶稣受难图和一块洗得像道袍一样洁白的窗帘。神父讲述的这段故事有点怀疑论的味道,对神灵稍稍有点不尊重,但神父本人绝无亵渎神灵之意。

二十年前,普莱蒙迪修道院的教士们(普罗旺斯人都管他们叫白衣修士)陷入了经济上的困境,如果您见过他们当时住的房子,您一定会感到心疼的。

修道院的围墙和钟楼都坍塌了,院子的四周荒草丛生,回廊的圆柱裂开了缝,连神龛里的石塑也是缺胳膊少腿,七扭八歪。玻璃窗没有一扇是完整的,大门没有一扇是立直的,院子里、小教堂里,从罗纳河上吹来的风完全可以长驱直入,毫无阻挡。大风吹熄了蜡烛,刮碎了窗框,吹散了圣水缸里的水。还有比这更惨不忍睹的,那就是修道院的大钟楼。钟楼上安静得像个空荡荡的鸽笼,由于没有钱换新钟,所以教士们只好敲着扁桃木做成的响板来代替晨课的钟声!……

可怜的白衣修士们啊!他们在圣体瞻礼节游行时的样子在我的脑海里至今仍清晰无比:平日里只能靠瓜菜充饥的他们个个面黄肌瘦,穿着满是补丁的披肩,没精打采地跟在队伍里。走在最后面的是院长先生,他也是低着头,不过也难怪,有哪位院长好意思在光天化日之下露出他掉了色的权杖和被虫子咬得不成样子的羊毛头巾呢。慈善会的妇女为这些可怜的修士们落下了同情的眼泪,而高大的旗手们却指点着教士们暗加嘲笑:"看吧,一圈游行下来,这群傻家伙们还得瘦上几斤。"

事实上,这些白衣修士们心里都在打着自己的小算盘,考虑是不是应该离开修道院去自谋出路,那样的话生活也许能变得好一点。

终于有一天,这个问题再也隐藏不住,到了不得不讨论的地步了,正当修道院的领导们集体开会的时候,有人进来通报,说戈谢修士前来求见……您知道戈谢修士是谁吗?他只不过是修道院的一个放牛娃,整天赶着两只瘦骨嶙峋的奶牛在修道院的拱廊间游荡,让牛在石板缝里啃草吃。据说他是被一个住在波克斯乡名叫贝贡的疯婆子抚养到12岁的,之后就被送到了修道院。在修道院的几年里,他只学会了放牛和背诵天主经,当然,他还会说普罗旺斯方言。他的脑子又笨又慢,仅有的一点智慧也像是个铅块,没什么灵光。虽然愚笨,但他可是个虔诚的基督徒,清苦的日子难免使人产生些不切实际的幻想,可我们的戈谢修士仍旧一心一意地把自己的信念和力量奉献给上帝!……

他呆傻笨拙地走进修道院的会议室,向院长、议事总管和财务总管先生屈膝行礼,会议室里的领导们见他这副样子都不禁笑了起来。不过这也不是第一次了,戈谢修士那留着一撮山羊胡子、凹着两只呆滞眼睛的老脸,搁哪儿都能引人发笑。好在戈谢修士本人对此毫不在意。

"尊敬的神父大人们,"戈谢捻着手里的橄榄核念珠,老实巴交地说,"俗话说得好,空桶敲起来响。请诸位相信,我真的是挖空了我的榆木脑袋才想到了这个主意,我觉得这个主意能让咱们脱贫致富。

"是这样的,你们应该都知道贝贡大姊吧,就是把我带大的那个贝贡大姊。愿上帝保佑她的灵魂,原谅她一喝酒就唱淫曲儿的恶习。尊敬的神父大人们,我要说的是贝贡大姊生前对山上的草药颇有研究,比科西嘉岛上的山雀知道得都多。她临终前曾配制出了一种味道极其醇美的药酒,药酒里含五六种山上采来的草药,由于药是我陪她上山采的,所以尽管过了这么多年,我还是依稀能记得那几味药是什么,相信有圣奥古斯丁的保佑和院长先生的特许,我一定可以找到那神秘药酒的配方。到时候,只须把酿好的酒装瓶,然后再以高一点的价钱把它卖出去,咱们的修道院就能慢慢脱贫致富了,咱们的特拉普兄弟和格兰德兄弟不就是这样富起来的吗……"

还没等他说完,院长就迫不及待地站起来一把搂住他的脖子,议事总管也忙拉住他的双手,财务总管更是被感动得一塌糊涂,捧着他那顶快要碎成布条的风帽一顿亲吻……接着,大家又重新回到座位上商议细节，并当场决定把修道院的两头奶牛移交给特拉斯比尔修士负责，好让戈谢修士潜心调配他的神奇药酒。

好心的修士到底是怎么调配出贝贡大婶的药酒的呢？他到底付出了多少努力，熬了多少个夜呢？故事里没有细讲，但有一点可以确定，那就是六个月后，白衣修士的药酒已经名扬四海了。整个孔达省，整个阿尔勒地区，没有一家、没有一户不知道这药酒的，家家户户的贮藏柜里、烧酒坛子和咸菜缸之间，几乎都藏着一只棕色的小陶瓶，瓶上印着普罗旺斯的徽章，贴着一张笑容灿烂的修士画像的银色标签，瓶里装的正是戈谢神父的药酒。有了畅销的药酒，普莱蒙迪修道院很快就富裕了起来。钟楼翻新了，院长的头巾也换新的了，教堂的彩色玻璃也装上了，钟楼精致的屋檐下挂上了一串串小铃铛，在一个复活节的早上，这些铃铛正式投入了奏乐的工作。

至于戈谢修士，这个以前总被嘲笑的可怜的老实人现在地位完全变了，哪里还有人敢对他说三道四！戈谢修士已经成为历史，现在的他可是大名鼎鼎的戈谢神父，是智慧与学识的代名词。修道院的所有杂活儿琐事全都不用戈谢神父插手，他唯一的工作就是派三十来个修士去山上采药，然后自己待在调酒室里配药酒……这间调酒室位于议事总管的花园顶端，原本是一个废弃的小教堂。调酒室乃机要重地，除了戈谢神父以外，任何人不得进入。头脑简单的修士们传言说那间屋子很是邪乎，会发生灵异现象，当然，也有胆大好事的小修士非要一探究竟。小修士顺着葡萄藤爬到了调酒室正门上的花窗前，屋里的戈谢神父长着巫师一样的大胡子，他手里举着比重计趴在炉子上，身边堆满了陶土做成的蒸馏罐、巨大的细颈瓶和透明的蛇形管，稀奇古怪的容器在红色玻璃窗的映衬下闪着诡异的光芒……小修士被眼前的景象吓傻了，"咚"的一声从葡萄藤上摔了下来。

夕阳西下，晚课的最后一记钟声敲响，神秘的调酒室屋门终于悄悄地打开了，可敬的神父先生出来了，他要去教堂做晚祷。您真该去瞧瞧大伙儿是怎么迎接他的！众人夹道两旁，并有人维持秩序：

"嘘，别说话！……他可是有特异功能的！……"

财务总管跟在他后面，说话的时候都不敢抬头……面对人们的奉承，神父先生一边走一边擦汗，他的三角帽低低地挂在后脑勺上，就像一圈光环一样。他心满意足地望向四周，栽满橘树的宽阔院落、插着新风信旗的蓝色屋顶、雪白的墙壁、精致的廊柱，还有穿着新衣、容光焕发、两两并肩站立的修士们……

"这全是我的功劳啊！"神父心想。这个念头每转动一次，他心里的骄傲就会增添一分。

您很快就会看到他为这骄傲付出的代价了……

一天傍晚，他满脸通红，气喘吁吁地走进教堂来做弥撒，不仅头上的风帽戴反了，连手脚也变得不听使唤，蘸圣水的时候竟把整个胳膊都伸进了水缸，整条袖子都被弄湿了。人们先是以为他是因为迟到才这般窘迫，可后来马上就发现根本不是这么回事。戈谢神父竟然癫狂到置主祭台于不顾，反而跪在了管风琴前行礼，他一阵风似的穿过教堂，在唱诗班的队伍里游荡了足足有五分多钟才终于找到自己的座位。坐下来之后还没完，他又东倒西歪地痴笑起来。人们都被他的这副狂态给吓着了，大殿里议论声四起，大家像念经一样纷纷低语着：

"咱们的戈谢神父怎么了？……他到底是怎么了？"

院长先生实在忍不了了，拿权杖使劲地敲地板，让大家保持安静……那边，唱诗班的歌声仍在继续，不过信众的应答却完全是敷衍了事……

正当唱到圣母颂一节的时候，戈谢神父突然倒在座位上高声唱起：

在巴黎，有个白衣修士，

巴达旦，巴达当，达拉班，达拉邦……

众人目瞪口呆，唰地站了起来，惊呼道：

"快把他抬走……他这是着魔了！"

议事总管在胸前画着"十"字，院长先生挥舞着他的权杖……戈谢神父仍是不管不顾地唱着那首"巴达旦，达拉邦"的黄曲儿。两个力气大的修士只好硬生生地把他从祭坛边上的小门拖了出去,而他却挣扎得更猛,唱得更欢了。

第二天,天刚蒙蒙亮,这个倒霉的家伙就跪到了院长先生的祈祷室里,悔恨的泪珠像溪水一样流过脸庞。

"院长大人啊,全怪那药酒,是它,是它害我着了魔。"戈谢神父一边哭诉,一边捶胸顿足。慈祥的院长看他如此懊恼、如此悲伤,也不由得心疼起来。

"好了,好了,戈谢神父,平静一下,平静一下。没关系的,一切都会像清晨的雨露,阳光出来后便会慢慢淡去的。况且事情并没有你想象的那么糟糕,就是那首曲子嘛,咳,咳,有一点,嗯!嗯!……也许,那些小修士们没听见呢,也不是没这种可能……现在,请跟我说说到底是怎么回事吧……是不是试酒的时候出什么问题了?也许是您的手突然不听使唤了……没错,是这样的,我完全能理解……这就像发明炸药的施瓦茨弟兄一样,您也成了自己的发明的牺牲品了……请告诉我,我忠诚的朋友,您必须得亲自尝这可怕的药酒吗?"

"没错,院长大人……试管什么的虽说也能测出酒精的浓度,但是为了尽善尽美,我觉得还是得用舌头亲自尝尝才安心啊……"

"这样啊?这样确实好……不过您还得再听我唠叨两句……当您迫不得已要尝药酒的时候,说老实话,您是不是觉得味道特别好,感觉特别棒呢?……"

"真被您说中了,院长大人。"戈谢神父羞得满脸通红,"……最近两天晚上,我才真正发现了这酒的甘甜醇美!……所以恶魔就来报复我了,让我做出了这么多糗事……不过,我已经下定决心了,从此以后再也不用舌头尝酒了,只用试管。只可怜了那酒,也许就不能再像以前那般晶莹剔透、味道醇正了……"

"您可不能这么做!"院长急忙打断他说,"咱说什么也不能对不起顾客呀……既然您已经找到问题的源头了,那您现在该做的就是守好自己的岗位……您看,尝酒需要尝多少呢?……不就是十五滴或者二十滴嘛……魔鬼不会狡猾到用二十滴酒就让您中邪吧。此外，为了以防不测，我可以特许您今后不用来教堂，您直接在调酒室做祷告就行……现在呢，就请您安心地回去吧，我的神父先生，不过要记住啊，尝酒时一定要数准数量！"

唉！可怜的戈谢神父原本是想数准数量的……可是魔鬼就缠住他了，死活不肯放手。

于是，稀奇古怪的祷告词就再也没有从这间调酒室里消失过！

白天还好，一切正常。戈谢神父平平静静地守着他的炉子和蒸馏瓶，仔细地分拣草药，这些草药都是普罗旺斯的特产，有细长的、有灰白色的、有锯齿状的，还散发着阳光的味道……可是一到晚上，草药被泡进酒里，药酒被放到火炉上加热的时候，倒霉的神父先生就开始受罪了。

"十七滴……十八滴……十九滴……二十滴！……"

酒从芦苇管里一滴一滴地落进神父的大茶缸。就这么二十滴酒，神父一口气就干了，连味儿都还没尝出来。他是多么希望能喝到第二十一滴呀！噢，这馋人的第二十一滴！……不行，得扼制住这股邪念。于是他就跑到调酒室的最里头跪了下来，想用祷告的经文驱走贪婪的恶魔。可是，热气腾腾的新酒散发出的香气始终在他的鼻子边盘旋，把他又活活地给拽回到了酒缸前……那酒是金绿色的，透亮极了……神父趴在酒缸上，张大鼻孔，温柔地用芦苇管搅动着这琼浆，美酒荡起一层层亮闪闪的碧波，像是一汪散落的翡翠。戈谢神父仿佛看见了贝贡大婶美眯眯、亮晶晶的眼睛……

"来吧孩子！再喝一滴嘛！"

结果，一滴又一滴，可怜的倒霉鬼斟满了整整一茶缸。喝完后，他变得浑身酥软，一屁股扎进了扶手椅。他懒洋洋地躺着，眼皮微张，一滴滴地回味着自己犯下的罪恶，嘴里喃喃地念叨：

"啊！我会下地狱的……我会下地狱的……"

最可怕的是，喝下这罪恶的药酒后，他竟不知从哪儿又把贝贡大姊当年唱过的淫词艳曲给搜罗了出来，而且唱得起劲儿："三个长舌妇，要办个大酒会……""安德烈家的牧羊女，悄悄溜进了小树林……"当然还少不了那首白衣教士之歌。

您应该都能想象出第二天他有多么窘迫。邻居们不怀好意地笑着对他说："嘿！嘿！戈谢神父，昨天您睡觉的时候枕边有不少知了在叫吧！"

悔恨、泪水、绝望、绝食、自我折磨、挨鞭子……各种方法他都试过了，可还是赶不走那药酒里的恶魔，每天晚上，同一个时辰，都得上演这么一出丑剧。

就在戈谢神父发疯的那段日子，一张张药酒的订单就像止不住的雨点一样落进修道院。从尼姆来的、从埃克斯来的、从阿维尼翁来的、从马赛来的……这哪里还是修道院，简直就是一家酿酒厂。有管包装的修士、有管贴标签的修士、有负责登记的、有负责运输的……因此，这儿的上帝使徒们如果忘记按时敲钟什么的也实属正常。不过可以告诉您，他们并没有因为这些小过错而受到什么惩罚……

一个星期天的早晨，财务总管正在院领导班子会议上高声宣读本年度的财务结算表，坐在底下的议事总管听得两眼放光、嘴边含笑，就在此时，戈谢神父突然大叫着闯进了会议室：

"我不干了，不干了！……把我的奶牛还给我吧！"

"怎么了，戈谢神父？"院长问，心想一定是出什么事儿了。

"怎么了？！我正在下地狱呀，院长大人！前边等着我的那就是刀山火海啊……我就是个浑蛋，我每天都在酗酒……"

"我不是跟你说过了吗，要数着滴数喝。"

"数着滴数，数着滴数！管什么用呀？我现在得论缸喝……没错，我的神父大人们，我已经沦落到这地步了，每天得喝上三瓶才算够……您也知道，我不能再这样下去了……您还是另请高明来负责酿这个酒吧……如果我再干这事儿，那就真的得被上帝的烈火给烧死了！"

领导们谁也笑不出来了。

"可是,您会把我们给毁了呀!"财务总管挥舞着账本尖叫道。

"那您就忍心让我下地狱?"

院长大人站起来发话了。

"诸位神父先生,"他伸出戴着主教指环的白皙的手,"倒是有一个解决问题的好办法……我亲爱的孩子,那个纠缠你的魔鬼是每天晚上才出现对吗?……"

"没错,院长先生,就是每天晚上……以至于我现在一看天快黑了就浑身冒冷汗,跟卡比家的驴子看到驮鞍时一个样儿。"

"这好办,您放宽心……今后晚祷的时候,我们会每天替您向圣奥古斯丁祷告,为您祈求上帝的宽容……有了这个保证,不论再发生什么,您都能得到主的庇佑……您的罪孽也就被赦免了。"

"噢,太好了!谢谢您,院长先生!"

戈谢神父没再多问一句,立马儿像只云雀一样飞回了自己的调酒室。

院长没有食言,从那天起,每次晚祷结束后都不曾忘记加上一句:

"请允许我为可怜的戈谢神父祷告,他为我们的修道院贡献出了自己的灵魂……愿主保佑他……"

主祭的祷告声从教堂内一片低垂的白色风帽顶飘过,像是一阵北风吹过皑皑的白雪。而在修道院另一端的调酒室里,炉火映红了玻璃窗,戈谢神父在声嘶力竭地唱着:

在巴黎,有个白衣修士
巴达旦,巴达当,达拉班,达拉邦,
在巴黎,有个白衣修士,
他找来修女们一起跳舞,
什么舞,
三位一体舞,

花园里，

搂成一团，

他找来修女们一起跳舞……

唱到这儿，老实本分的神父也被自己吓到了，他突然停下："我的天哪！这要是让教友们听见可如何是好啊！"

在卡玛尔克

一、出发

城堡中一片喧闹。刚刚接到猎区守卫的来信,信上用一半法语、一半普罗旺斯方言写道:苍鹭和黑尾鹞等两三种候鸟已经抵达猎区,另外,前来报到的早春的鸟儿也有不少。

"跟我们一起去打猎吧!"可爱的邻居们向我发出邀请。清晨五点钟,天刚破晓,他们就赶着四轮马车、装着枪支弹药、牵着猎狗、带着食物来到磨坊的小山丘下接我同行。紧接着,马车开始在阿尔勒的大道上奔驰,路面有些干燥,不少地方被风剥蚀得坑坑洼洼。十二月的清晨,路旁的橄榄树吐出的新绿芽要仔细观察才能发现。胭脂虫栎树四季常青的叶子尚未脱去冬装,所以绿得生硬而不自然。沿途农场的牲畜棚里已经热闹起来了,农舍的玻璃窗透出了早起农民们点亮的灯光。还没睡醒的白尾海雕在蒙特马茹修道院的残垣断壁上空没精打采地拍着翅膀。路过引水渠时,我们遇到了几个骑着小毛驴赶路的老农妇,她们可比那些白尾海雕勤奋多了,一大清早便从德宝城向圣·特洛菲姆教堂出发,要足足走十几里路才能赶上在那儿的集市停留一个来小时,卖一卖她们自己去山上采的草药。

我们已经走到了阿尔勒的城墙下。修着箭楼的低矮城墙总能让人联想起古代的木板画，画上的士兵手持长矛站在比自己还低许多的掩体之后。我们的马儿快步穿过了这座奇特的小城。阿尔勒城应该可以算作是法国最美的城市之一，城内阿拉伯式建筑物的圆形露台雕饰精美，将身子一直探到了狭窄的马路上空。城里还有许多低矮的摩尔式房屋，那些房子虽说低矮，但个个都修着尖尖的穹顶，置身其中，还真有点穿越回中世纪的感觉。时间尚早，街上还没什么人，不过罗纳河的码头上早已人声鼎沸。能提供卡玛尔克风味早餐的蒸汽船正在点火预热，准备起锚出发。几个穿着红色上衣的农场主和几个有说有笑地前去农场干零活的洛盖特姑娘与我们一起登上了甲板。清晨的凉风掀起了姑娘们褐色的长斗篷，露出她们高高的发髻和俊俏的脸蛋儿，并且把她们的欢笑声吹得老远……钟声响了，汽船出发了。桨力、风力和罗纳河的水力，三力合一，使我们的船飞速前行，河道两侧的堤岸被远远地抛在了身后。罗纳河的一边是干旱多石的克罗平原，另一边就是沼泽和芦苇遍布的郁郁葱葱一直延伸向大海的卡玛尔克。

汽船时不时地在左岸和右岸的码头停靠，罗纳河上的老船员至今一直沿用着中世纪阿尔勒王国时代的说法，管左岸叫作"帝国"，管右岸叫作"王国"。每座码头边上都有一户白色的农庄和一片小树林。雇工们扛着农具，妇女们挎着竹篮，纷纷走到船舷边准备下船。乘客们有在"帝国"下的，有在"王国"下的，慢慢地，人就全下光了，所以当我们抵达卡玛尔克的玛·德·吉罗码头时，船上已经几乎没有其他乘客了。

玛·德·吉罗是一座隶属于巴尔邦达勒家族的农场，我们要在这座农场暂时歇歇脚，顺便等着猎区守卫来接我们。农场所有的男劳工们都聚在高大宽敞的餐厅里，种田的、种葡萄的、放牧的，大家都一脸严肃地坐在餐桌旁，一言不发地慢慢吃着盘子里的食物。而女人们则要伺候男人们吃完饭才能上桌。没过多久，猎区守卫就到了，他推着一辆手推车，是典型的森林猎手形象。他本身就是位打鱼捕猎的高手,同时又身兼渔警和猎场看守人两职。当地人都管他叫"鲁·罗德伊路",意思是"东游西荡的家伙"。也难怪,因为无论是在黎明还是在傍晚,人们总是能看见他躲在芦苇荡里或是藏在小船上,全神贯注地盯着投放到池塘或水渠里的鱼篓。也许正是这份类似于侦察兵的职业才塑造了他专注、安静的性格。不过,当他推着装满猎枪和竹篮的小车见到我们后,话匣子竟一下子打开了,开始滔滔不绝地讲起猎区的新鲜事,比如有多少候鸟已经来了,鸟群都栖息在何处什么的。大家边走边聊,不知不觉中就走进了猎区。

耕地渐渐消失,我们来到了卡玛尔克荒原的腹地。长满海蓬子的

牧场一望无际，沼泽和水渠隐藏在草丛中闪着细碎的光芒。丛丛怪柳和芦苇仿佛一座座浮于海面之上的小岛。这里没有一株大树，景色单调而乏味，但丝毫不凌乱。远处的牲畜棚依次排开，棚顶由高渐渐转低，最后变得几乎与地面平行。牲口们有的三三两两地卧在海蓬子丛中，有的跟在身披橙红色斗篷的牧童身后闲逛，再庞大的身躯被放置到这天苍苍地茫茫的原野之中也会显得渺小无比，就像大海之上虽有波涛，却依旧苍茫单调一样。卡玛尔克给人的感觉总是那么空旷、那么冷清，强劲的密史脱拉风在这里可以毫无阻挡地横扫一切，所有的草木无不被它吹得低下了头，矮小的灌木更是清一色的像逃兵一样向南倾倒，将狂风的轨迹印得清清楚楚……

二、草屋

芦苇铺顶、干草做墙，这便是一座草屋，也就是我们打猎时的住所。草屋是卡玛尔克的典型建筑，整座房子只有一间高大宽敞的屋子，并且没有窗户，白天的采光要靠一扇玻璃门，而到了晚上，这扇门会被架上挡板，关得严严实实。草屋的内墙上涂了一层泥巴和白灰，沿着墙根儿摆了一排木架子，架子上放着猎枪、猎袋和专门走沼泽地的长筒靴。屋子最里边有一根栽到土地里的桅杆，桅杆很高，能一直抵到屋顶，起着柱子的作用，桅杆四周整整齐齐地摆放着五六张小床。夜晚来临后，密史脱拉风吹得更带劲了，整座草屋都被刮得吱吱作响。北风卷来了远处大海的波涛声，海浪加狂风，让人有种置身大海的错觉。

午后的草屋格外迷人。南方的冬季晴天居多，天气好的时候，一个人守在壁炉旁，看着炉里的怪柳枝燃起缕缕白烟，感觉惬意无比。阵阵北风吹得房门不停地扇动，屋顶的芦苇也发出哗哗的哀号，屋里的一切都在颤动，而这颤动正是大自然的回声。冬日的阳光被北风吹得散落满地，光线时聚时散，飘忽不定。湛蓝的天空中飘过大朵大朵的白云，和着时隐时现的阳光和牲畜脖子上的铃声舞动。牲畜的脖铃也是忽而响亮，忽而又被北风带向远方。门板震颤，铃声错落，仿佛一曲迷人的和弦……最美的时刻，还要属黄昏。那时，猎人即将归还，我趁着渐弱的风势踱出房门。火红的太阳静静地在西方垂落，阳光虽红得鲜艳，却已传递不出任何热量。夜幕舞动着它黑暗潮湿的翅膀拂过你的面庞。远处的地平线上闪过一道流星般的亮光，那是猎枪发出的火光，在暮色中格外夺目。白日所剩无几，万物只得加快奔命的步伐。一群野鸭排着三角形的队伍低低飞过，似乎是在找寻落脚之地，可是草屋里突然点亮的灯火把刚想降落的它们给吓跑了，领头的野鸭抬起脖子一跃而起，跟在它身后的一群也惊叫着一个比一个蹿得高。

　　不一会儿，门外传来了雨点般急促的脚步声。那是成千上万只绵羊，它们被牧羊人呼喝着、被牧羊犬驱赶着，涌向羊圈，羊儿天生胆小，此时更是喘着粗气挤成了一团。我彻底被这羊毛的旋涡吞没了，站在雪白的波涛中狼狈不堪，而牧羊人的身影却在其中显得坚毅而挺拔……跟在牲畜群之后的是我再熟悉不过的脚步声和欢笑声。草屋里顿时热闹了起来，一片欢声笑语。树枝烧得更旺了，人们越是疲惫就越要笑得大声，因为这是辛劳之后才能享受的幸福。猎枪靠在一边，长筒靴扔得到处都是，猎袋里的猎物统统倒了出来：红毛的鸟儿、金毛的鸟儿、绿毛的鸟儿，不管什么颜色，毛上都沾着血迹。餐桌已经摆好，鲜美的鳗鱼汤腾着热气，饿了一天食欲正旺的猎人们此时只顾吃饭、一言不发。屋子里顿时又安静了下来，唯一的声响便是门口猎犬舔着食盆要饭吃的声音……

　　大家晚上聊天的时间并不长。这不，火炉边就剩我和猎区守卫两个人还在闲谈了，而他的上下眼皮也早就开始打架了。我们两个人你一言我一语地说着含混不清的闲话，嘴里蹦出的句子越来越短，像炉膛里最后的几点火星。猎区守卫终于撑不住了，他站起身，点燃手提灯，拖着沉重的步伐消失在夜色之中……

三、守望（狩猎）

"守望"，多么美丽传神的字眼啊！猎人们埋伏在芦苇荡中，满怀期待又满腹未知，一等就是整个日夜，这可不就是在"守望"吗。狩猎分白天和晚上，白天要赶在日出前，晚上要等到日落后。我最喜欢的是在黄昏的时候狩猎，因为这里是沼泽之乡，清澈水面上的日光可以久久不衰，景色别有一番韵味儿……

有时，猎人们会藏在小船里狩猎，狩猎的船非常狭小，而且没有龙骨，稍有一点风就会荡个不停。有芦苇做掩护，猎人们趴在船里静静地窥视着池塘里的野鸭，只露出小小的帽尖、猎枪的枪口和探出脑袋嗅气味、赶蚊子的猎狗，这些不安分的猎狗有时会伸着大爪子乱挠，搞

得小船左摇右晃，灌得里面全是水。对于我这么一个毫无经验的外行来说，这种狩猎方式简直太复杂了。所以，我经常选择步行去打猎。穿上走沼泽地的长筒皮靴，小心翼翼地在泥沼中跋涉，还得注意避开那些味道咸涩的芦苇丛和突然蹦出来的癞蛤蟆……

终于，我找到了一片相对干燥的土地，靠着地上长出的柽柳丛坐了下来。为了给我壮胆儿，猎区守卫特意把他的猎犬借给了我。那是一只长着厚实的白色皮毛的比利牛斯猎狗，是一等一的捕鱼和打猎高手，有它跟在身边，我不但没感到放松，反而觉得更加拘束了。一只野鸡闯进了我的视野，它往后退了几步，满眼嘲笑地盯着我，像个傲慢的艺术家一样耷拉着长耳朵，抖动着大尾巴，摆出准备扑杀的姿势，脸上挂满了不屑，样子像是在向我挑衅说：

"来呀，开枪打我呀！"

我扣动了扳机，没打中。于是那野鸡就更猖狂了，它慢慢悠悠打了个哈欠，伸了伸懒腰，神情失望极了……

好吧，我承认，我是个糟糕的猎人。狩猎的时候正值黄昏，光线渐弱，阳光投射在池塘中，水面点点发光，水影中灰暗的天空也渐渐染上了银白色。我喜爱水的这种味道，还有小昆虫飞在芦苇荡中磨得芦苇叶窸窣的响声。时不时，天空传来声声哀号，像是有谁吹响了螺号。那是张开大嘴，把头扎进水里吐气的蒲鸡……呼噜……呼噜……白鹤从我的头顶上方成群飞过，落下了片片绒羽，它们卖力地扇动着翅膀，以至于骨节的咯吱声都隐约可闻。没过多久，四周就彻底安静下来了。夜晚来临了，深沉的夜只在水面留下一道微光……

突然，我浑身打了个冷战，感觉背后有什么东西似的。我转过身，只见一轮圆月冉冉升起，它不愧是夜的伴侣，和夜色降临的速度一样，由急至缓，距离地平线越来越远。

第一缕月光投向我的身旁，接着是第二缕、第三缕……直到整片池塘都被月光点亮，连纤细的小草也投下了倒影。

狩猎结束了，鸟儿们都盯着猎人们说："该撤了吧！"于是，猎人们在如烟似雾的月光中踏上了回家的路。在泥沼中每迈一步,都会把水中的繁星和月光搅得七零八落。

四、红党和白党

距离我们的草屋一箭之遥的地方还有另一座草屋,只不过那座草屋要简陋得多。那是猎区守卫的家,他和他的妻子以及两个年长的孩子住在里面。大女儿负责在家做饭和织补渔网,儿子则主要是帮助父亲收鱼篓和巡查水塘的闸板。猎区守卫家其实还有两个岁数稍小一点的孩子,但那两个孩子不在卡玛尔克,而是跟着祖母住在阿尔勒。没办法,这儿离教堂和学校都太远了,孩子们总得先学会识字和参加宗教仪式才能回到父母身边吧,并且,卡玛尔克的气候状况也确实不利于孩子的发育。夏天一来,这里的沼泽就干了,大太阳晒得塘底的白淤泥裂开一道道大口子,岛上变得根本无法居住。

这景象我是见识过的。那是在八月份,我来这儿打野鸭,整个卡玛尔克都像被烤焦了一样,寸草不生,满目疮痍,那景象我一辈子都不会忘记。池塘在毒辣辣的太阳下像只大地窖一样腾着白烟。所幸,塘底还残留着一些生命,蝾螈、蜘蛛还有水蝇四处乱窜,努力寻找着略微潮湿一点儿的避难所。可那潮湿的角落却散发着腐烂的臭气,无数蚊子在臭气中狂舞。猎区守卫家的所有人都在发烧,他们不停地打着哆嗦,个个面黄肌瘦,突出的眼眶使凹陷的眼睛显得大得惊人,可怜的一家人就这样被死死地拴在这里,忍受整整三个月的煎熬。烈日可以烧焦他们的皮肤,但却驱不走他们体内的湿热……卡玛尔克猎区守卫的生活是多么凄苦啊,而且还要拖着妻儿老小一起受苦!不过好在,一家人能生活在一起。而生活在两里之外的沼泽地里的那个牧马人就不同了,一年到头都只有他一个人,是个不折不扣的卡玛尔克版鲁滨孙。住的草屋是他自己盖的,屋里的一切都是他的作品,大到柳条编的吊床、黑石头砌成的炉灶,小到柽柳根雕成的板凳,白木做的门锁和钥匙,无一不出自他的双手。

牧马人和他的住所一样古怪。他是那种典型的恬静多思的独居者，像荆棘丛一样浓密的眉毛下藏着一双怀疑一切的眼睛。他的落脚地只有两个，不是牧场就是草屋门前。他坐在家门前，捧着一本彩色的小册子，用孩童般专注的神情一字一句地读着，他有不少这种红红绿绿的册子，都放在喂马的药瓶旁。这个可怜的独居者除了读书再没别的消遣方式了，而可读的书也就只有这些册子了。

猎区守卫和牧马人虽说是邻居，可却从不往来。有一天，我问守卫，为什么仅有的两家住户还如此对立呢，守卫一脸严肃地回答我说："因为政见不同……他是红党，而我是白党。"

好吧！在这荒蛮之地，孤独感本应该可以把这同样过着原始生活的两家人拉近，因为他们一样淳朴、一样单纯，一样每年只进一次城，一样会觉得在城里的小咖啡馆里吃到冰淇淋和点心就像进了皇宫一样富足。可是命运相同的两个人竟还是找到了相互憎恶的理由——政见不同！

五、瓦卡雷斯湖

卡玛尔克风景最美的地方莫过于瓦卡雷斯湖。我时常放弃打猎，一个人跑到这片咸水湖旁坐着，它像一片小小的被土地包围起来的海，因为有边有界，所以反而显得比大海更容易亲近。山地一般都会干旱缺水，而瓦卡雷斯湖却不同，它的堤岸虽然高，但却长满了毛茸茸的细草，铺就了一幅迷人的花草画卷：矢车菊、水苜蓿、龙胆草，还有可以不停变色的沙拉戴尔草，这种美丽的小草冬天是蓝色的，到了夏天却变成了红色，天气变，颜色变，它仿佛就是季节的指示牌。

傍晚五点钟左右，太阳渐渐西沉，几里宽的湖面上没有一条船、一张帆，毫无遮挡的水面显得比实际中还要广阔，放眼望去，心旷神怡。瓦卡雷斯湖的美不同于地表坑洼处的小池塘和小沼泽，泥土间的池塘和沼泽是小巧机灵的，水珠会找寻各种机会渗出地表，汪成一潭，而瓦卡雷斯湖却是宽广而寂寥的。

波光粼粼的湖水引得候鸟从远方飞来。成群的海番鸭、白鹭、蒲鸡，还有肚皮泛白、双翼鲜红的火烈鸟沿着湖岸站成一排，形成一道色彩斑斓的大渔网。对，还有白鹮，纯正的埃及白鹮，它们在这里尽情地享受着灿烂的阳光和静谧的美景，和在老家的感觉没什么两样。从我站的位置只能听到两种声音，湖水的汩汩声和牧马人召唤马群的呼喊声。

每匹马儿都有它们自己的名字，它们名字在湖面上回荡："西菲……吕西菲……埃斯特洛……艾斯杜尔洛……"听到自己的名字，马儿们立即奔回主人的身边，接受主人手中奖赏的燕麦……

稍远一点儿的湖边有一群牛，它们和马儿一样自由自在地吃草，低矮的柽柳丛中时常可以看到它们弧形的脊背和弯曲的犄角。卡玛尔克的公牛大部分是养来参加当地火印节的比赛的，其中有几头已然是普罗旺斯和朗格多克各大竞技场上的明星牛了。例如有一头叫作罗曼的公牛，它可是远近闻名的杀手，从开始参加比赛至今，从阿尔勒的竞技场到达拉斯贡的竞技场，在它的犄角下负伤的人和马数不胜数。所以，它理所当然地成为同伴中的头领。要知道，牛群也是有自己的组织的，它们会推举出一头资格最老的牛做总指挥，其他牛自愿接受总指挥官的领导。当飓风席卷卡玛尔克的时候，你就会知道有组织的牛群是多么重要了。这里一马平川，没有任何起伏的地势可以削弱强劲的飓风，此时，牛群唯有紧紧围在头领身后，迎着风向将头深埋形成合力，才能抵御强风。普罗旺斯的牧人们管这叫作"合力抵风"。如果碰上不会"合力抵风"的牛群，那景象就惨烈得很了！牛的眼睛被暴雨打得完全睁不开，身子被狂风吹得根本站不稳，牛群惊慌失措，无头苍蝇似的四散而逃，有的被卷进了罗纳河，有的坠入了瓦卡雷斯湖，有的则葬身大海。

思念①

清晨,伴随着第一缕阳光,一阵响亮的鼓声把我从睡梦中惊醒。

咚……咚……咚……

真是奇怪,谁会在这个时候躲到我的松林里敲鼓呢?

快,快,快,我赶紧跳下床,冲到门口一看究竟。

没有人!而且鼓声也停了……沾满露水的葡萄架下钻进了两三只拍打着翅膀的杓鹬……树林里刮过一阵微风……东边,阿尔皮勒山的山脊上飘着一团金色的烟雾,那是初升的太阳投下的光辉……今日的第一缕金光已经轻轻掠过磨坊的屋顶。就在这时,那面不着踪迹的鼓又在田间的树丛里敲了起来……

咚……咚……咚……

肯定是面驴皮鼓,该死!到底是谁非得一大清早就开始在树林里敲鼓,打搅了我的清梦呢?……瞧也白瞧,半个人影都看不见……眼前除了几簇薰衣草和一直延伸到小路边的松林外,什么都没有……有可能是几个小淘气包在那边的矮树林里跟我玩儿捉迷藏呢吧……应该是阿里艾尔,要不就是帕克师傅,这个坏家伙从磨坊门口路过时心里一定念叨说:

---

① 本文最早发表于1866年9月7日《事件报》。——原注

"这个巴黎佬过得也太清静了吧,送他段儿晨曲儿听听好了。"

于是,他就扛来一面大鼓,咚,咚,咚地敲了起来……

"别敲了,帕克你这个大坏蛋!你会把我们家的知了都吵醒的!"

可惜,敲鼓的并不是帕克。

而是古盖·弗朗士瓦,大家都叫他比斯多莱,是第三十一纵队的鼓手,此时正回乡休假。比斯多莱在老家待得无聊,于是便思念起了兵营。人们看他忧郁的样子就把村公所的鼓借给他,于是他就抱着鼓跑到树林里,满腹忧伤地敲了起来,以寄托他对欧仁亲王营地的思念。

今天,他正好挑到了我的小山丘,靠着一棵松树,把鼓夹在两腿间,忘情地一通猛敲……鼓声吓跑了他脚边的一群小麻雀,他丝毫没有发觉,身边的菲丽古勒花开得正香正旺,他也一点儿都没闻见。

树枝间细密的蛛网在阳光下轻轻颤动,枝头松针的影子在鼓面上跳跃,这些都没有引起他的注意,他一心沉浸在音乐和想象之中,满眼爱恋地看着手中的鼓槌上下挥舞,每敲响一声,他那憨傻大脸上的笑容就会放大一倍。

咚……咚……咚……

"你是多美啊,我的营地。你那铺着大石板的院子,你那一排排整整齐齐的窗户,那戴着军帽的士兵们,还有充斥着饭盒的叮当声的拱廊,一切都是那么美!"

咚……咚……咚……

"噢!空空直响的楼梯,涂着石灰的走廊,体味浓郁的集体宿舍,擦得锃亮的腰带,切面包的案板，盛鞋油的铁桶，铺着灰床单的铁床，搁在架子上的枪械！……"

咚……咚……咚……

"噢！在营地的美好时光呀！粘手的纸牌，顶着羽毛的丑陋的黑桃皇后，随意扔在床上的通俗小说！……"

咚……咚……咚……

"噢！在部长家门前站岗的漫漫长夜，那个既透风，又滴雨，能把脚丫子冻掉的破岗亭！……赴宴的马车飞驰而过，溅得人一身污泥！……噢！那些强加而来的苦活儿、累活儿，那些被关禁闭的日夜，那些臭得呛人的马桶，木板做的枕头，雨天早晨无情的起床号，华灯初上时浓雾中的归营号，还有半夜里每次都让人跑得气喘吁吁的紧急集合！"

咚……咚……咚……

"噢！文森纳的小树林，厚实的白色棉手套，沿着巴黎的老城墙散步……噢！军事学校的栅栏，为士兵们服务的姑娘，三月美术展上的管弦乐，小咖啡馆里的苦艾酒，边喝酒、边打嗝时说的体己话，话不投机便短刀相见的朋友，手护着心口唱出的忧伤小曲儿！……"

思念吧，思念吧，可怜的人儿！我不会打搅你的……抡圆胳膊尽情地敲吧，我完全没有理由来嘲笑你。

你思念你的营地，而我，难道不是在思念我的营地吗？

你的营地跟随你一直到了家乡，而我的巴黎也从未远离。你在树下敲着手鼓，而我，不也正在磨坊里写着稿子么……啊！我们这两个多愁善感的普罗旺斯人呀！在巴黎的营地时，我们向往阿尔皮勒山的湛蓝和薰衣草的芳香，而真正来到普罗旺斯，却又思念起了巴黎的营房，记忆中的一切都变得越发珍贵起来……

八点的钟声敲响了，比斯多莱一边继续敲着鼓，一边踏上了回家的路……我听见他穿过树林，鼓声一直没有停……躺在草丛里的我也患上了相思病。伴随着渐渐远去的鼓声，我仿佛在松林中看到了我的巴黎，那里的景象正一幕幕展开……

啊！巴黎……巴黎……永远的巴黎……

星期一故事集

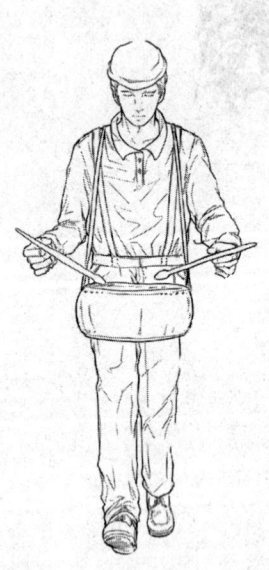

最后一课

那天早上上学，我去得很晚，非常害怕会被老师训斥，再加上阿麦尔老师说他要在课上提问分词规则，天啊，我连词首的第一个字母是什么都还不知道！这时，一个念头突然蹦了出来，不如就不去上课了，去田里玩上半天得了。

天多晴朗，多暖和啊，正合适！

乌鸦在树林边叫着，普鲁士的士兵们正在锯木厂后面的里佩尔草地上出操，这可比什么分词规则有意思多了。不过最后，我还是抵制住了诱惑，向学校奔去。

路过村委会的时候，我看见告示栏前围着一堆人。两年来，所有的坏消息都是从这儿发出来的，什么打败仗啦，征兵纳粮啦，普鲁士占领军又发布新命令啦，反正没一件好事儿。我边走边寻思："这回又出什么事了？"

当我跑着穿过广场时，打铁铺的老板沃彻尔和他店里的小学徒们也正聚在告示栏前，他看我跑得匆忙，于是便大声喊道："嘿，小家伙儿，甭着急，迟到不了的！"

我以为他在跟我开玩笑，所以仍旧上气不接下气地奔进了阿麦尔先生家的小院。

　平常每天上课前，教室里都吵闹得很，即便站在街上都能听见课桌的开关声和学生们堵着耳朵大声背诵课文的声音。此时，阿麦尔先生会挥舞着他的大戒尺喊："安静点！"

　我本打算趁乱偷偷溜到座位上的，可谁知这天早晨教室里居然安静得出奇，像星期天一样。教室的窗户是开着的，同学们都已经在自己的座位上坐定，阿麦尔先生夹着那把吓人的大戒尺来回踱着步。没办法，我只能推开门，在一片寂静中走进教室，想想当时的我有多么忐忑和羞愧吧！

　可是，居然风平浪静！阿麦尔先生脸上没有一丝愠色地看着我，温柔地对我说："快回座位吧，我的小弗朗士，我们刚要开始上课。"

　我赶紧跨过板凳，坐到书桌前。定下神后才发现，老师今天穿的是他那件绿色的西装外套和黑色的缎面长裤，还扎着精致的领结。这身装扮只有在上头派人来检查和领奖的时候阿麦尔先生才会穿。除此之外，整间教室似乎弥漫着一种不同寻常的庄重感。最令我吃惊的是教室的最后一排，那些平常一直空着的板凳上今天居然坐满了村民，戴三角帽的奥赛尔老爹、老村长、老邮递员，还有其他一些人都来了。所有人都面色沉重、一声不吭，奥赛尔老爹的膝盖上摆着一本已经被揉得不成样子的识字课本，课本上放着他的大眼镜。

正当我对眼前的一切感到诧异万分的时候，阿麦尔先生走上了讲台，用刚才跟我说话时那种既温柔又庄重的语调对大家说："孩子们，这是我最后一次给你们上课了。柏林来了命令，以后阿尔萨斯和洛林[①]的学校里只能教德语了。你们的新老师明天就到，所以今天，是你们的最后一节法语课，希望大家一定认真听讲。"

我惊呆了！啊！这群坏蛋！他们在村委会告示栏里贴的就是这个！

我的最后一节法语课！

可是我才刚刚学会写字呀！从今以后就再也学不到了！就永远这个样子了！我真恨自己原来总是逃课跑去掏鸟窝、溜冰，浪费了多少时光！手头的课本刚刚还觉得无聊透顶，现在却变得庄严神圣，有千斤之重。我的语法书、历史书，此时此刻仿佛都是我的老朋友，他们就要与我分别了，让人心里好生难过。

还有阿麦尔先生，一想到他就要走了，再也见不到了，我就完全忘记了以前受的罚、挨的打。

可怜的人啊！

他是为了向这最后的一堂课告别才穿上节日的盛装。现在，我明白村里的老人们为什么也坐进教室了，他们是在用行动述说着悔恨，后悔从前没能常来学校上课。同时，这也是在向我们兢兢业业奉献了四十年的阿麦尔老师和从今以后再也不属于自己的国土表达敬意……

沉思中的我突然听到自己的名字，是阿麦尔先生在点我背分词规则。此时，要是能让我大声、清晰、一字不落地背出那套分词规则，拿什么换我都愿意！可是，我连第一个字母都记不住！我站在座位上左摇右晃，头也不敢抬，心里难受极了。阿麦尔先生对我说："我不会责备

[①] 阿尔萨斯和洛林：阿尔萨斯和洛林是法国东北地区的两个省份，1871 年普法战争之后割让给德国，1918 年第一次世界大战结束后回归法国。

你的,小弗朗士,你可能是被训怕了……事情就是这样。每天,我们都对自己说:着什么急,时间有的是,明天再学也不晚。现在看到了吧……这就是咱们阿尔萨斯人总把教育推到明天的后果。那些殖民者可以理直气壮地对我们说:怎么!还说自己是法国人!你们会写法语,会说法语吗!造成如今这种局面,我的小弗朗士,不是你一个人的错,我们每一个人都有责任。

"你们的父母根本没有在你们的教育问题上花过什么心思。相比上学,他们更希望把你们送到田地里或是纱厂里干活,去挣几个钱补贴家用。而我呢,我就没有一点错吗?我不也是经常让你们利用上课时间去花园里帮忙吗?想去钓鱼的时候,就干脆给你们放假……"

阿麦尔先生从一件事讲到另一件事,最后跟我们讲起了法语。他说,法语是世界上最美的语言,它清晰、严谨,我们必须牢牢掌握它,永远不能忘。因为,当一个民族不幸沦为奴隶时,只要他们还保有自己的语言,就等于握着一把开启牢门的钥匙……说完,他拿起一本语法书,开始带我们读课文。我吃惊地发现,自己居然全都听懂了,老师讲的知识原来根本没有那么难。我觉得自己从来没有这么专心地听过讲,老师也从来没有这样耐心地解释每一词、每一句。这位可怜的先生似乎是想在离开之前把他所有的知识都塞进我们的脑子里。

课文讲完了,我们开始练字。阿麦尔先生特意为我们准备了新字帖,字帖上用漂亮的圆体字写着:法兰西、阿尔萨斯、法兰西、阿尔萨斯。崭新的字帖挂在课桌的金属架上,像一面面招展的小国旗。大家都认真极了,教室里只听见写字的沙沙声。有只金龟子飞了进来,可是谁都没有在意,连年纪最小的学生们也在聚精会神地练习笔画,就好像这些笔画也是法语一样……学校的屋顶上有一群鸽子咕咕地叫着,我心想:"他们该不会要求鸽子们也说德语吧?"

我时不时地从书本上抬起眼睛,看见阿麦尔先生坐在椅子上一动不动,他注视着屋里的一切,像是要用目光把这间小教室带走……您想想吧!四十年来,他从来没有离开过这间小院和院里从来没有变过样的教室。这里改变的，只有被磨得越来越光的凳子和课桌，以及院里那棵长高了的胡桃树，还有他当年亲手栽的啤酒花，啤酒花现在已经爬满了窗户，爬上了屋顶。如今，听着妹妹在楼上的卧室里来来回回地打包行李，想着自己就要永远地离开这里的一切，可怜的阿麦尔先生该有多么心痛啊！他们明天就要动身了，永远地离开家乡了。

不过，他仍然坚持着把课上完。习字课之后，还有历史课，接着又带低年级学生们一起复习了字母发音歌。坐在教室最后一排的奥赛尔老爹也戴上了眼镜，双手捧着识字课本和小孩子们一起拼读。他和学生们一样专心，读书的声音由于激动而颤颤抖抖，让人听了又想笑，又心酸得想哭。啊！我一辈子也忘不了这最后的一堂课……

突然，教堂的钟声响了，中午十二点，该做祷告了。窗外传来普鲁士士兵归营的号角……阿麦尔先生从椅子上站了起来，脸色苍白。他在我心中从来没有像现在一样高大。

"朋友们，"他说，"我的朋友们，我……我……"

他哽咽住了，没能把话说完。

他转过身，拿起一支粉笔，用尽全身的力气在黑板上写下几个大字："法兰西万岁！"

然后，他头靠着墙，一句话也没有说，只是摆摆手示意大家："下课了……都走吧。"

小间谍

他叫斯苔纳，小斯苔纳，生于巴黎，长得又瘦又小，十岁左右，也可能是十五岁，谁知道呢，这么大点儿的孩子年龄最难猜了。小斯苔纳的妈妈已经过世，爸爸曾经在海军服役，退役后在教堂附近的小花园看门。小孩子、女仆、自带折凳的老妇人，还有穷苦人家的母亲们都喜欢来这座有着人行道保护的花园里躲躲马车、偷个清静，所以自然就和斯苔纳老爹熟络起来，并且大家都很喜欢这位外表粗犷但内心柔软的看门人。斯苔纳老爹的胡子又粗又硬，让流浪狗和躺在花园长椅上的无赖们看着就害怕，可熟人们都知道，那撇胡子下的嘴巴总是笑眯眯的。想要看到斯苔纳老爹的笑容很简单，问他一句"您儿子最近可好"就行。

的确，斯苔纳老爹非常爱他的儿子！小斯苔纳每天下午放学后都会来花园找爸爸，父子俩沿着花园的小路散步，经过每一张长椅时都要停下来和椅子上的熟人打招呼。

可是自从巴黎被包围之后，一切都变了。斯苔纳老爹看护的花园被封锁起来改造成了存放汽油的仓库。虽然老斯苔纳仍旧负责看门，但是花园变得冷冷清清没了游人，不但不能抽烟，连父子俩散步的宝贵时光也一去不复返了。可怜的斯苔纳老爹只有在晚上下班后才能见到儿子，所以您真应该看看当有人提到"普鲁士"三个字时老斯苔纳的胡子是如何气得发抖的……小斯苔纳则不然，他对新生活没有丝毫怨言。

围城？孩子们别提多高兴了！什么上学呀、互助小组呀，统统靠边站，每天都是假期，街上每天都像赶大集一样热闹……小斯苔纳一天到晚地在街上疯玩，成天跟在守城部队的后面在城墙根儿溜达。小家伙儿对各个部队的军乐团了如指掌，想知道哪支乐队好，问他就对了，他会肯定地告诉你九十六纵队的乐手不怎么样，而五十五纵队的乐队则相当了不起。除此之外，他还会跑去看民兵们出操，当然，他还得替爸爸排队。

冬天的早晨，天还没亮，肉店、面包店门前的栅栏外早已排起长长的队伍，小斯苔纳胳膊上挎个篮子，也站在队伍之中。人们踩着冰冷的雪水边排队边聊天，谈论最多的当然是政治。作为斯苔纳先生的儿子，人们总是对小斯苔纳也另眼相看，总是要问一问小家伙儿的看法。无奈小斯苔纳根本不关心政治，他最感兴趣的是木塞赌钱游戏。这种木塞赌钱游戏发源于布列塔尼，是布列塔尼被包围时期那里的民兵们发明的。如果小斯苔纳既不在城墙边又不在面包店门口，那他就一定是在水塔广场看木塞赌钱。当然，小斯苔纳是不会参与游戏的，因为他没钱，玩这游戏需要不少钱！可即便就是看着别人玩，他也依然很满足。

小斯苔纳最羡慕的是一个穿蓝褂子的大个子男孩。这个大个子不但玩得起木塞赌钱，而且一下注就是一百苏[①]，当他跑起来的时候，口袋里的硬币总是叮叮当当响个不停……

一天，大个子丢下的一枚硬币滚到了小斯苔纳脚边。大个子边捡硬币，边低声对小斯苔纳说："怎么样？眼红了吧！……如果你感兴趣的话，我可以告诉你怎么寻来钱……"

赌局结束后，大个子把小斯苔纳拉到了广场的角落，让他和自己一起去给普鲁士人送报纸，一趟就能挣三十法郎。小斯苔纳听到后立刻愤怒地拒绝了大个子，并且一连三天都没有再去广场看赌钱。可是小斯

[①] 苏：法国旧货币单位，二十苏为一法郎。

苔纳的这三天过得煎熬极了,不但吃不下饭,还睡不着觉,夜里,他总是能梦见床边堆着一堆木塞,天花板上有数不清闪着银光的硬币飞来飞去。这诱惑太大了!所以第四天刚刚来临,小斯苔纳就迫不及待地跑回了水塔广场,接受了大个子的建议……

两个孩子背着帆布书包,把报纸藏在罩衫里,踏着清晨的大雪出发了。走到弗兰德尔城门时,天刚蒙蒙亮。看守城门的是一个红鼻子,但看起来很和善的士兵,大个子牵着小斯苔纳的手走近守城人,可怜兮兮地哀求道:"请放我们出去吧,先生……爸爸去世了,妈妈病了,我想和弟弟一起去城外的田里捡点儿土豆。"大个子说着说着就哭了,而小斯苔纳则羞愧得低下了头。守城人盯着俩孩子看了会儿,然后转头瞧了一眼白雪皑皑、空无一人的公路,摆了摆手说:"快走吧!"于是,他们顺利地走上了通往欧贝维利耶的小路。大个子得意地笑了!

小斯苔纳的脑袋里混乱极了,像做梦一样。恍惚中,他看到城外的工厂都已经变成了兵营,七零八落的路障上搭满了湿淋淋的破衣服,高大的烟囱穿过浓雾直指天空,只是烟囱里没有烟,而且个个都有缺口。路上每隔一段就有一个哨兵,还有头戴风帽的军官们手持望远镜观察着远处的动静。充当哨所的小帐篷上堆满积雪,被微弱的篝火一烤,帐篷被浸湿了。

大个子熟悉,很是知道如何从田里穿行以避开哨所。不过左闪右躲地还是碰上了一个游击队的哨岗。裹着厚呢子大衣的游击队员们正蜷缩在索瓦松铁路旁的一条积满雪水的战壕里。大个子又讲了一遍捡土豆的故事,可是这次任凭他讲得多么悲惨,游击队员还是没有放行的意思。正当大个子哭诉得起劲时,一个上了年纪的军官从哨所里走出来。这个军官的头发已经花白,脸上的皱纹像斯苔纳老爹一样多,他对两个孩子说:"好了好了,快别哭了,娃娃们!谁也不会阻挡你们去捡土豆的。不过,你们最好还是先跟我进屋烤烤火,看把孩子们给冻得!"

唉!他哪里知道小斯苔纳发抖根本不是因为冷,而是因为害怕,因为羞愧……哨所里燃着一堆即将熄灭的篝火,几名战士正蜷缩在火堆旁用刺刀穿起冻得硬邦邦的饼干烤火。战士们递给两个孩子一点咖啡，两人刚把咖啡送到嘴边就见门外走进一位军官，他把老军官叫到身边低语几句便匆匆离开。

"小伙子们！"老军官兴奋地说，"今晚有好戏了！我们已经截获了普鲁士人的密报……这次咱们肯定能夺回布尔日！"哨所里一阵欢呼，大家又唱又跳，纷纷把手里的刺刀擦得雪亮。两个孩子趁着喧闹声悄悄溜走了。

越过这道战壕，后面的路就一马平川了。路的尽头有一堵布满射垛口的白色围墙，他们边向围墙走，边装出捡土豆的样子，走走停停。

"咱们回去吧……别往前走了。"小斯苔纳不停念叨。

大个子耸耸肩，听也不听地继续往前走。突然，他们听到子弹上膛的声音。

"快趴下！"大个子一边说一边扑倒在地上。

趴倒后，他吹了声口哨，雪地的另一头又回了声口哨。两人继续向前爬……爬到围墙根儿的时候，战壕里冒出了两个长着黄色小胡子的家伙，他们头上的贝雷帽脏得要命。大个子立刻跳进战壕，走到一个普鲁士人身边。

"这是我弟弟。"他指着小斯苔纳说。

小斯苔纳长得太瘦小了，普鲁士人一看见他就止不住地大笑，不得不把他抱起来才能送过围墙的垛口。

围墙另一侧同样布满战壕，横七竖八地扔着木头棍子，白雪之下是一个个黑黢黢的坑洞，每个坑洞里都藏着一个头戴脏贝雷帽、留着黄色小胡子的普鲁士士兵，他们正饶有兴致地看着两个小孩儿从围墙上经过。

营地的角落里有一幢原来供园丁居住的楼房，房子前面搭着用树干捆成的掩体，掩体下有一群士兵在打牌，还有一群正在旺火前煮汤，汤里的肉香极了。这座营地和游击队的哨所比起来简直是一个天上一个地下！二楼传来军官们的琴声和开启香槟的声音。两个巴黎小孩进屋时，屋里发出一阵叫好声。巴黎人把报纸交给普鲁士军官，普鲁士军官递给他们两杯酒，让他们随便聊点什么。这些普鲁士人看起来既傲慢又凶恶，可大个子却有本事用巴黎郊区的土话和脏话把他们逗乐。普鲁士人大笑着学大个子说话，尽情地在污言秽语中撒欢儿打滚儿。

小斯苔纳也想说点什么，好证明自己并不是个傻子，可是偏偏好像有什么东西堵住了他的喉咙。他面前站着的是一个年纪稍大一些的军官，这个军官表情严肃，正在读报纸，更确切来说是正在假装读报纸，因为他的眼睛一直没离开小斯苔纳。那目光里不乏慈爱，但更多的是指责，就仿佛他家里也有一个这么大的孩子，他在用目光说："如果我儿子也干这勾当的话，那我情愿去死……"

从那一刻起，小斯苔纳就开始感觉有一双手揪着自己的胸口，不让心脏跳动。为了抑制不安，他低下头不停地喝酒。不一会儿，眼前就一阵晕眩，在普鲁士人狂浪的笑声中他隐约听到大个子正在嘲笑法国的国民卫队，不但笑话卫队的操练蠢笨，说到兴起时还模仿起卫队的阅兵式和紧急集合。接着，大个子压低了声音，普鲁士人侧起了耳朵，个个神情严肃。这个该死的家伙居然在向普鲁士人报告游击队的行踪！

小斯苔纳的酒一下子就醒了，他噌地跳起来愤怒地叫道："大个子！别说……你别说了！"

大个子哪里理会，笑了笑照说不误。可还没等他说完，所有的普鲁士人就都已经全部站了起来，其中一个指着大门对他们吼道："快滚吧！"

普鲁士人用德语迅速地交谈着什么。大个子走出大门，骄傲得像个将军，故意把口袋里的硬币搅得叮当作响。小斯苔纳低着头跟在后面，走过那个年长的军官身边时，他听到一声叹息："真可耻，真可耻啊！"

小斯苔纳的泪水立刻决了堤。

出了围墙，两个孩子拔腿开跑。此时，他们的帆布书包里已经装满普鲁士人给的土豆，可以毫无障碍地通过游击队的哨卡了。游击队员们还在准备着晚上的突袭，部队悄悄潜近围墙后，那位年迈的军官便开始忙着排兵布阵，样子好不兴奋！当两个孩子从他身边走过时，他不但认出了他们，还冲着他们粲然一笑……

哦！这笑容让小斯苔纳心里难受极了！他真想大喊一句："别去了，别去了……我们出卖了你们！"可是大个子威胁他说："别说！如果说出去咱俩都得死。"小家伙害怕了，把嘴边的话又咽了回去……

走到北郊的库尔纳夫镇后，两个人钻进了一座废弃的房子，开始分赃。不得不说，这次分赃还算公平。听着口袋里硬币的声响，想着广场上的赌钱游戏，小斯苔纳心里的恐惧感和罪恶感也就没有那么强烈了。

可是当大个子离开，就剩他一个人的时候，这个可怜的孩子便开始觉得口袋越来越重，心口上的那双手把他揪得越来越紧。巴黎的样子变了，每一个走过他身边的路人都在狠狠地瞪着他，仿佛都已经知道他做过了什么。"叛徒""间谍"，车轮声和军鼓声里传来的全是这两个词。好不容易到了家，还好，爸爸还没回来。他赶紧跑回房间，把沉重无比的硬币藏到枕头里。

爸爸回来了，他的心情从来没有像今晚这般好过。外省传来消息，说战争局势已经好转。这位退役的老兵一边吃饭一遍看着墙上挂的步枪，微笑着对儿子说："孩子呀，你长大后也就可以拿这把枪打鬼子了！"

八点钟左右，外面传来隆隆的炮声。

"这炮声是从欧贝维利耶传来的……那是我们的游击队正在收复

布尔日。"老兵对战事很了解。小斯苔纳听到后脸唰地白了,赶忙借口说想睡觉溜回卧室。可是他哪里睡得着!炮声一响接一响,他眼前的幻象一个接一个:游击队突袭普鲁士营地,不料却中了普鲁士人的埋伏,那位曾冲他微笑的老军官,还有无数的游击队员们都倒在了雪地上……而用战士们的鲜血换来的硬币此时就藏在他的枕头里。是他,小斯苔纳,一个老兵的儿子,出卖了自己的同胞……泪水瞬间堵塞了他的喉咙。隔壁房间里,父亲仍在不停地踱步,把窗户打开又关上。窗下的广场上吹响了集结号,一支机动部队正在集结,准备开赴战场。那将是一场真正的战斗!可怜的孩子终于忍不住一声痛哭。

"你怎么了?"斯苔纳老爹走进儿子的房间。

孩子憋不住了,从床上跳起来扑倒在父亲身旁,枕头里的硬币滚落一地。

"这是什么?!你偷的?"老人颤抖着质问。

于是,小斯苔纳一口气交代出今天的一切,告诉父亲他们是如何去到普鲁士人的营地,又是如何泄露了游击队的情报。小家伙儿越说心跳得越快,不过罪恶感倒是减轻了不少……斯苔纳老爹的脸色越来越难看,儿子说完后,老人双手捂住脸哭了起来。

"爸爸,爸爸……"孩子还想说点什么。

老人把儿子推开,低头捡起硬币。

"就这些吗?"父亲问。

小斯苔纳点点头。老人摘下墙上的步枪和弹盒,把硬币装进口袋:"很好!我现在就去还给他们!"

他再也没多说一句话,甚至连头都没有回就走下楼,加入了广场上的队伍,消失在夜色之中。

从那以后,人们再没有见过斯苔纳老爹。

一盘台球

　　战士们连续战斗两天，又肩扛背包在瓢泼大雨中度过了整夜，现在早已筋疲力尽。然而，他们还是没能休息，硬是在泥泞的田地和公路上苦苦等待了三个小时。

　　未曾合过眼的长夜、被雨水湿透的军装，战士们拖着疲惫又沉重的身躯依偎在一起，相互取暖，彼此打气。有的战士靠在战友的背包上就站着睡着了，困顿和艰辛在他们的面庞上得到了最真实的写照。大雨、污泥、没有火、没有热汤，天又黑又沉，还有随时可能冒出的敌人。什么叫凄惨？这就是。

　　他们在做什么？发生了什么？

　　炮口正对前方的树林，似乎在等待着什么。埋伏在后方的机关枪齐刷刷地瞄向地平线，一切都像是做好了进攻的准备。那为什么还不开战呢？他们在等什么？

　　他们在等待命令，将军还没发令。

　　其实将军就在不远处的城堡里。路易十八的行宫精致至极，红色的砖墙经过雨水的冲刷在半山腰显得格外醒目。不愧是王公贵族的府邸，完全配得上做法兰西大将军的指挥部。

　　壕沟和石板坡道将战场的公路和城堡隔开，点缀着鲜花的绿色草坪延伸至城堡前的石板路。越过围墙，城堡内的榆树枝繁叶茂，阳光透过绿叶洒落一地。院中的水池宛若明镜，几只天鹅浮在水面上自在地游弋。绿树掩映的穹顶下有一只巨大的鸟笼，里面发出各种各样尖锐的鸣叫声，野鸡们拍打着翅膀，孔雀张开了尾巴。虽然主人早已离去，但城堡丝毫没有被遗弃的感觉。房顶插上军旗，这里的一草一木都得到了最好的保护，战场虽近在咫尺，城堡里却安然有序，群山环绕中的林荫路依然静谧幽深。

将战场上的公路和车辙搅得泥泞不堪的瓢泼大雨落在城堡里，画下了一条蜿蜒优雅的水流，把红色的砖墙冲得更加鲜艳，把绿色的草坪洗得更加青翠，把橘树的叶子刷得更加油亮，连池中天鹅的羽毛也被淋

得更加洁白了。一切都焕然一新，一切都平静异常。毫不夸张地讲，如果没有房顶的军旗，谁也不会猜到这里会是将军的指挥部。战马在马厩里休息，勤务兵们穿着军便服在厨房外溜达，几个穿红裤子的园丁拖着耙子慢条斯理地整理着院子里的沙地。

城堡餐厅的窗户正对外面的石板路。此时，餐桌上的杯盘已经撤去大半，开过盖儿的酒瓶、用过的空玻璃杯，还有褶皱的台布，一切都显示着宴席已经结束，宾客已经离场。餐厅隔壁传来人们的欢笑，酒杯碰撞之间还有台球滚动的声音，那是将军在打台球。这回知道为什么整个部队都在等待号令了吧。将军大人的球局一开，即使天塌了也必须把一盘球打完才行。

台球！居然是因为一盘台球！

这位伟大的军人就这么一项嗜好。

将军一身戎装，胸前挂满勋章，面色潮红、两眼放光，只不过令他神采奕奕的不是战场，而是美酒和游戏。副手们围绕在将军身边，谦恭又殷勤，将军每打一杆，他们就会大声叫好，如果进了球，更是个个抢着去记分，将军要是口渴了，不用发话美酒就能递到手上。房间里肩章、绶带的摩擦声和勋章的叮当声此起彼伏，观球者人人笑容灿烂，部下们个个极尽奉承。装饰奢华的大厅、衣着光鲜的军人、热闹欢愉的气氛，让人不禁联想起帝王的生活。此时，有谁还会关心屋外的大雨？有谁还会惦记雨中蜷缩着待命的战士？……

将军的对手是一个来自参谋部的年轻中尉。他长着一头鬈发，身着紧身军服，手戴白色手套，是部队里球技最好的高手，打败所有的将军们根本不在话下。但是，他知道如何与长官保持距离，能做到既不赢球，又不输得太惨，从这一点就能看出中尉日后必成大器。

要注意了，年轻人！现在将军是十五分，你是十分，一定得把局面保持到最后，否则不但晋升无望，而且还很有可能会沦为城堡外的一员，裹着破旧的军衣在大雨弥漫的公路旁苦苦等待一直没有发出的命令。

这盘台球很有意思。球案弹性极佳，五颜六色的台球滚来滚去、相互碰撞，竞争好不激烈。突然，一颗炮弹蹿上高空，沉闷的爆炸声震得大厅的玻璃直颤。所有人都被吓呆了，不安地张望着，只有将军一人仍镇定自若，似乎什么都没看见，什么都没听见，趴在球桌旁仔细谋划着一记漂亮的搓球。搓球，这可是将军的拿手好戏！……

又一颗炮弹，紧接着是第三颗、第四颗……炮声越来越紧、越来越大……副官连忙跑到窗户边向外看，难道是普鲁士人发起进攻了？

"行了行了，让他们打吧！"将军一边往球杆上擦松粉，一边说，"该你了，中尉。"

旁边的参谋长对此佩服得五体投地，曾经头枕炮架而睡的蒂雷纳将军与这位战火中依然专注于台球的将军相比根本不值一提。窗外的爆炸声更大了，大炮和机关枪喷出的火球冒着黑烟滚落到草坪边缘，整个花园都被火光包围了。孔雀和野鸡在鸟笼里发出惊恐的尖叫，马厩里的战马嗅到硝烟的味道后抬起前蹄嘶鸣，指挥部里一片混乱。前方电报一封接一封，疾驰而来的通讯员一个接一个，所有人都在找将军。

可是一盘台球没打完，谁都别想接近将军。

"该你了，中尉。"

中尉毕竟年轻，没有将军那样好的定性。年轻人头脑有些发晕，忘记了游戏的原则，竟然连赢两轮，再差一点就要取胜了。这下将军可火了，惊讶和愤怒瞬间在他的脸上蔓延开来。就在这时，一匹战马冲进城堡，一名副官不顾守卫的阻拦跳上石板路："将军！将军！……"您真应该看看将军是如何对待这位浑身沾满污泥的副官的。他像一只气急败坏的斗鸡，握着球杆、红着脸走到窗边吼道：

"干什么？干什么！守卫们都上哪去了？难道没有人拦住他吗？！"

"可是将军……"

"可是什么！……等着……等我的命令！……"

将军狠狠地关上了窗户。

好个等他的命令！

那些可怜的战士们不就是在等他的命令吗！现在，打在他们身上的除了狂风暴雨，还有一发发致命的子弹。前方部队被整营整营地击垮，而后方的战士们却只能握着武器一动不动地干等，他们丝毫无法理解为什么要这样坐以待毙。等命令……难道死神也会等待谁的命令吗？于是，成百上千的战士们倒在了灌木丛后、倒在了战壕里、倒在了寂静的城堡前。机关枪仍在扫射，战士们的伤口被无情地撕裂，法兰西战士们高贵的鲜血就这样无声无息地流淌了一地……楼上的台球室里同样热血喷涌，将军终于扳回了一局，可小中尉也毫不示弱，像头狮子一样反抗着……

十七！十八！十九！……

部下们甚至都来不及记分。战火越烧越近，将军距离胜利只差一分。炮弹已经打进院子，在水池上方炸开，宛如明镜的水面立刻碎成了一片，溅起天鹅沾满鲜血的羽毛……这是最后一轮攻击……

现在，一切重归平静，只有雨滴仍敲打着林荫路。山下隐隐约约传来一声轰鸣，泥泞的山路上像是有一群牲畜在疾行……部队在撤退。将军终于赢了这盘台球。

母亲

那天早上,我去巴黎西部的瓦莱里安山军事要塞看望一位画家朋友B,他现在是塞纳河国民别动队的一名中尉。当天恰好赶上他执勤,没办法离开,所以我们就边在防御工事的入口前溜达,边聊着关于朋友、关于战争和关于巴黎的种种琐事……

突然,我的中尉朋友停下脚步,别动队的军服难掩他画家的浪漫气质,他激动得拉住我的胳膊轻声说:"看啊,多美的画面!简直就是一幅多米埃的杰作!"他那深灰色的眼睛迸射出猎犬嗅到猎物般的光芒,指引我看向出现在瓦莱里安高地的两个令人肃然起敬的身影。

的确是幅多米埃的杰作!男人身穿一件栗色长礼服,礼服的领子是墨绿色的丝绒翻领,看上去像是爬满苔藓的古木。他又矮又瘦,前额凹陷,不过面色还算红润,长满皱纹的小脑袋上长着一双圆眼睛和一只鹰钩鼻,显得既严肃又憨厚。男人的胳膊上挂着一个绣花布提包,里面露出一只细颈的酒瓶,手上拿着一盒铁皮罐头,巴黎人一看到这种呆板的罐头盒就会回忆起漫长的围城岁月……他旁边的女人戴着一顶巨大的帽子,把脸遮得严严实实,一条老旧的披肩从头裹到脚,仿佛在诉说着她的不幸,褪了色的斗篷领子间时不时地露出她尖尖的鼻子和几缕花白干枯的头发。

爬上高地后，男人立刻停下来，喘着气擦拭额头的汗珠。其实十一月底的山顶总是雾气缭绕，一点都不热，但是他俩走得太快了……

女人并没有歇脚，而是一口气走到了防御工事的入口。她犹豫地看了看我们，像是想说什么，但是朋友肩上的军衔让她有些害怕，所以她最终还是选择了一位站岗的哨兵去打听。我听到她细声细气地说想要见一见儿子，儿子是巴黎第三别动队第六支队的士兵。

"请等一下，"哨兵回答，"我这就找人去通知他。"

女人高兴极了，长出一口气，转身走回丈夫身边，两人在距离防御工事入口不远的地方坐了下来。

他们等了很久。瓦莱里安山那么大，再加上坑道、堡垒、营房、掩体错综复杂，想要在这么一座仿佛飘在云雾中的大山里寻找一个小小的第六纵队的士兵谈何容易！更何况这个时候要塞里正挤满来来往往的鼓手、号手和挎着军用水壶奔跑的战士，找人就更难了。哨兵和勤务兵正在换岗，游击队员带回一个被打得鲜血直流的间谍，来自巴黎西边楠泰尔城的农民们要去找大将军告状，一个通讯员骑马飞奔而来，从前方回来的骡子背上驮着像生病的羊羔一样呻吟不止的伤员，搬运兵踏着笛声"嘿哟嘿哟"地喊着号子运来一门新的大炮，一个穿红裤子的牧人手持皮鞭、肩扛步枪驱赶着补给要塞的牲畜……进进出出的人群在防御工事里穿来穿去，一条条坑道像是丝绸之路的旅店门前一样热闹。

"但愿他们没忘了咱们的事儿！"可怜的母亲似乎在用眼神说。整整五分钟里，她不停地坐下又站起来，蹑手蹑脚地走近入口，靠着围墙向院内偷瞄。她没敢再去问哨兵，生怕会给儿子丢脸。男人比她还要腼腆，坐着连动都没敢动。每当妻子灰心丧气地走回来时，他都要不耐烦地嘟囔几句，一本正经地打着手势向妻子解释服兵役的必要性。

我一向对这些私密又无声的小画面很感兴趣，忍不住地去想象这些画面背后的故事。平日里，我们经常可以在街头与这些无声的剧目相遇，路人们的举手投足间展示的往往就是他们的整个人生。眼前这幅画面最动人之处是主人公的憨厚和朴实，他们的动作和表情犹如专业演员般清晰又富于表现力，带领我走进了一出精彩纷呈的家庭剧……

我仿佛看到一位母亲某天早晨醒来后说："这个特罗胥先生真是可恶，他一发号施令可好，害得我都整整三个月没有见到儿子了……无论如何我都要去看看他，亲亲他！"

父亲性格内向腼腆，听到老伴儿的话之后心里直打鼓。要知道，让他这么一个老实人去办探亲证实在是为难他。所以，他找出一大堆理由试图说服老伴儿。"亲爱的，你是不知道！那瓦莱里安山远着呢……咱们又没有车，根本没法儿去啊！况且那是军事要塞，女人家是进不去的！"

"不管怎样，我是去定了！"母亲坚决地说。生活中，男人总是听女人的，所以只好硬着头皮去防御区办探亲证。他跑遍了市政厅、参谋部、警察局，怕得直冒汗、冻得直发抖，不但四处碰壁，还老是找错地儿，排了两个小时的队才发现居然站错了窗口。好不容易，他才在某天晚上揣着一张军区司令签署的探亲证回了家……第二天天还没亮，老两口就提着灯笼、冒着严寒上路了。父亲掰了块干面包充饥，而母亲却丝毫没有饿意，她宁愿等到了之后再和儿子一起用午餐。为了犒劳在部队服役的儿子，老两口往布提包里塞满围城时期所有能找到的好东西：巧克力、果酱、陈年美酒，就连那盒珍藏已久的铁皮罐头也带上了，这盒罐头可是为了应对日后可能出现的饥荒花八法郎买来的。装好东西，两人就出发了。走到城门的时候，城门才刚刚打开。得出示探亲证才行，母亲有些心慌……不过没什么可害怕的！按规定来就好。

"放他们出去吧！"值班的军官命令道。

母亲这才松了口气："那位军官还挺友善的。"

出城之后，她的脚步轻快得像只小山雀，并且越走越快，老伴儿都快跟不上了。

"亲爱的，你走慢点行不行！"

她没有理会，依然快步前行。前方，瓦莱里安山在云雾中若隐若现。

"快到了……看，就在那儿。"

现在，他们已经抵达目的地。可是新的困扰又来了：如果他们找不到儿子怎么办？如果儿子不能来怎么办？……

突然，我看到母亲的双肩颤抖起来，她一边用力拍打着老伴儿的胳膊，一边纵身跳起……来了！他已经走到防御工事的拱门下了。没错！她听得出儿子的脚步声！

真的是他！

当他走出拱门时，整面围墙仿佛都被照亮了。

说真心话，那绝对是个高大英俊又健壮的小伙儿。他肩扛背包手握钢枪，笑容灿烂地走到老两口身旁，用欢快又浑厚的声音说："你好吗，妈妈！"

马上，什么背包呀、被子呀、步枪呀，统统都消失在那顶巨大的帽子之下。接着,轮到父亲了。不过父亲得到的时间并不长,因为大檐帽想独占这一切,时间再久她也无法感到满足……

"你过得好吗,儿子?……被子还暖和吧?……现在用的是哪条床单?……"

我完全能感受到帽檐之下母亲那充满爱意的目光,她把儿子从头看到脚,用雨点般密集的吻迎接儿子。亲吻、泪水、欢笑,她要把积攒了三个月的爱全部传递给儿子。父亲同样很激动,只不过身为男人,他不愿意表露得太过明显。他知道我们在看着,所以转身冲我们眨了眨眼,像是在说:"原谅她吧,谁让她是个女人呢。"

我当然会原谅她!

在这举家欢聚的时刻,防御工事里突然吹响了一声号角。

"要集合了……"孩子说,"我必须得走了。"

"什么?!难道你不和我们一起吃午餐了?"

"不!我当然想!可是我不能啊……今天是我二十四小时值勤,就在要塞的最高处。"

"噢!"女人伤心极了,再也说不出一句话。

一家三口就这样沮丧地相互看着。最后,还是父亲发了话:"至少,带上这盒罐头吧!"声音听起来让人心碎极了,他脸上的表情既动人又滑稽,像是一个贪吃鬼交出了手里的美食。离别的愁绪搅得他心神不宁,在提包里翻动的双手不停地颤抖,怎么都找不到那盒罐头。我们听到他强忍着泪水哽咽地埋怨着:"罐头呢!该死的罐头跑哪去了!"强烈的悲伤让他再也没有心思掩饰身为父亲的唠叨……罐头终于找到了,三人最后一次紧相拥。然后,孩子转身向入口跑去。

要知道,老两口为了这顿午餐可是奔了几十里的路啊!在他们心中,这顿午餐甚至比过节还重要,母亲为此激动得整夜都不曾合眼。告诉我,还有比让两位老人错过这顿期盼已久的午餐更为伤心的事吗?天堂之门刚刚为他们打开了一条缝儿,却又立刻狠狠地关上……

他们站在原地一动不能动,眼睛死死地盯着儿子消失的入口。最后,男人强打起精神,转过身咳了几声,然后非常勇敢坚定地说:"走吧,孩儿他妈,咱回家!"声音高亢而愉悦。他朝我们行了个大礼,然后挽起妻子的胳膊……

我的目光一直追随着他们,直到大路的拐弯处。父亲看起来很生气,绝望地挎着一抖一抖的提包……而母亲则平静许多,只是低着头,双手摆也不摆地向前走。可是,透过她的肩膀,我分明看到那条旧披肩在不停地颤动。

柏林之围

我和V医生沿着香榭丽舍大街向北走,路旁被炮弹炸得千疮百孔、坑坑洼洼的墙壁和人行道向我们讲述着巴黎被普鲁士军包围时的故事。快走到星形广场的时候,医生停下脚步,他指着凯旋门四周高楼大厦中的一座对我说:

"您看见那座有四扇窗户、带阳台的房子了吗?去年八月,没错,就是那个天灾和人祸轮番袭击巴黎的黑色八月,我被叫到了那座房子里去看望一位突然中风的病人。那是茹福上校家。茹福上校曾是拿破仑时代的一名重骑兵,把荣誉和爱国主义看得比命还重。普法战争爆发后,他带家人住进了香榭丽舍大街旁的这座带阳台的房子……您知道为什么吗?……他要亲眼见证部队的凯旋……可怜的老人啊!维森堡惨败的消息传来时,他刚刚离开饭桌,当他在战事简报下方读到拿破仑的名字后,就猛然间直挺挺地倒下了。

"我进屋的时候,老重骑兵正平躺在房间的地毯上,像是当头挨了一棒似的,脸色紫红,神情呆滞。他的身体躺着都显得如此巨大,如果站起来,必定更加魁梧。老人的面庞棱角分明,牙齿健壮整齐,一头白发卷曲又浓密,八十年的岁月似乎只在他身上留下了六十年的痕迹……他的孙女满脸泪水地跪坐在旁边。孙女和爷爷长得很像,两个人在一起就像两枚用同一只模子铸成的希腊徽章般漂亮,只不过一枚已经被岁月磨去了棱角、沾上了尘埃,而另一枚则像刚出炉一般圆润又清晰。

"女孩的悲伤感染了我。她的祖父和父亲都是军人,父亲现在在麦克马洪的参谋部任职。躺在眼前的祖父让她不禁想象出另外一幅更为惨烈的画面。我竭尽所能去安慰她,而实际上,自己也没多大信心。老人患的是典型的偏瘫症,这对于一位八十岁高龄的人来说基本没有治愈的可能。整整三天的时间里,病人一直处于呆滞僵硬的状态。就在这时,雷舍芬的战报传至巴黎。您应该还记得那则消息来得有多么离奇吧?所有人都以为前方取得了重大胜利:两万普鲁士军被歼灭,普鲁士王储被俘……不知是哪种突如其来的力量,也不知是哪股神奇的电波,居然把举国欢庆胜利的喜悦传递到了老人的神经里,竟然让神智已经涣散的偏瘫病人又重新回到了人间。那天晚上,当我走到他的床前时,发现他完全变了一个模样,不但目光清晰起来,就连舌头也没那么僵硬了,甚至还有力气冲我微笑着结结巴巴地重复了两遍:'胜……利……了!……'

"'是啊上校!巨大的胜利!……'

"我向他讲述着麦克马洪这漂亮一仗的细节,只见他脸上的皱纹都舒展开了,气色越来越好……

"我走出房间时,女孩正站在门口等我。她脸色惨白,强忍着泪水。

"'至少,他的病情好转了啊!'我拉住她的手安慰。

"可怜的孩子几乎没有勇气回答。人们刚刚得到关于雷舍芬的真实情况:麦克马洪逃跑了,法军全军覆没……我们两人绝望地看着彼此。想到父亲,她悲痛万分,而我,想到屋里的老人,害怕得直发抖。他如何能承受得住这样的打击!应该怎么办呢?……难道要残忍地戳破令他起死回生的幻象,活生生地夺走他的快乐吗?……当然不能!我们必须把谎言维持下去……

"'好吧,就这么办!'女孩擦干眼泪,露出坚强的笑容,重新回到祖父的房间。

"这项任务对于女孩来说太过残忍了。最初的几天还相对容易一些，老人的思维很迟钝，像个孩子一样容易哄骗。可是随着病情的好转，他的头脑逐渐清晰起来，女孩不但要时刻告诉他部队的动向，还得重新编撰出一则则军情简报。女孩夜以继日地伏在德国地图上安插军旗，杜撰出一场场辉煌的战斗：巴赞将军正率军向柏林挺进，弗罗萨尔将军刚刚攻克巴伐利亚，麦克马洪将军正挥师波罗的海沿岸……她的样子是如此令人心疼。关于这些想象中的战役，女孩都曾询问过我的意见，我当然尽力帮助她，而实际上，提供帮助最多的是病榻上的老上校。别忘了，他可是在第一帝国时代无数次远征过德国的！他总是能预料到部队下一步的动向：'现在，他们应该朝这儿进攻……应该这么做……'当然，他的预言会无一例外地全部应验，老人为此得意极了。

"我们取得了一场又一场的胜利，攻下了一座又一座的城池，即便如此，老人依然觉得胜利来得太慢。这个老兵啊，他根本不知道满足！……每天看望他的时候，我都能得到最新战报：

"'医生先生，我军已经攻下美因茨了！'女孩迎到我面前强挤出笑容说。房间里，老人正愉快地高声叫着：'好！好！再过八天，我们定能挺进柏林！'

"而事实恰好相反：普鲁士军再过八天就要打到巴黎了……我们考虑是否应该提前把老人送到外省疗养，可是一旦这么做，他马上就会知道真相。老人的身心仍然十分脆弱，经受不住这样的打击。权衡利弊之后，我们决定一起留守巴黎。

"我还记得围城开始后的第一天，在去往他家路上时目睹的景象：巴黎所有城门都紧闭着，战争就在城墙外打响，郊区已经沦为战场。老人躺在床上，兴高采烈又骄傲万分地对我说：'看，我没说错吧！围城终于开始了！'

"我惊愕地看着他，'上校，您，您已经知道了？……'

"这时，女孩朝我转过身，'是啊，先生……这可是条大新闻呀！……柏林之围开始了！'

"她边织着毛衣边说,样子镇定极了……

"老人怎么可能怀疑呢?城外的炮火声,他听不到,街上阴森的样子,他看不到,躺在床上,最开阔的视野就是窗外凯旋门的一角。他的房间里堆满第一帝国时代的旧物,那些关于荣誉的记忆足以令他继续沉浸在胜利的幻想之中。将军们的画像、描绘战争的版画、身着戎装的罗马之王雕塑、镶着铜边的展架,展架上摆列的战利品:勋章、铜器、玻璃罩中从圣赫勒拿岛采来的岩石,还有几幅描绘着同一位身穿黄色灯笼袖礼服、眼睛亮如明星的年轻女子的工笔画像。将军、罗马王、展架、年轻女子,包括女子的高腰紧身装束,都曾是专属于一八零六年的荣耀……英勇的上校啊!这些旧物营造出的胜利氛围比我们编织的谎言更能令他陶醉,更能使他坚定不移地沉浸在柏林之围的喜悦之中。

"从那天起,我们的军事策划变得简单了许多,攻克柏林,只是个时间问题。有时老人待烦了,女孩就会给他念一念父亲的来信,当然是想象中的来信,因为普鲁士军已经切断了巴黎的一切信息往来。并且,早在色当战败后,麦克马洪的副官就已经被关押进德国的监狱。您可以想象女孩当时有多么绝望无助。除了被囚禁外,她再没有得到过任何关于父亲的消息,父亲也许同样病重,可是她还得让他发来一封封愉快的家书。那些信件都很简短,符合一名身赴战场、乘胜追击的战士的风格。有时,女孩实在没有力气了,于是,老人一连几个星期都听不到前方的消息。老人开始着急,睡也睡不着。快,快!又一封从德国寄来的信!女孩伏在爷爷床前,压住泪水用兴奋的语调念了起来。上校面带笑容,听得认真极了,还时不时地发表评论,为我们解读那些匆忙中写下的含混不清的语句。最令人感动的是他给儿子的回信:'永远不要忘了你是个法国人……要宽容地对待那些可怜的人们,不要让沦陷给那些普通百姓造成太大阴影……'唠唠叨叨的叮嘱怎么说都说不完。尊重财产、善待妇女……条条例例汇总起来就是一份写给战胜方的行为准则,其中还夹杂着他关于政治的看法和关于和谈的考量。在和谈这点上,我敢

保证老人的要求并不过分：

"'只要战争赔款，其他什么都不要……让他们割让几个省又能怎样？难道还想把德国人都改造成法国人不成？……'

"他的声音铿锵有力，话语质朴纯真，爱国之情溢于言表，听者没有理由不为之动容。

"那段时期，围城的部队一天天靠近，只可惜，被包围的不是柏林！……天气越来越冷，轰炸越来越猛烈，流行病和饥荒肆意地吞噬着巴黎。还好，我们做了足够的努力，对老人的关怀和照料丝毫没有因条件的恶化而减少，他平静的生活没有因围城而发生任何改变。我们为他的每一餐都准备了白面包和鲜肉，毫无疑问，这些食物只有他一个人能吃到。祖父倚在床上，戴着餐巾愉快地享用他的午餐，完全没有意识到自己有多么自私，而孙女则守在床前，脸色因饥饿而变得苍白，她握着他的手，帮助他吃下自己节衣缩食换来的食物。请问，您还能找到比这还令人心碎的画面吗？丰盛的食物、温暖舒适的房间、门外呼啸的北风、拍打窗棂的暴雪，用餐后的老重骑兵精神饱满，看着眼前的景象不禁回忆起当年征战北方的岁月。他又一次地讲述起那段听得我们都能背出来的故事：当年随拿破仑讨伐俄国失败后全军大撤退，逃亡的路上只有冻饼干和死马肉可以吃。

"'知道吗，孩子？那时只能吃马肉！'

"女孩当然知道，因为整整两个月来，除了冻饼干和死马肉，她根本吃不到别的东西……日子一天天流淌，病人的情况一天天好转，我们的工作却变得越发困难。老人沉睡的神经和四肢逐渐苏醒。有那么两三次，从马约门传来的爆炸声惊得他险些跳起来，耳朵变得像猎狗一样警觉。我们只好骗他说巴赞将军刚刚在柏林城门下取得重大胜利，那炮声是荣军院前的人们在庆贺。还有一天，我们把他的床榻抬到了窗边，如果没记错的话那应该是一个星期四，是普法两军在城外的布森瓦尔展开殊死对决的第一天，老人透过窗户清楚地看到国民卫队的士兵们正在格兰特阿美大街集结。

"'这是哪支部队?'老人问道。我们听见他从牙缝里含混不清地挤出几句:'糟糕,糟糕!军容不整,军容不整!'

"除此之外,他什么也没说,什么也没做。但是我们清楚,从今以后必须加倍小心。只可惜,我们还是疏忽了。

"一天晚上,我刚进门,女孩就焦急地迎了出来。'怎么办?明天他们就要进城了!'

"老人的房门关好了吗?后来回忆起这件事的时候,我才感觉出老人那晚的神情很不正常。他很可能听到了我和女孩的对话,只不过,我们说的是普鲁士军,而他,则理所当然地理解成了法军。他以为是法国的部队明天就要凯旋,他期盼已久的时刻终于来到了:麦克马洪在鲜花簇拥和军乐奏鸣中踏步前行,他的儿子就走在元帅身旁,而他自己,则要穿上军礼服,就像当年随拿破仑在吕岑击败俄军时一样,站在阳台上向满是弹孔的军旗和沾满硝烟的鹰饰徽章致敬。

"可怜的茹福老爹!他一定是认为我们会担心他太过激动,不让他观看明天的游行,所以他小心翼翼,什么也没说。第二天,普鲁士军谨慎地沿大路从马约门向杜勒伊宫行进。茹福上校家的窗户被悄悄推开,米约将军手下英勇的重骑兵茹福上校身着军礼服,头戴钢盔,腰佩军刀,出现在阳台上。我至今仍然想不明白,究竟是多么强大的意志才能支撑一个偏瘫病人穿上军装走上阳台。不管怎样,他确实做到了,就站在阳台的栏杆后。他惊讶地发现大街上竟如此空旷寂静,所有楼房的百叶窗都紧闭着,到处都插着旗帜,可那不是彩旗,而是清一色的白底红十字旗,更古怪的是,居然没有一个人出来迎接凯旋的战士!

"一时间,他以为是自己眼花了……

"哦,不!他的眼没有花!凯旋门后传来混乱的脚步声,一支黑压压的队伍正在晨光中向北行进……慢慢地,普鲁士士兵头盔上明晃晃的尖顶一点点清晰起来。军鼓声越来越响,普鲁士部队正在军刀碰撞的伴奏下,踏着舒伯特的《胜利进行曲》穿过凯旋门。

"这时,死一般静谧的广场上回响起一声可怕的尖叫:'拿武

器!……快拿武器啊!……普鲁士,普鲁士人来了!'

"走在队伍最前端的四名普鲁士枪骑兵看到前方高楼的一座阳台上有一个身材魁梧的老头儿疯狂地挥了挥手臂,然后就直挺挺地倒下了。这一次,茹福上校真的死了。"

糟糕的佐阿夫兵

这天晚上,阿尔萨斯地区莱茵省的老铁匠洛里心里很不痛快。

要是在平时,太阳一落山、铁铺一打烊,老洛里就会坐到铁铺门前的长凳上,一边招呼店里的伙计陪自己喝上两大杯冰镇啤酒,一边看隔壁作坊的工人下班,好好地享受一天繁重劳作结束后难得的清闲和凉爽。可是这天晚上,善良的老铁匠直到饭点才走出铺子。洛里大娘看着老伴儿在饭桌前闷闷不乐的样子,心里嘀咕:"该不会是出什么事了吧?……是不是部队那边发来什么不好的消息,他不愿意跟我说呀?……难道是老大生病了?……"

不过,洛里大娘没敢问。三个长着烧焦麦穗色金头发的小家伙儿正围着饭桌一边打闹,一边咔嚓咔嚓地嚼着凉拌水萝卜。洛里大娘见状赶紧拦住孩子们,让他们闭嘴。

老铁匠把餐盘狠狠一摔,吼道:"哼!气死我了!一群无赖!流氓!……"

"老头子,你这是怎么了?谁招惹你了?"

"还不是那群假洋鬼子!从今儿早晨起,我就看见那五六个混账东西穿着法国士兵的军装和几个巴伐利亚人勾肩搭背地在城里瞎晃荡……你说说,据说这些家伙还入了普鲁士藉!他们居然还有脸回阿尔萨斯,一群不知廉耻的假洋鬼子！……也不知道普鲁士人给他们灌了什么迷魂汤！"

母亲想为那几个年轻人辩白几句："老头子呀，你想想。要说这错，也不能全算在孩子们头上啊……阿尔及利亚在哪儿？在非洲呢！离咱家乡多远啊！……孩子们在那么远的地方当兵，怎么可能不想家呢！要是有能回乡的办法，孩子们怎么可能不动心哩。"

老洛里举起拳头砸向桌子。

"你给我闭嘴！……你们这些老娘们儿懂个啥！整天就知道孩子孩子，你以为什么事儿都跟小毛孩儿一样无足轻重吗！……告诉你，那些家伙就是无赖、逃兵、叛徒！要是咱们家的克里斯蒂安也敢做出这么无耻的事儿，他就根本不配做我乔治·洛里，一个当过七年轻装兵的老兵的儿子！我非得拿那把军刀把他劈成两半不成！"

老铁匠噌地站起来，指着墙上挂的长军刀说，样子可怕极了。军刀上方是一幅儿子的画像———个在阿尔及利亚服役的佐阿夫士兵。年轻人长着阿尔萨斯人诚实的面庞，皮肤被北非炽热的阳光晒得黝黑，整个轮廓在过于明亮的背景下显得有些模糊。老铁匠看到儿子的画像后，心情平静了不少，忽然就又笑了起来。

"我真是在瞎着急……咱们的克里斯蒂安怎么可能加入普鲁士藉呢，他当年可是在战场上杀过不少普鲁士人！……"

想到这儿，善良的老铁匠心情立马儿好起来，高兴地吃完晚饭之后就奔去斯特拉斯堡城小酒馆痛饮啤酒了。

现在，家里就剩洛里大娘一个人。她把三个金发小家伙儿打发进卧室，然后拿起针线活坐到正对花园的房门口，一边听着孩子们在屋里像临睡前的小鸟一样叽叽喳喳地说话，一边缝补着衣服。她想想自己就忍不住地叹气："好吧，我承认老头子说得没错。他们是懦夫，是叛徒……可那又怎样！有哪个母亲不希望看到自己的儿子回家呢……"

她回想起大儿子离家参军前的时光。每天，就是在这个时候，就是在这个小花园里，儿子肯定会来打理花草。她盯着花园里的水井，当时儿子就穿着罩衣站在井旁往洒水壶里灌水。他留着一头漂亮的长发，只可惜，在入伍前被剪短了……

突然，她打了个哆嗦。花园的角门，就是朝着田地的那扇门被推开了，有个像小偷一样的家伙贴着墙根儿溜进院子，正沿着蜂箱间的过道往里走。可奇怪的是，家里的狗竟然没有叫……

"你好啊，妈妈！"

她的克里斯蒂安站到了她面前。年轻人身上的军装七扭八歪，脸上的表情又是羞愧又是不安，连舌头都不听使唤，说话结结巴巴的。原来，这个倒霉的家伙是和街上的士兵们一起回来的，已经在家门口晃荡一个多小时了，直到父亲离开后才敢进来。洛里大娘真想狠狠骂他一通，只是话到嘴边又泄了气。她太久没见过儿子，没抱过儿子了！况且，儿子的理由也很充分：他想家，想家里的铁铺，想爸爸妈妈和弟弟们，想和家人永远生活在一起；最让他难以忍受的是部队越来越严苛的纪律，并且，战友们常因他的阿尔萨斯口音管他叫"普鲁士人"。无论儿子说什么，母亲都相信，儿子就在眼前，还有什么不能相信的呢！两人一边互诉衷肠，一边走进一楼的客厅。三个小家伙儿听到哥哥回来了，都迫不及待地穿着睡衣、光着脚丫跑出来拥抱哥哥。母亲让儿子吃点饭，可是儿子一点儿都不饿，他只是口渴，一直口渴，在小酒馆喝了一整天的酒都没有解渴……

不好！院子里有脚步声。是老铁匠回来了！

"克里斯蒂安，你爸爸回来了！快，快藏起来！让我先跟他解释解释……"说着，她把儿子推到屋里的大陶炉后面，然后重新拿起缝补的衣服，可是双手却止不住地发抖。最糟糕的是，克里斯蒂安的佐阿夫军帽落在了桌上，老洛里一进门就发现了，再看老伴儿刷白的脸和哆嗦的手，他一下子就明白了……

"是克里斯蒂安回来了吧！……"老洛里的声音可怕极了，他一把抓下墙上的长军刀向大陶炉冲去。躲在炉子后面的佐阿夫兵正靠着墙蜷缩成一团，被吓得面无血色，两腿瑟瑟发抖，酒劲儿立马儿就过去了。

母亲赶忙扑到两人中间。

"洛里,洛里,求你别杀他……是我,是我写信让他回来的,你不是说咱家的铁铺需要他吗……"

她牢牢抓住老伴儿的胳膊,跪坐在地上号啕大哭。三个小家伙儿躲在卧室里不敢开灯,听到父亲的呵斥声和母亲的痛哭声也吓得直哭……老铁匠停了下来,看着妻子:

"哦!是你叫他回来的对吧……好,很好。让他去睡吧,明天再想该怎么办。"

第二天,克里斯蒂安醒来后发现自己正躺在儿时的房间里。昨晚,他的噩梦一个接一个,头昏昏沉沉的。透过铅框的小窗户,他看到外面的啤酒花开得正好,太阳已经爬上竿头,楼下传来铁锤敲击砧板的叮当声……母亲坐在床头,整夜一步都没敢离开,老伴儿的怒火把她吓坏了。躺在旁边的老铁匠也是一夜没合眼,天一亮就开始叹着气在屋里踱来踱去,把衣柜门打开又关上。现在,他走进儿子的房间,穿着护腿套,戴着大帽子,拿着顶上包着铁皮的登山杖,像是准备远行一样,神情严肃。他径直走到克里斯蒂安床前:"起来!……赶紧给我穿上衣服站起来!"

儿子有点迷糊,伸手去拿他的佐阿夫军装。

"别穿这个……"父亲严厉地说。

母亲又害怕了:"可是老头子,他没有别的衣服呀……"

"把我的衣服给他……我不需要了。"

儿子穿衣服的时候,老洛里认真地把那身军装——短上衣、红长裤叠好装进包袱,然后把盛着路条的铁皮盒挂到脖子上。

"一块儿下楼吧。"他说。

三个人沉默无语地下了楼,来到铁铺里。风箱在鼓着风,伙计们在干活。看着敞着门的店铺,看着让他日思夜想的作坊,佐阿夫兵的眼前不禁浮现出童年的景象:他正在热浪翻涌的大路和铁铺里四处飞溅的火花间奔跑。他的眼眶湿了,鼻子酸了,他多么想得到父亲的原谅,可他抬眼遇到的却是父亲冰冷的目光。

最后,老铁匠开了口:"小子,看好了,这是打铁用的所有工具……现在,它们都是你的了……"他指着作坊后面的小花园,"还有那儿的一切!"透过铁铺那扇被炉火熏得黑黢黢的后门,只见有无数蜜蜂在阳光灿烂的花园中飞舞。"蜂箱、葡萄藤,还有家里的小楼房,既然你可以为这些东西放弃自己的荣誉甚至尊严,那么,我就把它们都交给你,至少,请你照看好它们……从现在开始,你就是这儿的主人了……我,我走!你亏欠祖国五年的债,我替你偿还。"

"洛里,洛里!你这是要去哪儿?"可怜的洛里大娘叫道。

"爸爸!……"儿子哀求着。

老铁匠没有理会,转身离去,头也不回……

几天之后,阿尔及利亚西迪贝勒阿巴斯的佐阿夫第三军团多了一名五十五岁的志愿兵。

贝利塞尔的普鲁士士兵

接下来的故事是这个星期我在蒙马特的一家小酒馆里听到的。想要讲好这段故事，有必要先学一学贝塞尔大叔的巴黎郊区土话。穿上大叔做木工活时的大罩衣，再喝上两三杯蒙马特地区自产的白葡萄酒，哪怕是个南方人，也定能操巴黎口音。我敢保证，听故事的您即将热血偾张、寒战不断。人们围坐在贝利塞尔大叔身旁，一段真实又凄惨的剧目就此上演……

"……那是大赦（其实贝利塞尔想说的是'停战'）后的第二天。我老婆非要让我带儿子去维勒纳夫－拉－加莱纳走一趟。你们可能也知道，我在那儿盖着一座临水的木屋，自从围城之后就一直没有木屋的消息。我去倒没什么，问题是还带着个孩子，这我心里就没底了。去往郊区的路上肯定得遇到普鲁士兵，说实话，我还真没正面瞧见过普鲁士鬼子呢，保不齐一冲动出点啥事儿。可是老婆坚持让我带上孩子。'走吧，快走吧！孩子也憋坏了，让他出去透透气吧。'

"说得没错，围城都围了三个月了，可怜的孩子都快被捂得发霉了！

"于是，我们爷俩就上路了，直奔乡下。小家伙儿看看树、逗逗鸟，两脚踏进水田撒欢儿似的直扑腾。不知道他高兴不高兴，反正我是没那么轻松！从运河到河心岛，一路上看见的尽是戴尖顶头盔的普鲁士大兵。一群野蛮无礼的家伙！……要不是我强忍着，早就上去把他们揍扁了……不骗你们，看着那群野蛮玩意儿的无耻行径，那股火气呀，真是噌噌地往上蹿！知道维勒纳夫被他们糟蹋成什么样了吗？花园里一片狼藉，房门大开着，里面住满了普鲁士强盗，他们趴着窗户左呼右叫，百叶窗上、栅栏上搭着的全是他们的毛衣。真庆幸有孩子跟在身边，每当我恨得手发痒时，就看看孩子警告自己：'贝利塞尔，你冷静点！别让孩子因为你而遭殃！'说实话，那时也只有孩子能阻止我干傻事。终于明白老婆为什么非要让我带上孩子了。

"我家的木屋在村边，右手最后一排，紧邻河岸。木屋的命运和其他房子没什么两样，也是从里到外被洗劫一空，一件家具、一扇窗户也没有了，只剩几只草鞋和一条正在壁炉里噼啪作响的椅子腿。我感觉房子里里外外都是普鲁士人的味道，可就是看不见人影……突然，地下室传来一阵响声。我在地下室放着一张小型工作台，周末没事的时候做些修修补补的活儿。听见动静后，我让儿子在上面等着，打算自己下去看看。

"刚推开地下室的门，就见一个高大壮硕的普鲁士士兵头顶着刨花低吼着朝我走来。他两眼外突，嘴里咕哝着一大堆听不懂的脏话。这个怪物肯定是刚被吵醒，火气正大，还没等我开口，他就抽出了军刀……

"我全身的血一下子就沸腾了，强压一路的怒气瞬间冲上了头……我一把抓起工作台上的铁钳劈手就砸……伙计们，你们可能只知道我贝利塞尔平时的手劲儿不小，但绝对想象不出那天的我简直是大力神附体，胳膊如千斤铁锤般有力……只是一下，就一下，那个普鲁士兵就四脚朝天地躺倒了。我以为他只是被打晕而已。对，你们没猜错……他死了，伙计们，我把他干掉了。真是干净利落！

"我这辈子连只麻雀都没杀过，突然有个死人出现在眼前，心里感觉怪怪的……那是个挺英俊的小伙儿，一撮卷曲的小胡子像新推出的刨花。看着他的尸体，我双腿直抖。就在这时，儿子在上面不耐烦地大叫起来：'爸爸！爸爸！'

"街上有普鲁士兵经过,透过地下室的气窗,我看见了他们的军刀和长腿。我突然意识到,如果他们进来,孩子就完蛋了……不光是孩子,我们俩都得玩儿完。想到这儿,我的腿也不抖了。快,我赶忙把那家伙拖到工作台底下,用所有能找到的木板、刨花、锯末把尸体埋住,然后立刻上去找儿子。

"'来了。'

"'爸爸你怎么了?脸怎么白了?……'

"'没事儿,走,快走!'

"我敢保证,回去的路上不管那些野蛮人怎么推搡我、羞辱我,我绝不会动怒。我总感觉后面有人叫喊着追赶我们,甚至有一阵,我还听见有匹马朝我们飞奔过来,吓得我腿一软,差点栽倒。还好,过了桥之后我就镇静下来了。圣-德尼斯的大街上人来人往,走在人群里,普鲁士人想找我们都找不到。只是,我想起了那座可怜的木屋。一旦普鲁士人发现有同胞死在那儿,肯定会烧掉木屋泄愤的。噢,还有我们的邻居渔警雅克,他是唯一一个留在村里的法国人。隔壁死了个普鲁士兵,他的嫌疑洗都洗不掉。自己跑了,把麻烦留给人家,这么做太不仗义了!

"当时应该想法把尸体弄走的……回到巴黎之后,这种不安就更加强烈了。说什么也不能把一具普鲁士人的尸体留在我们的地下室!走到城墙边时,我再也忍不住了。

"'儿子,你先回家,我还有点事儿,得去趟圣-德尼斯。'

"我抱了抱儿子,然后转身往回走。我的心怦怦直跳,不过还好,孩子不在身边,没什么负担。

"回到维勒纳夫的时候,太阳已经落山。我瞪大眼睛,一小步一小步地往前走。村里似乎很平静。透过雾气,发现木屋还在。河岸边竖着一排长长的黑栅栏,普鲁士部队正在点名。是个好机会!我沿着栅栏继续走,看见雅克老爹正在自家小院里晾渔网。很明显,普鲁士人还没有觉察到……我走进木屋,摸黑下了楼。那个普鲁士士兵的尸体还埋在刨花堆底下,他的头盔里钻进了两只大老鼠,啃得头盔的带子窸窣作响。吓死我了!我还以为他又活了呢⋯⋯当然不可能!他的头又重又凉。我蜷缩到角落里,静静等着,等其他普鲁士兵都睡着后就把尸体扔到塞纳河里⋯⋯

"不知道是不是因为守着死人的缘故,那晚普鲁士军的归营号听起来格外哀怨。军号三声一组,嗒!嗒!嗒!像癞蛤蟆在叫。听着这样的曲子,那些大兵们肯定睡不着⋯⋯

"普鲁士兵们拖着军刀走进院子,哐哐地敲门,足足五分钟里一直大声叫着:'霍夫曼!霍夫曼!'

"可怜的霍夫曼正安静地躺在刨花堆里呢⋯⋯他倒是无所谓,可我却觉得时间无比漫长!⋯⋯上面的大兵们随时都有可能下来,我捡起死人的军刀,一动不敢动,我对自己说:'如果这回你能大难不死,那可真得去圣-巴蒂斯特的神像前点上两大根蜡烛⋯⋯'

"庆幸的是,那些霸占木屋的家伙们在外面喊够之后就悻悻地各自回屋了。楼梯上传来一阵脚步声,没过多久,整座房子就像乡下教堂的大钟一样,鼾声四起。机会终于来了!

"河岸上空无一人,所有房子的灯光都已熄灭。太好了!我赶紧回到地下室,把霍夫曼从工作台下拖出来,然后把他竖起来,像搬运货物一样扛到肩上。这家伙可真够沉的!⋯⋯恐惧,再加上从早晨起肚子就滴水未进,我感觉自己根本没有力气把他弄到塞纳河。事实是我做到了!走到堤坝中间时,我感觉身后一直有人跟着,转身,没人,是月亮升起来了……我心想:'小心,一会儿哨兵可能就会开枪……'

"最倒霉的是,那晚塞纳河的水位特别低,如果就这么把尸体一丢,那简直就像扔在洗脸盆里一样,根本冲不走……我只好继续往河道中间走。走啊走啊,还是没水……我实在走不动了,浑身上下像被卡住了一样……终于,我感觉走得足够远了,再见吧小伙计!去吧……尸体居然陷进了淤泥里,怎么推都推不动。我拉呀……拖呀……嘿哟,您猜怎么着?起风了,东风!塞纳河水一下子就涨起来了。只见尸体慢慢启航。一路顺风!我猛灌了几口河水,然后以最快的速度爬上岸。

"再次走过维勒纳夫大桥时,我看见塞纳河里浮着一个黑乎乎的东西。它越漂越远,像一只小木船,那是可怜的普鲁士士兵正顺着水流向阿纳特伊方向驶去。"

保卫达拉斯贡

感谢上帝,终于有了达拉斯贡的消息!五个月来,我一直寝食难安、忧心忡忡。得知这座城市的人们群情激昂,誓要与入侵者抗争到底,我不禁担心:"达拉斯贡人到底做了些什么?是举全城之力与蛮敌同归于尽,还是像斯特拉斯堡一样坐以待毙?是像巴黎一样被围城围得缺衣少粮、饿殍满地,还是像夏托登一样被大火烧为灰烬,抑或是像拉昂一样被自己狂热的爱国主义浪潮冲得支离破碎?……"错了,朋友们,我全猜错了。达拉斯贡既没有被烧焦,也没有被炸毁,它仍安安稳稳地矗立在原地,坐拥着葡萄园,享受着太阳光,它的酒窖里依然藏满麝香葡萄酒,穿城而过的罗纳河依旧静静地流向大海。绿色的百叶窗闪着太阳的光亮,花园被耙得平平整整,制服崭新的国民自卫队在河岸边不慌不忙地操练着,达拉斯贡城洋溢着幸福安详。

也许你会就此推断达拉斯贡在战争期间无所作为。事实恰恰相反,达拉斯贡人民英勇的抗争足以载入史册,作为南方地区抵御外敌入侵的典范供后人瞻仰和学习。不信,您就听听……

合唱团

法军色当大败之前,英勇的达拉斯贡人还一直安安静静地待在家里。

对于这些阿尔卑斯山脚下高傲的子孙来说,北方的战争中死去的不是祖国人民,而是皇帝的卫兵,是帝国。不过自从九月四日,共和国成立,普鲁士军包围巴黎,没错!达拉斯贡的人们觉醒了,他们终于意识到这是一场关乎民族命运的战争……

达拉斯贡的人们的觉醒自然是从合唱团开始。南方人对音乐的热情您应该有所耳闻,在达拉斯贡,这种热情可以称得上是狂热。从街上走过,家家户户的窗户里都飘着歌声,座座阳台上都奏着乐曲,路人的耳朵一刻都不会寂寞。无论走进哪一家商店,柜台后面都有一把吉他在轻叹,药店的小伙计们也是一边抓药一边哼唱着:"夜莺啊……西班牙古琴呀……哒啦啦……啦啦啦。"除了这些私人音乐会以外,达拉斯贡还有各式各样的市铜管乐队、学校管乐队,以及不计其数的合唱团。

把达拉斯贡的卫国运动推向高潮的,是圣－克里斯托弗合唱团和它的那首动人心弦的三声部合唱曲《保卫法兰西》。

"对，对！保卫法兰西！"正直的达拉斯贡人民在窗边挥舞着手绢，男人们拍打手掌，女人们送飞吻，四纵四横的合唱团方阵在军旗的指引下，奏着慷慨激昂的乐曲，踏着骄傲的步伐沿街前行。

群众的热情一下子就被点燃了。从那天起，达拉斯贡变了样：什么吉他呀，什么威尼斯船歌呀，什么西班牙古琴呀，统统让位给《马赛曲》。人们一周两次地在市政广场集结，观看由学校管乐队演奏的《出征曲》，演出的票价被炒得高得离谱！……

当然，热爱祖国的达拉斯贡人民是不会满足于此的。

马术表演

合唱团游行之后，紧接着就是慰问伤员的马术表演。请相信我，没有什么能比在阳光灿烂的周末午后观看一场讲述历史故事的马术表演更让人感到暖心的了。英勇的达拉斯贡青年们脚着浅色软面军靴、手持长矛和捕蝴蝶用的网兜，挨家挨户地筹集善款，在阳台下为捐款的好心人表演骑马旋转。

不过最好看的，还要数骑兵竞技表演《弗朗索瓦一世征战帕维亚》。马术俱乐部的成员们在市政广场一连三天为民众倾情演出这部扣人心弦的爱国史诗。谁要是没看过这部剧，就不算是见识过真正的马术表演。马赛剧团为这次演出提供了最华美的道具：金器、绸缎、丝绒、绣制的军旗、部队的徽章、铠甲、绶带、肩章领结、盾牌长矛，整个广场像面捕鸟镜一样熠熠生辉。一阵密史脱拉风吹过，广场上变得影影绰绰，好不美妙壮观。

只可惜，经过顽强的抗争后，弗朗索瓦一世最终还是被凶残的罗马骑兵团团围住，不得不缴械投降。由马术俱乐部经理彭巴特先生扮演的弗朗索瓦一世在交出佩剑的一刻竟莫名其妙地抖了抖肩，以至于弗朗索瓦一世的那句流传百年的名言"一切终将失去，唯有荣誉永存"瞬间变了味儿，经理先生似乎在用戏谑的普罗旺斯方言说着："伙计们，放马过来吧!"不过达拉斯贡的人民没有那么挑剔,看着这一幕,每个人的眼睛里都涌出了爱国的热泪。

突破口

合唱、表演、阳光,还有罗纳河谷宽广蔚蓝的天空,单是这些就足以让达拉斯贡人骄傲得头脑发晕了。政府张贴出的布告更是把他们的狂热冲向了顶峰。

市政广场上,人们谈论起战争的时候,气势一个比一个高涨。他们聊得咬牙切齿,嘴里像嚼了子弹一样,火药味儿十足。硝烟最浓的是喜剧咖啡馆。早晨,咖啡馆里的人们一边吃早餐,一边情绪激动地发表着达拉斯贡式的爱国演说:"我的天啊!那些巴黎人到底在干什么!还有他们那个笨蛋将军特罗胥,脑袋简直是被门挤了,怎么到现在还被包围着呢!……要是在达拉斯贡,好家伙!突突突!突破口早就打开了!"

当巴黎人每天只能以干硬的燕麦面包果腹时,达拉斯贡的这些先生们却守着鲜美的烤山鸡和醇香的教皇葡萄酒,吃得满嘴流油。他们像聋子一样疯狂地敲着桌子喊叫着:"行动呀!突破口!你们倒是赶紧打开突破口啊!……"毫无疑问,他们说得一点没错!

保卫俱乐部

敌人一天天地向南方逼近。第戎失守,里昂危在旦夕,罗纳河谷肥美的青草令普鲁士战马垂涎三尺。

"筑起我们的防御工事吧!"达拉斯贡人民呼喊着。于是,全城百姓齐动手,没过几天,整个达拉斯贡就变得壕沟纵横、路障满地了,房屋纷纷被改造成一座座堡垒。克斯德卡尔德兵工厂门前挖出的路堑足足有两米宽,并且还像模像样地装了座吊桥,样子可爱极了。要说壮观,还得数马术俱乐部的防御工事,几乎全城人都慕名去参观过一遍。俱乐部经理彭巴特先生手持步枪站在楼梯最高处,连喊带比

画地向前来参观的女士们讲解着:"要是敌人从这边来,砰砰砰!……要是他们从那边爬上来,砰砰砰!"

无论你走在达拉斯贡的哪条街上,总有人把你拦下来,然后神秘兮兮地告诉你:"喜剧咖啡馆的工事可了不得,简直是固若金汤!……"

打算入侵达拉斯贡的野蛮人,这下你们可得好好掂量掂量了!

游击队

修筑防御工事的同时,达拉斯贡人还热情高涨地组建起一支支游击队。什么"敢死队兄弟""纳博奈豺狼""罗纳河火枪手",名字五花八门,长翎毛、大檐帽、宽腰带,制服更是千奇百怪。达拉斯贡的游击队就像是燕麦地的野菊花,光彩夺目却又格格不入。

为了让自己看起来更凶狠一些,游击队员们都蓄起大胡子,以至于大家走在街上互相认不出来。远处走来一个"土匪",他留着铁耙一样的胡子,目露凶光,肩挎军刀,左手拿把手枪,右手拿把弯刀,走近了才发现,原来是税务员贝古拉德。也可能在你上楼的时候,突然就碰到了戴着尖顶帽、拿着锯齿大刀、背着步枪的鲁滨孙,仔细一看,才知道那是兵工厂的克斯德卡尔德刚从城里吃饭回来。

真是见鬼!明明是要吓唬敌人的,结果却把自己人都吓得不敢出门了……

家养兔和散养兔

　　自从关于组建国民自卫队的波尔多法令颁布后，游击队杂乱无章的局面终于告一段落了。在法兰西国防政府三巨头的大力整治下，噜噜噜，什么大檐帽、长翎毛、宽腰带呀，统统丢掉，什么火枪手、豺狼虎豹、敢死队呀，统统合并到一支听从统一指挥的国民自卫队中来，由正直的前军装供给部上校布拉维达担任总司令。

　　可是这样一来，新问题又出现了。

　　根据波尔多法令指示，国民自卫队应划分为两部分：预备支援前线的机动部队和驻守当地的留守部队。税务员贝古拉德将之戏称为"散养兔"和"家养兔"。

　　自卫队组建之初，备受关注的当然是机动部队。每天上午，正直的布拉维达将军都要率领他的机动部队在市政广场上像训练狙击手一样练习瞄准和射击。"趴下！起立！趴下！起立！"操练总是能吸引一大堆群众围观。达拉斯贡的女士们全都来了，就连河对岸的博凯尔女郎们也纷纷过桥而来，一睹散养兔的风采。而此时，可怜的家养兔们却只能默默地在城里站岗，守着那座只藏着一个长满青苔的蜥蜴标本和两门老土炮的博物馆。博凯尔女郎们怎么也不可能为了这点儿东西去看他们吧……然而，整整三个月过去了，机动部队始终没离开过广场，一点开赴前线的迹象都没有，于是围观群众的热情渐渐消退了。

　　尽管正直的布拉维达将军仍在卖力地冲散养兔们喊着"趴下，起立"，但却再也吸引不来观众了，机动部队的操练竟然沦落成了众人的笑柄。苍天做证，部队开拔与不开拔，这都不是散养兔们说了算的呀！蒙受冤屈的散养兔们愤怒了，他们开始集体罢操。

　　"再也不摆花架子了！"他们的爱国热情全面迸发，"我们是堂堂机动部队，我们必须开赴前线！"

　　"你们一定会开拔的，我以我的名誉担保！"正直的布拉维达将军也是一肚子怨气，他要去找市长讨个说法。

市长回答说没接到过上级命令，这事儿还得去请示省长。

"找省长就找省长！"布拉维达将军一拍大腿，立马儿坐上开往马赛的火车，找省长去了。找省长可不是件容易事。马赛的常任省长有五六个，但没有人会告诉你哪一个是管事的。

布拉维达将军走了大运，正好赶上主管军事的省长正在开会。正直的将军以一名军服供应处老上校坚定的口吻，代表手下的自卫队员们向省长请愿。

还没说两句，省长就把他打断了：

"抱歉，将军……我很想弄明白为什么您的战士们会向您请求支援前线，而对我，却一致要求留守呢？……您还是先看看这封信吧。"

省长笑着递给布拉维达将军一封信。这是两只散养兔，就是那两只喊开拔喊得最凶的兔子写给省长的请愿书。他们声泪俱下地诉说着自己是如何如何地虚弱，请求省长允许他们从机动部队转入留守部队，信后甚至还附有医生的诊断书、神父的意见书和公证人的公证书。

"这样的信我已经收到不下三百封了。"省长微笑着继续补充道，"将军先生，您现在知道我为什么一直没给你们下命令了吧？我们已经逼迫太多想留守的战士们上战场了，是时候停下来了。上帝保佑法兰西！代我向你的兔子们问声好吧。"

告别酒会

羞愧无比的布拉维达将军悻悻地回到达拉斯贡。

他不在期间，达拉斯贡人可没闲着，他们通过募捐为即将开赴前线的兔子们筹备了一场告别酒会！布拉维达将军劝说大家不要办酒会了，因为根本不会有人去前线。可是他劝也白劝，酒已经买了，场地也订了，万事俱备，只差开席……

于是，在一个周末的晚上，一场感人肺腑的告别酒会在市政府的宴会厅拉开序幕。直到次日破晓，人们仍在不停地举杯、欢呼、演说、

高歌，险些震碎市政府大楼的玻璃。当然，参加酒会的每个人心里都明镜一般，很清楚应该如何表现：为酒会买单的家养兔们确信他们的同胞不会上前线，来酒会喝酒的散养兔们同样坚信自己与战场无缘，那位带头举杯、慷慨激昂地表示说自己会走在出征队伍最前端的副官先生更是明白根本不会有人离开。可那又怎样！这些南方人就是如此与众不同。酒会结束时，所有人都在相互拥抱告别，所有人的眼睛里都涌出了真挚的泪水，布拉维达将军也不例外！……

在达拉斯贡，就像在法国所有南方城市一样，我们总能看到如此海市蜃楼般的景象。

渡船

　　战争爆发前,这里有一座漂亮的悬索桥,两座巨大的石墩将桥面高高架起,一条条涂着柏油的绳索从高空垂至桥面,把蔚蓝的天空与塞纳河的河水连为一体,水天相接之处,圆顶的山峰和往来的船只将这田园牧歌似的画面映衬得更加美丽。悬索桥的桥拱又高又宽,冒着浓烟的渡船完全不必担心它的烟囱,不慌不忙地从桥下穿过。妇人们拎着小木凳和捣衣杵纷纷来到河岸边洗衣服,拴在岸边铁环上的小渔船随波浪起起伏伏。清凉的河风吹拂着河岸上如织的草地,草地间一条白杨树掩映下的小径一直通向索桥,景色美不胜收。

　　自从去年,一切都变了。白杨树还在,可小路的尽头却空空如也。悬索桥被炸毁了,只留下两大堆碎石块。过桥收费处的小房子也被炸得只剩下一半,看上去既像是崭新的废墟,又像是故意用残砖碎瓦堆砌的路障。大桥的悬索落寞地浸在水中,断裂的桥面深陷入河床的泥沙,仿佛一艘巨大的沉船。"沉船"上插着一面红旗,警示来往船只避让绕行。被塞纳河水冲卷而来的枯枝败叶和破木板堆积在碎石间,形成一道堤坝,使得这片区域到处都是暗流和旋涡。原本美妙的画面被撕裂出一条丑陋的疤痕,昭显着它所经历的灾难。通往索桥的小路变亮堂了,可是岸边的景致却反显凄凉。小路两侧那枝繁叶茂的白杨树同样遭到入侵者的袭击，从树梢到枝丫，被毛毛虫啃了个精光。遗弃的小路和寸草未留的河岸上只有一群肥硕的大白鹅在拍打着它们沉重的翅膀……

桥墩修好之前，人们在河里放了一艘渡船。所谓渡船，其实就是一只大木筏，除了能运人以外还可以搭载套着牲口的大车、拖着犁的马匹或是瞪圆眼睛盯着河水的奶牛。通常，牲口和大车会占据渡船的中部，农民、去镇上上学的孩子以及来乡下度假的巴黎人则围在四周。头巾和绸带在赶牲口的缰绳边飘动。渡船缓慢而艰难地前行，本就宽广的塞纳河此时似乎变得总也触不到岸。坍塌的大桥后面，天空以一种既庄严又凄凉的姿态在永远没有交点的两条河岸间延伸向远方。

这天早晨，我很早就来到岸边准备渡河，当时河滩上还没有人。艄公的小屋仍关着门。这座小屋其实是固定在泥沙中的一节车厢，车厢四壁被晨雾打得湿漉漉的，里面传来孩子们的咳嗽声。

"喂，欧若纳！"

"来喽！来喽！"艄公步履艰难地应声走出小屋。这是位英俊的内河船员，而且年龄也不大，只是因为在刚刚结束的战争中当过炮手，不幸患上了风湿病，大腿和脸上也中了流弹，落下不少伤疤。正直的艄公笑着对我说："先生，今早儿船上人应该不会太多。"

说得没错，到目前为止，船上还只有我一个人。正当艄公解缆绳的时候，乘客突然多了起来。率先上船的是一个蓝眼睛的胖妇人，她挎着两只篮子准备去科尔贝伊赶集，多亏这两只大篮子，她才找到了平衡，挺直腰板稳稳当当地上了船。她身后还跟着不少准备上船的乘客。

河岸上坑坑洼洼的小路被浓雾笼罩着，所以看不清路上行人的脸，只能听到说话的声音。那是一个女人在说话，声音低柔，带着哭腔："哦，夏希尼奥先生！求求您，求求您再宽限几天吧……您也看到了，他在干活呢……给他点时间吧，我们一定会把钱还上的……不求别的，只求您行行好，再宽限几天！"

"几天？我给你们的时间还少吗？……"一个老农民回答，声音含混又凶狠:"我要把这事儿交给法院,法官怎么裁决咱就怎么办!……喂,欧若纳!等等我!"

"是夏希尼奥那个老无赖。"艄公低声告诉我。"哎,等着呢!"

说话间,我看见河滩上走来一个体型高大的老头儿,他穿着一件粗呢子礼服,戴着一顶崭新的丝制礼帽,被太阳晒得黑黢黢的脸上布满皲裂的口子,粗硬的双手因长年握铁镐而变了形,总而言之,绅士的装扮让这个老农民显得既土气又滑稽。老头儿的脑门外突,额头下挂着一只像印第安强盗似的鹰钩鼻,他紧绷着嘴唇,嘴角的皱纹里藏着阴险和狡诈。夏希尼奥,呵,这恶狠狠的长相和他的名字可真般配!

"开船吧,欧若纳,快点走!"老头儿跳上船,怒气冲冲地说。渡船开动后,那个胖妇人走到老头儿旁边,问道:"呦,夏希尼奥老爹,是谁让你发这么大的火呀?"

"哦,是你呀,布朗什……嗨,别提了……还不是玛奇利耶那一家穷鬼!真是气死我了!……"他伸着手指头指着岸上那个瘦弱的身影说。岸上的女人正痛哭着沿坑坑洼洼的小路绝望地往回走。

"玛奇利耶?他们怎么惹您了?"

"他们欠我酒钱不说,还拖欠了我整整四个季度的租金!这都一年了,我一个子儿都还没见着呢……我这就去法院,让法官把这一家子无赖赶出去!"

"玛奇利耶他人不坏呀!也许,交不上房租不能全怪他……毕竟,这兵荒马乱的,不少人都遭了殃。"

老农民听完胖妇人的求情后火气更大了。

"他就是个蠢货!……放着大好的买卖他不做,这能怨谁!……普鲁士人来了之后,他的小酒馆天天关着门,连招牌也摘了。人家别人的酒馆呢?人家都靠打仗发了大财!他可好,一分钱都没赚到……这还不算完,他竟然还敢对普鲁士人出言不逊,所以干脆直接被丢进监狱了……你说,他不是蠢货是什么?普鲁士人跟他有一毛钱关系吗?他还

真把自己当成是爱国英雄了!……卖酒给客人,这是他的本分,管人家是谁!乖乖地卖他的酒,还愁还不上房钱不成!……浑蛋!我要让你知道当个爱国者的代价!"

他气得咬牙跺脚、满脸通红,绅士的礼服也掩盖不住他是个穿惯了工作服的粗人。胖妇人的蓝眼睛里最初还满是对玛奇利耶一家的同情,可是听老头儿说着说着,就没了表情,最后甚至还流露出蔑视。谁让她也是个农民呢,这些农民们最看不起拒绝金钱的人。她先说了句:"玛奇利耶的媳妇儿真可怜。"然后接了句:"没错,机会来了怎么能不珍惜呢……"而她的结论是:"您说得对,夏希尼奥老爹,欠债就得还钱。"

夏希尼奥的嘴里则一直恶狠狠地骂着:"浑蛋!……无赖!……"

船边撑篙的艄公把两人的对话听得清清楚楚,忍不住插了一句:"夏希尼奥老爹,给人家留点情面吧……把他们告上法庭对您又有什么好处呢?难道让他们无家可归您就能收回租金了吗?……您那么有本事,就再等等,给他们点时间吧。"

老头儿像是被咬了一口一样疯狂地转过身。

"我让你说话了吗?你这个窝囊废!噢,我忘了,你不也是个爱国者吗!……你都不觉得自己可怜吗?五个孩子,穷得叮当响,居然还甘心情愿地给部队拉大炮……先生,您倒是说句公道话(他应该是冲着我说的,这个老恶魔),您说他们这么做是图什么?就拿这家伙说吧,破了相,丢了工作,像个乞丐一样住在四面透风的破车厢里,孩子们个个病病秧秧,老婆还得给人家洗衣服补贴家用……您说他们不是蠢货是什么?"

艄公的脸上腾起怒气,我看见他苍白的脸上有一道深深的疤痕。他忍住了愤怒,把所有的恨都发泄到手中的长篙上,将竹篙用力杵进泥沙。此时,再多说一句话他就会丢掉工作,因为夏希尼奥先生在当地的势力很大。

他是镇议会的议员。

旗手

一

这个团的士兵正在铁路旁的斜坡上为后方部队做掩护。他们成为从树林方向集结而来的普鲁士军的靶子,接受着炮火的洗礼。敌人的机关枪就架在前方八十米处扫射。军官大声吼着:"卧倒!……"可是没有一个战士听从命令,他们守着军旗,骄傲地挺着脊梁。夕阳的余晖下,硝烟笼罩着金黄的麦田、青翠的牧场还有疲惫的战士,混沌中的一切仿佛是群受惊的羔羊,刚刚被暴风雨来临前的第一阵狂风袭过。

不,袭击他们的不是暴雨,而是如雨的炮弹!打在铁轨上的子弹劈啪作响,战壕里的军用饭盒一只接一只地掉落,密集的弹雨在战场上空织出一张琴网,紧绷的琴弦发出阴森恐怖的鸣响。战士们头顶上方的军旗正迎着炮火招展。有好几次,军旗险些被摧倒,每当它摇摇欲坠的时候,就会有一个庄严而骄傲的声音响起,它压过了震耳欲聋的爆炸声,压过了嘶哑的喘息声,压过了受伤战士的咒骂声:"保护军旗,孩子们,保护军旗!……"只见漫天的红光中一位军官的身影冲上斜坡,英雄的军旗,再次高高竖起,俯瞰硝烟四起的战场。

在这场战斗中,军旗总共倒下二十二次!……二十二次,旗杆刚刚脱离牺牲战士尚且温热的双手，就马上被下一位旗手接过。太阳落山时，整整一个团，只剩下了个把人，战士们一边继续射击，一边艰难地撤退。奥尔奴中士手中的那面旗帜已经碎成了布条。奥尔奴中士，他是今天的第二十三名旗手。

二

奥尔奴中士曾三次应征入伍，是个头脑简单的老好人。他没什么文化，只会勉强写出自己的名字，前前后后当了二十年兵才得了个士官的头衔。作为一个被遗弃孩子的苦难和长年军营生活的磨砺在他那固执的额头、被背包压弯的脊梁还有走在队伍里错乱的步伐中显示得清清楚楚。另外，奥尔奴中士还有点口吃，不过还好，当个旗手也不需要有多么出色的口才。

那晚的战斗中，他的上校对他说："军旗在你手里，我英勇的战士，请保护好它！"然后，军需处的女管理员就匆匆地在他那件被炮火和泥水揉搓得不成样子的军大衣上加烫了一道代表少尉军衔的金色滚条。

这是奥尔奴卑微的一生中唯一的荣耀。接过军旗的刹那，老步兵的腰杆一下子挺直了，从那一刻开始，习惯了驼着背、垂着眼走路的老实人脸上挂起了骄傲。他昂起头，目不转睛地望着那面千疮百孔的军旗，他把旗杆举得又高又直，杆头飘扬的旗帜目睹了生死，见证了背叛，经历了溃败。

在一场场战斗中，您绝对找不到比奥尔奴更幸福的人。他牢握着旗杆，一言不发、肖然不动，庄严得像个牧师，手中的东西仿佛无比神圣。他的全部生命、所有力气都汇聚到了这十只蜷曲的手指上，倾注给了这面迎着弹雨的金色旗帜。他俯视着前方的普鲁士军队，眼里充满挑衅，样子像是在说："来呀，看你们谁能把它从我手中夺走！……"

没有人敢来夺，真的，包括死神在内。从伯尔尼之战到格拉夫洛特之战，军旗走过一场又一场残酷的战斗，它被撕扯过，被击穿过，沾染过无数烈士的鲜血，但一刻都未曾离开过老奥尔奴的双手。

三

九月，部队撤退到梅斯，被普鲁士军团团包围。世界一流的军队就这样陷入毫无作为的漫长等待。梅斯城里缺衣少粮，与外界完全失去联系，战士们守着在污泥里生了锈的大炮和枪架，变得焦躁、愤怒直至士气低落。从军官到士兵，没有人再对战争抱有希望，唯有奥尔奴仍信心满满。对于他来说，那面残破的军旗就是一切，只要它还在，奥尔奴就觉得什么都不曾失去。

可惜，战争停止了，上校把军旗收到梅斯郊区的家中。没了军旗，勇敢的奥尔奴就像一位母亲失去了怀中的乳儿。思念折磨得他寝食难安。他不顾一切地朝梅斯郊区奔去，看见军旗还在原地，仍静静地靠着墙，他的勇气、他的耐心就一下子都回来了。他躺在被雨水淋湿的帐篷里，梦见战斗仍在继续，部队在三色军旗的指引下踏过普鲁士军的一道道战壕。

巴赞元帅的一道命令打破了他全部幻想。一天早晨，奥尔奴刚睡醒就听见营地里一阵骚动，三五成群的士兵举着拳头，齐刷刷地朝同一个方向怒吼着："把他抓起来！……把他毙掉！……"似乎那里窝藏着他们共同的敌人。军官任由士兵们发泄……他们低着头，默默走开，耻辱感让他们无颜面对自己的战士。耻辱，的确是耻辱！元帅发来命令，五万名强壮有力、整装待发的士兵被告知要向敌军交出全部武装，不得抵抗。

"那军旗呢？"奥尔奴面色惨白……军旗、枪械，部队的全部辎重都要交出……

"天……天……天杀的！……"可怜的奥尔奴结结巴巴地吼道，"他们休想拿走我的军旗！……"说着，他再次狂奔向梅斯郊区。

四

军营外也是一片混乱。国民自卫队、城市有产者、别动队队员都在呼喊。军代表们哆哆嗦嗦地从群情激奋的队伍中穿过，前去参见元帅。奥尔奴什么都不看，什么也不听，他狂奔在郊区的大街上，自言自语着："夺走我的军旗！……这可能吗？他有什么权力夺走我的军旗！他为什么不把他自己的豪华马车和精致餐具交给普鲁士人！军旗，军旗是我的……它是我的荣誉，谁都别想碰！"

喘息和口吃把他的话截得支离破碎，但是他心里有个完完整整的主意。这个老头儿，他很明确、很坚定：他要把军旗夺回团部，要是有普鲁士人敢拦着，他就跟他们拼命。

他终于跑到了上校家门前，可是门口的警卫不让他进。上校也是火冒三丈，没有心情见任何人……

奥尔奴不管这些。他尖叫着、咒骂着、推搡着卫兵："我的军旗……把我的军旗还给我……"

一扇窗户打开了：

"是你吗，奥尔奴？"

"是我，上校，我……"

"所有军旗都在军械库。你去吧，他们会给你一张收条……"

"收条？……要收条干什么？……"

"这是元帅的命令……"

"可是上校……"

"让我安静会儿行不行！……"窗户咣当一声又关上了。

老奥尔奴像个醉汉一样踉踉跄跄迈不开腿。

"收条……收条……"他机械地重复着。后来，他又上了路，脑子里只想明白一件事：军旗在军械库，无论如何都得把它拿回来。

五

军械库的大门敞开着，普鲁士军的货车径直开进院子，等待装车。奥尔奴不禁打了个寒战。所有旗手都在这儿，五六十名军官神色凝重，他们摘下军帽,无声地注视着大雨中灰黑色的货车,像是在参加一场葬礼。

院子的角落里,巴赞部队的军旗被胡乱堆放在满是污泥的石板上。那一面面千疮百孔的丝制军旗、那一条条残缺不全的金色流苏、那一根根被无数双手磨光的旗杆、那一件件象征着荣誉的珍宝,就这样,被扔在地上,任凭雨水和泥浆去玷污。一个军官正在清点旗帜,他每叫到一个团的番号,那个团的旗手就走过去领一张收条。两个普鲁士军官面无表情地监督着物资装车。

神圣的军旗,你们就这样走了吗?你们绝望地张开那被炮火撕碎的旗面,无力地拍打着湿淋淋的路面,像是鸟儿断了翅膀。你们是法兰西的象征啊,怎么能带着被玷污的屈辱离去!你们的褶皱间还藏着漫漫征途留下的阳光,你们的弹孔里还刻着无数为你们而倒下的战士的姓名呀!……

"奥尔奴,叫你呢……去领收条吧……"

真的,真的只是一张收条!

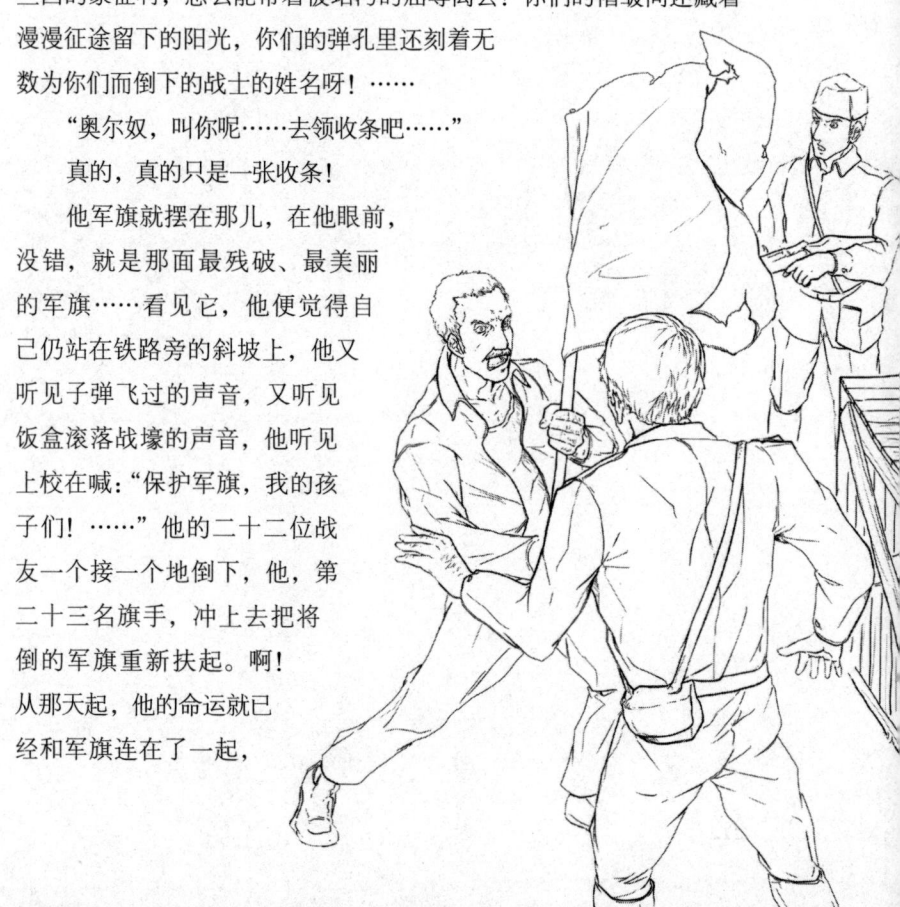

他军旗就摆在那儿,在他眼前,没错,就是那面最残破、最美丽的军旗……看见它,他便觉得自己仍站在铁路旁的斜坡上,他又听见子弹飞过的声音,又听见饭盒滚落战壕的声音,他听见上校在喊:"保护军旗,我的孩子们!……"他的二十二位战友一个接一个地倒下,他,第二十三名旗手,冲上去把将倒的军旗重新扶起。啊!从那天起,他的命运就已经和军旗连在了一起,

即便是死,也一定要护它周全。可是现在……

想到这儿,他的热血一下子涌上了头。他发疯似的扑向普鲁士军官,用力夺过心爱的军旗,紧紧地攥着。接着,他试图再次将它高高举起,喊着:"保护军……"最后一个字永远地卡在了他的喉咙里。他感觉手里的旗杆在颤抖,在滑落。

整座城市都投降了,沉闷和疲乏重重地压在城市上空。丧失抵抗意志的人们已无须旗帜的指引,更容不下任何骄傲的生命。

老奥尔奴中弹身亡。

阿尔萨斯！阿尔萨斯！

几年前，我曾和友人在阿尔萨斯度过了一段非常美好的旅程。我们没有乘坐火车，因为在火车上能看到的只有被铁轨分割开的风景和单调乏味的电线杆。我们的阿尔萨斯之行全部是靠双脚完成。背一只背包，持一根结实的拐杖，找一位不太唠叨的同伴，这就是最完美的旅行方式，路上所欣赏到的一切都会久久地印刻在脑海之中。

如今，惨遭围堵的阿尔萨斯使我不禁又从记忆中搜索出它曾经的景致。那时，我们徒步穿过一片又一片肥沃的田野，看见茂密的树林像绿色的窗帘似的遮挡着阳光沐浴下宁静的村庄。绕过一座小山丘，突然有一座教堂的钟楼出现在眼前，潺潺的溪水流淌过村里的工厂、锯木厂和磨坊。翠绿的平原上，时不时地还会冒出一件色彩异常艳丽的民族服饰。

每天天刚蒙蒙亮，我们便起床了。

"先生们！先生们！四点钟了！"是旅店的小伙计在叫我们。我们以最快的速度跳下床，打好包裹，摸黑沿吱扭作响的木梯走下楼。一楼餐厅的炉火早已点燃，哒哒燃烧的枝条为玻璃窗涂上一层细小的水珠，薄薄的雾气使整个房间都染上了梦的色彩。喝完一杯樱桃酒，我们准备上路。

最初的一段路走起来非常艰难。早起的疲乏很不容易熬过，眼睛里，甚至空气里都还弥漫着倦怠的气息。慢慢地，初升的太阳拭去了叶尖的露珠，蒸走了清晨的薄雾……不紧不慌地走啊，逛啊，待到烈日当空，我们便寻一眼泉水或溪流，在水边惬意地享用一顿午餐，然后枕着青草、听着流水，美美地睡上一觉，直到有一只扑着翅膀掠过的大黄蜂将我们从梦中唤醒……正午的热气渐渐散去，我们重新上路。过不了多久，太阳就会滑落西天，脚下的乡间小路也随之变短了。此时此刻，我们需要一个近一点的目标，一个可以栖身过夜的地方。小旅店的床铺、敞着门的谷仓，甚至草垛下的秸秆上都曾舒展过我们筋疲力尽的身体。星空之下，鸟儿在低语，虫儿在叶间攒动，轻盈的跳跃声、静静的飞舞声，夜晚千奇百怪的小动静奏响了我们梦的序曲……

散落在路旁的阿尔萨斯村庄的名字我已经记不起来，只知道它们的样子很相像。尤其是在上莱茵省，走过十几里路之后再回想刚刚经过的几座村庄，竟找不出任何差别：同样宽阔的街道、一模一样的铅框玻璃窗、爬满啤酒花和蔷薇的阳台、靠着栅栏门吸旱烟的老汉、倚着篱笆墙召唤街上玩耍的孩子的妇人……清晨经过村庄时，一切仍在睡梦中，隐约可以听见牲畜棚里牛羊的反刍声和看门狗粗重的喘气声。继续走上两里路，下一座村庄正在苏醒，百叶窗纷纷被推开，打满水的木桶摇摇晃晃，小溪里的流水渐显湍急，溪边的奶牛一边甩着尾巴驱赶苍蝇一边不慌不忙地饮水。再远一点，又是一座相同的村庄，只不过早晨的繁忙换作了夏日午后的静谧，一切都没了声响，只余下蜜蜂沿着藤蔓嗡嗡地攀上屋脊以及学堂里的孩子们唱着悠长又单调的歌曲。有时在村子尽头，也可以说是在整个上莱茵省的边缘，会突然出现一座白色的二层小楼，楼前挂着刚刚刷过油漆的招牌，招牌上写的不是典当行就是公证处，再或是某某诊所。路过小楼时，总是能听见弹奏华尔兹的钢琴声，一支稍稍有些过时的曲子穿过百叶窗，洒向铺满阳光的大路。再晚一些，夕阳西下，暮色低垂，牲畜回棚，棉纺厂的工人也下班了，小路上变得熙熙攘攘，村子里人声鼎沸，村民们纷纷站在家门口聊天,金发的小孩儿们也跑上街,不知何处折射来的落日余晖照亮了家家户户的玻璃窗……

记忆里,阿尔萨斯村庄最温馨的时刻是星期天的早上。弥撒时间一到,街上、家里便没了人影,只能看见几个靠着大门晒太阳的老人,而此时教堂里却是人满为患,燃烧的大蜡烛为教堂的五彩玻璃窗披上一层淡粉色的薄纱。赞歌响起,一个穿着猩红色长袍的唱诗班光头小孩儿手持香炉,步履轻盈地穿过教堂前的广场奔去面包店取火……

有时候,我们会故意绕过村庄,专拣村外矮树林里的小路走。纤细的小树苗点缀着莱茵河的河岸,碧绿的河水流到蚊虫嗡嗡作响的沼泽地之后便没了踪影。细小的水流慢慢向远方汇聚,将我们引向莱茵河的主干。宽广的河面上木筏星罗棋布,一艘艘载满从河心小岛上割来的牧草的小船看上去就像是被河水冲刷而成的岛屿。再往远处,是连通罗纳河和莱茵河的运河。运河岸边茂密的杨树将影子投向河面,交织成一张密网,仿佛要把这运河据为己有。陡峭的堤岸上时不时冒出一座船闸管理员居住的小木屋。孩子们光着脚丫在沙洲上奔跑,成队的木筏占据了整个河段,伴着激起的白色泡沫缓缓驶向船闸口。

走过了无数弯弯曲曲的羊肠小路,我们重新回到通往瑞士巴塞尔的笔直大道。路旁栽着胡桃树,树荫下凉风习习,左侧的孚日山和右侧的黑森林在枝杈间若隐若现。

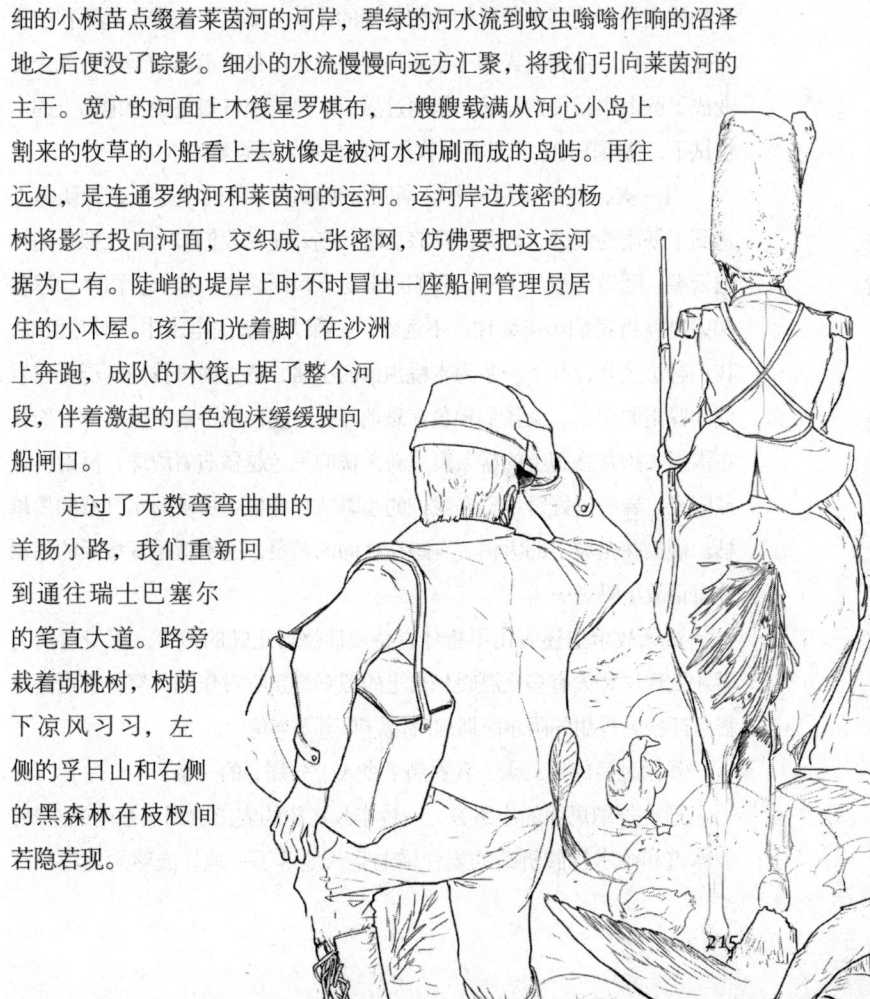

七月的午后骄阳似火。我们寻了路旁沟渠的干草堆躺下舒展开身体，听着山鹑在田间左呼右唤，望着明晃晃的大路在头顶延伸向远方。马车车夫的咒骂声、骡子的脖铃声、车轴的吱扭声、开山工的铁镐声、被肩头大包压得疲惫不堪的小贩的喘息声此起彼伏，让人听了不免感伤。骑马疾驰而过的宪兵惊动了一队正在前行的鹅群，穿着红边蓝制服的邮递员从大路折向一条栽着树篱的小径，小径尽头应该隐藏着一座村庄、一座农场或是一段离群索居的生活……

把距离拉长的小路，把人引向田野深处的马蹄印记和车辙，随心所至的旅程总是能够带给我们意想不到的收获。厚重得仿佛永远不曾被推开过的木门，住满游人的小旅店，还有夏日里最常遭遇的暴雨，如今都变成了脑海中最美的记忆。暴雨过后，炽热的空气很快便把地面上的水迹拭干，使得田地、羊群甚至牧羊人的外套上都腾着热气。

有一次，我们正沿阿尔萨斯圆形顶峰的山路向下走，毫无防备地遭到了暴雨的侵袭。离开山顶旅店时，乌云还在我们脚下，几棵松树钻出云端。随着海拔的下降，我们逐渐走入风雨之中。很快，雨水、冰雹和闪电就将我们牢牢缠住。不远处，一棵大树被闪电击中，轰然倒地，我们赶忙逃开，冲下一条为木橇预留的小路，透过雨帘看到一群正在岩缝间躲雨的少女。女孩们神色惊恐地靠在一起，双手紧紧攥着身上的花布围裙，挎在胳膊上的柳条筐里新采摘的黑色越橘沾着雨珠，反射出点点阳光，岩缝里好奇地看向我们的小眼睛也像极了那被雨水打湿的黑越橘。倾倒在山坡上的大树、奔跑在林间的精灵，这不就是现实版的黑森林童话故事吗……

童话故事里还有山下鲁什古特旅店烧得正旺的篝火。浑身湿透之后才发现这篝火有多么温暖！火上的煎鸡蛋正嗞嗞作响，啊，那可是比糕点还松脆香甜的阿尔萨斯煎鸡蛋，味道无与伦比。

暴雨过后的第二天，我看到了令人十分痛心的一幕：

通往丹纳玛丽的小路旁，一片丰收在望的麦田遭到了暴雨的洗劫，被冰雹和雨水拦腰折断的麦秆横七竖八地落了一地。成熟的麦粒从沉甸甸的穗头坠入污泥，暴雨糟蹋过后的麦田反倒喜了无数的麻雀，它们扑打着翅膀在泥浆和碎麦秆间飞舞，搅得麦粒四溅。阳光普照、晴空万里，灾难过后的田野竟再次遭到劫掠，让人不忍直视……一位身材魁梧的农夫站在被毁坏殆尽的田边，他穿着老式的阿尔萨斯服装，弓着腰，默默地看着眼前的一切。他的脸上有伤痛，但更多的是隐忍和平静，他的眼里透出模模糊糊的希望，他似乎在告诉自己：麦子虽然倒下了，可是属于他的土地依然肥沃、充满活力，只要土地还在，就不会失去希望……

小馅饼

一

那是一个星期天的早上,杜莱那大街的糕点店老板苏罗把他的小伙计叫了过来:

"这是伯尼凯尔先生家预订的小馅饼……去,把它们送过去吧,记得快去快回,据说镇压公社的凡尔赛军已经打进巴黎了……"

从来不关心政治的小伙计把馅饼装进盒子,然后用白毛巾一裹,稳稳当当地往头顶的小白帽上一放,连蹦带跳地朝伯尼凯尔先生所住的圣路易岛跑去。那天早晨的天气真是好,路边的水果摊上洒满五月的暖阳,扎成束的丁香和编成串的樱桃看上去诱人极了。尽管远处枪炮齐鸣,街角军号嘹亮,古老的马莱区始终保持着它从容的姿态:空气里洋溢着星期日的悠闲味道,庭院深处的孩子们在跳圆圈舞,大门前,少女们在打羽毛球,还有一个白色的小身影头顶着热乎乎的馅饼在空无一人的马路上小步快跑。所有的一切都为这个战斗的早晨增添了一种轻松愉快的节日气氛。整个马莱区的喧闹似乎都转移到了里沃利大街。那里,人们在忙着拖大炮、筑街垒,每隔几步就有一小撮手忙脚乱的国民自卫队队员，景象好不热闹。不过我们糕点店小伙计的头脑倒是一直很清醒。做这份工作的孩子最擅长在人潮拥挤的大街上穿梭了！要是遇上节日，比如新年或者狂欢节，糕点店的订单简直多如雪花，街上又堵得水泄不通，没有这点本事哪儿行，所以什么革命呀、打仗呀，根本影响不了他们。

只见白色的小软帽一会儿溜进军帽丛中，一会儿又在刺刀中灵巧地左闪右避，一会儿加快速度，一会儿又被迫放慢仍想奔跑的脚步，样子真是欢乐。战争跟他没有半毛钱关系！对他来说，最重要的就是在十二点整准时抵达伯尼凯尔先生家门口，然后麻利地取走在门厅搁板上等待他的小费。

突然，人群中一阵拥挤，几队共和国收养的战争孤儿们正踏着军歌跑步前进。这些十二到十五岁的男孩们学着大人的样子，背上长步枪、系上红色宽腰带、蹬上大皮靴，并对自己的士兵装扮很是骄傲，而实际上，这些乔装打扮的小不点儿们看上去就像是狂欢节戴着纸帽、撑着破伞的小丑一样滑稽。这意外的状况为糕点店小伙计造成了不小的挑战。不过别担心，白帽上的盒子什么没经历过？不管是在河面上溜冰还是在便道上跳房子，盒子里的小馅饼顶多就是受点惊，但从来都没有掉下来过。只是这一天糟糕就糟糕在儿童团的歌声、红腰带和大皮靴都太有感染力了。羡慕和好奇让小伙计萌生出随队伍跑上一程的冲动。于是，迎着大风和尘土，他跑过了市政厅，跑过了圣路易岛大桥，最后被这支疯狂的队伍不知带到了什么地方。

二

伯尼凯尔一家在星期天中午吃馅饼的传统已经延续了至少二十五年。正午十二点整，全家老小齐聚在客厅里，钟声一响，大伙儿就会不约而同地叫道：

"啊！送馅饼的小师傅来喽！……"

紧接着,餐厅里开始忙活起来,桌椅的挪动声,裙裾的窸窣声,还有餐桌前孩子们的欢笑声此起彼伏,幸福的一家人围着烤馅饼的小银炉快乐地坐下来。

然而这一天,门铃迟迟未响。伯尼凯尔先生愤怒地盯着座钟,这只摆在仙鹤标本上的老座钟自从服役以来一分一秒都没有走差过。孩子们趴在玻璃窗上一边打哈欠一边满心期待地望着糕点店小伙计往常拐弯的街角。渐渐地,家人之间的谈话开始变得有气无力,十二下钟声把他们的食欲敲得无比旺盛。餐具擦得银光闪闪、桌布铺得平平整整、餐巾叠得有棱有角,可是这些东西再好又有什么用?缺少了小馅饼的餐厅显得是那么空旷、那么凄凉。

女仆在主人耳边重复了好几遍:"肉快烤焦了……青豆要焖烂了……"可固执的伯尼凯尔先生非要等到小馅饼来了之后才允许开饭。伯尼凯尔先生气愤极了,他忍无可忍,决定亲自去糕点店看看究竟,当面质问那个可恶的苏罗老板馅饼为什么会迟到!他挥舞着拐杖,怒气冲冲地走上街。

邻居们提醒他:"伯尼凯尔先生,您可得小心呀……据说镇压公社的凡尔赛军已经打进巴黎了!"

可是老伯尼凯尔什么也听不进去,甚至连从城西边传来的枪炮声和市政厅发出的足以震碎玻璃窗的警报声都钻不进他的耳朵。

"噢!这个可恶的苏罗……这个可恶的苏罗!……"

他自言自语着一路小跑,感觉自己好像已经站到了糕点店里一样,他要用手杖使劲敲打店里的石板,要把货架上摆蛋糕的碟子都震翻。路易-菲利普大桥上挡路的街垒更是在他心头的怒火上浇了桶油。几个面目可憎的公社战士正懒洋洋地躺在掀去石板的地上晒太阳。

"您要去哪儿,这位公民?"

老公民解释了一番,只是小馅饼的故事怎么听都显得可疑,再加上伯尼凯尔先生又正好穿着礼拜日的漂亮礼服,并且还戴着金丝小眼镜,越看越像是个狡猾的反动派。

"这肯定是个间谍!"公社战士们判断,"把他押送到里戈检察官那儿去!"

说着,四个看起来很愿意离开街垒的战士自告奋勇,用枪托推搡着这个怒不可遏的老头儿往里戈检察官处走去。

也不知中间发生了什么,反正半个小时后,连公社战士带老头儿,几个人都被警察给抓起来了,一块儿被编入一支押往凡尔赛宫的囚犯队伍之中。伯尼凯尔先生举着他的手杖高声抗议,他一遍遍地讲述小馅饼的故事,可不幸的是,馅饼的故事搁在这么一个兵荒马乱的情境中显得是那么荒谬和不可信,以至于押送囚犯的军官们都大笑着说:"好啦,好啦,老人家……您还是等到了凡尔赛再解释吧!"

于是，一支由两排轻装兵押送的囚犯队伍沿着硝烟未散的大街朝凡尔赛方向出发了。

三

囚犯们五人一组，为了防止队伍松散，押送兵要求他们互挽着胳膊紧靠在一起。像牲畜群一样的队伍在尘土飞扬的大路上缓慢前行。

可怜的伯尼凯尔感觉自己像是在做梦一样。他流着汗、喘着气，被恐惧和疲乏折磨得呆呆傻傻。他被夹在两个浑身烧酒味和汽油味的老巫婆中间，拖着步子走在队尾，嘴里不停地咒骂着："糕点店小伙计……小馅饼……"搞得周围人都以为他疯了。

事实上，这个可怜的老头儿确实不太清醒。上坡、下坡，队伍偶尔散开一条缝。等等！那不是……白围裙、白帽子……那不就是苏罗糕点店的小伙计吗！这种幻觉已经出现不下十次了！那个白影子像是故意嘲笑他似的忽然飘来，还没等他反应过来，又忽地消失在军装、罩衫和破衣烂衫的海洋之中。

太阳落山的时候，队伍终于抵达凡尔赛宫。人们一见这个戴着眼镜、衣冠不整、惶恐不安的资产阶级老头儿，立刻一致认定他就是个反动派头子。

"他是菲利克斯－比亚……不！是德莱克吕兹！"

押送队的轻装兵们费了九牛二虎之力才把他平安无事地从人群中拖出来送进橙园的院子里。囚犯们获准稍稍散开喘口气，有人倒头就睡，有人仍在骂骂咧咧，还有人不停地咳嗽、哭号。伯尼凯尔先生既睡不着也哭不出来，他瘫坐在台阶上，双手抱着头，被饥饿、羞辱和疲惫折磨得只剩下半口气。他回想着这倒霉的一天：他的出走，家人的担心，仍在桌上等着他的餐具，还有一路上所受的殴打和侮辱，一切的一切，都是因为那个不守时的小伙计！

"伯尼凯尔先生！您的小馅饼！……"旁边有个声音在呼唤他。可怜的老头儿慢慢抬起头,吃惊地看到和儿童团一块儿被逮捕起来的糕点店小伙计正从围裙底下端出一盒馅饼递到他面前。于是,尽管在兵荒马乱中被当成特务抓了起来,伯尼凯尔先生还是和往常一样,在星期天吃到了他的小馅饼。

亚瑟

几年前,我在香榭丽舍大街旁的杜兹美颂巷租了一套房子。也许你根本想象不到,高贵、宁静、冷艳的香榭丽舍大街旁竟然还隐匿着一块被世人遗忘的棚户区。真不知道是哪位地产大亨心血来潮,还是某个顽固不化的吝啬鬼的癖好,所以才故意把一块蛮荒之地留在了巴黎最奢华的街区中央。

那里低矮的房屋盖得歪歪斜斜,楼梯暴露在室外,木板搭成的阳台上晾满了衣服,养兔子的铁笼、瘦骨嶙峋的家猫还有驯养的乌鸦占据了楼道的大部分空间。一些工人、食利者和所谓的艺术家在此聚集,除此之外,还有两三幢肮脏不堪的出租房,看上去就像是一部几代人贫穷的苦难史。棚户区四周,就是流光溢彩、车水马龙的香榭丽舍大街。脚步轻盈的马儿摇着脖领把敞篷马车拉进两扇厚重的木门,低沉的钢琴声和马碧阁歌舞厅呜咽的小提琴声悠悠地传至耳畔。不远处井排矗立着几家豪华酒店,酒店的墙角圆润光滑,颜色各异的丝制窗纱将一扇扇玻璃窗装点得千姿百态,高大的玻璃窗隐约透出枝型烛台的光辉和只有在植物展览馆才能见到的奇花异草……

而隐匿在香榭丽舍大街旁的杜兹美颂小巷里却只有一盏昏暗的路灯,它就像是一座炫丽舞台的幕后,所有华美道具的边角余料都堆积在这里：侍从号衣的饰带、小丑的紧身衣、流浪的英国马车夫、马戏演员和他们的孪生矮脚马广告招牌、羊车、布袋木偶、卖蛋卷的商贩还有一伙儿拎着马扎、手风琴和木碗卖艺乞讨归来的瞎子。我在杜兹美颂巷住的时候恰好赶上其中的一个瞎子结婚，从而有幸欣赏了一整夜的音乐会：单簧管、双簧管、手风琴、管风琴，奇奇怪怪的搭配竟把同一支单调的曲子奏出了五湖四海的味道，那感觉就像是巴黎大大小小的桥梁走马灯似的在眼前过了一遍……不过平时的小巷是寂静无声的，这些流浪的乞讨者只有在夜幕降临之后才拖着疲惫的身躯回来。巷子里唯一的一次吵闹出现在每周六，也就是亚瑟领工资的日子。

这个亚瑟是我的邻居。我的房子和他们一家居住的出租屋仅隔着一道篱笆墙，所以不管我愿意与否，他们的生活都毫不讲理地影响着我。每个周六，一出典型的巴黎工人家庭悲剧都要在隔壁上演。请注意，是每个周六，无一例外！

戏的开端永远一样：女人在准备晚餐，孩子们围在她身旁，她一边轻声和孩子们说着话，一边在灶台前忙碌。七点了，八点了……还是没人回来……随着时针的转动，女人的嗓音渐渐变了声调，她的眼里涌出泪水，神经一根根被拉紧。孩子们又困又饿，嚷嚷着要吃饭。男人还是没回来。女人只好带着孩子们先吃饭。饭后，吵闹的小家伙儿们睡了，鸡舍里的鸡也安静下来，她独自走到木板搭的阳台上，接着，一阵低声哭诉就会钻进我的耳朵。

"哦！这个浑蛋！这个流氓！"

回家的邻居们看见她，都纷纷安慰：

"回去睡吧，亚瑟夫人。您又不是不知道，今天发工资，亚瑟是不会这么早回来的！"

再之后，就是接连不断的劝解和议论。

"我要是您，我就这么做……"

"为什么不告诉他的老板呢？……"

邻居们的同情让她哭得更凶了。不过她还是坚守着希望、等待和焦虑。邻居们回屋了，巷子里又回归宁静，当她确定只有她一个人还醒着之后，便趴在栏杆上，把全部心思都集中到对自己不幸的回忆之中，然后重新开始号啕哭诉。这是半辈子都生活在棚户区的贫苦百姓所特有的任性和放纵。女人哭诉的内容不外乎拖欠的房租、给她脸色看的供货商、不想再给她赊账的面包店老板……如果男人还是分文不剩地回来，她该怎么办呢？最后，她被苦苦的等待折磨累了，回到屋里。过了很久，当我以为一切已经就此结束的时候，隔壁竟又传来了咳嗽声，她居然又回到了阳台上！这个不幸的女人，焦虑让她又打起精神，死死盯着黑黢黢的小巷，可是她能看到的仍然只有自己的不幸。

凌晨一点钟，或者是两点钟，有时甚至会更晚，巷子入口传来歌声。是亚瑟回来了。通常，他会拉上一两个工友陪自己走到家门口："来吧……来吧……"在门口逛荡半天，还是下不了决心进门。他很清楚家里有什么在等着他……沉睡的房屋使他上楼的脚步声听起来格外清晰，这使他心里感到自责。于是，他开始大声叫喊，走到谁家门前都要吼上一句："晚上好啊，韦伯太太！……晚上好啊，马修太太！……"如果屋里没人答应，他就会破口大骂，直到所有屋门和窗户都被推开，传出邻居们的回骂声为止。这正是他想要的，争吵和酒精才是绝配！有了这么一段热身，他便什么都不怕了，然后气势汹汹地拍打起自家房门。

亚瑟回家的场面确实挺恐怖的……

"快开门！是我……"

我听见隔壁女人光着脚在方砖上走动，摸索着擦燃火柴。男人一进门，就开始结结巴巴地找借口，并且每回的借口都差不多，什么同事的面子不能驳呀，什么迫不得已呀……

"这事儿吧，你也知道……在铁路上干活就是这样……"

女人根本不听："钱呢？"

"没了。"

"你骗人！……"

他确实是在撒谎。即便酒精让他失去了理智，他也不会忘记偷偷藏起几块钱，好预备着等星期一酒瘾再犯时有钱解馋。而她，要夺取的正是这仅剩的几块钱。

亚瑟还在狡辩："我不是跟你说了吗，钱都被我喝光了！"她理都不理，直接扑到他身上，拼尽全身力气翻遍他所有衣袋。不一会儿，只听几枚硬币滚落，女人趴到硬币上，胜利地大笑起来："哈！看吧！"

接着就是咒骂、摔打……酒鬼开始反击。酒精激起了他的破坏欲，他的血液瞬间冲上头颈，要喷涌而出。女人在尖叫，破屋子里的最后一件家具也被摔了个粉碎，孩子们被吓醒了，哇哇直哭。小巷里的窗户纷纷被推开，人们议论着："是亚瑟，是亚瑟！"

有时，住在隔壁出租屋靠拾荒为生的老丈人会冲过来解救女儿。亚瑟把屋门反锁，拒绝任何人干预他的发泄。于是透过锁眼，一场女婿和老丈人的精彩对骂就此展开。

"两年的监狱都没有把你关老实吗！你这个强盗！"老头儿喊。

酒鬼的回击同样猛烈："是呀，我是住了两年大牢……那又怎样？至少我把欠公司的债还清了！你倒是把你的债也还清呀！……"

他的逻辑很简单：我偷了东西，你把我送进监狱，咱们俩就两清了……虽然女婿的话说得很难听，但是老丈人还是有可能不依不饶。这时，亚瑟就会推开门，猛扑向老丈人、丈母娘以及所有围观的邻居，像个驼背小丑似的见人就打。

不过亚瑟也不算是个坏人。通常，到了星期天，也就是亚瑟大打出手的第二天，彻底身无分文的酒鬼只好老老实实地待在家里。出租房里的房客们纷纷把椅子搬到阳台，韦伯太太、马修太太，大家围坐在一起聊天。此时的亚瑟变得又可爱又智慧，像个读夜校的模范工人一样。他用既无辜又甜腻的语调向邻居们滔滔不绝地宣讲着自己四处听来的论调，比如二人专权啦、资本主义暴政啦。他的老婆，就是昨晚被打得鼻青脸肿的那个可怜女人，此时此刻正满眼敬佩和柔情地聆听丈夫的高谈阔论。并且，像她这样崇拜亚瑟的可不止一人。

"这可是亚瑟呀！如果他愿意这样的话！"韦伯太太叹了口气。

接着，女士们会要求亚瑟唱支歌……他唱的是贝朗杰先生的那首《燕子歌》。噢！这声音呀！里面全是做作的伤感和工人们混沌的忧愁！……糊着柏油纸的潮湿走廊上拴着一条粗绳子，绳子上的破衣烂衫搭得密密麻麻，一群贫穷无知又充满幻想的人们正双眼湿润地透过破衣服间的一条窄缝儿望着天空。

尽管如此，下个星期六，亚瑟还是会照样喝光他的工资，然后继续打老婆。这个地方还有一群小亚瑟，等着将来长大以后像他们的父亲一样，喝光工资、打老婆……就是这么一群人，竟然还妄想主宰世界！……"啊！真是病得不轻！"杜兹美颂巷的邻居们如是说。

三次警告

　　如果梯也尔老爹幻想他镇压巴黎公社的作为能给我们带来什么教训，让我们安分下来的话，那他就太不了解巴黎人了！这一点就像我叫贝利塞尔，手里现在拿着一把刨子一样肯定。您也看见了，他们把我们一批批地枪决，把我们押送到萨托利兵营审判，然后又像装沙丁鱼罐头一样把我们塞进船舱流放到卡延岛，可这又有什么用呢？巴黎人无乱不欢的嗜好岂是他说改变就能改变的！甚至可以这么说，闹事是巴黎人血液里流淌的天性，根本不可能改变！其实，让我们热血澎湃的根本不是政治本身，而是政局混乱所带来的生活方式：作坊停业，一天到晚的集合、游行，还有好多根本描述不清的东西。

　　想要理解这些，您得像我一样，从小生活在奥利翁街区，从八岁到十五岁，在木工作坊里当上个七八年的学徒，每天推个装满刨花的手推车逛遍整个市郊。哦，该死！我可以说那些年我得到的唯一报酬就是革命吗？从很小的时候起，估计那时的我还没有一只靴子高，巴黎任何地方有任何风吹草动，您肯定能在第一时间发现我矮小的身影。毫不夸张地说，几乎所有骚乱的味道我都能提前嗅到。每当看到郊区的工人们手挽着手占据整条人行道，女人们在家门口指手画脚地议论纷纷，所有人都冲过警察们布下的路障时，我就兴奋地推着刨花推车暗自叫道：

"太棒了！又出事儿了！"

通常，我的预言是百发百中。果不其然，傍晚到家之后，我发现木器店里聚满了人，父亲和朋友们正围着工作台热议政治。邻居们给父亲拿来了当天的报纸，那时的报纸可不像如今一样，几毛钱就能买到，那时都是几家凑钱买上一份，然后轮流着看……贝利塞尔爸爸从来不会因为聊天而停下手里的活儿，他一边听着最新的消息，一边愤怒地推着刨子。我清楚地记得，那段时期只要一坐到饭桌前，母亲就赶忙警告我们说："你们几个安生点……爸爸正因为政治上的事儿生气呢！"

我呢，您猜也猜得到，我对政治这种神圣的东西能了解多少！不过这丝毫不影响我积累政治术语。天天听，想不记住都难，比如："基佐这个浑蛋，他去根特了！"

我哪里知道基佐是谁，更别提他去根特和我有什么关系了。可那又怎样！"基佐这个浑蛋！……基佐这个浑蛋！……"我比大人们骂得还起劲儿。

我非常乐意管基佐这个家伙叫浑蛋。噢，可怜的基佐先生！在我的头脑里，他应该和在奥利翁街口执勤的那个坏蛋警察差不多。那家伙一见我推着刨花车经过就欺负我。确切地说，我们区的人们没有一个人喜欢他！别说孩子们了，就连看家的狗都不愿意接近他，只有街口卖酒的商贩会时不时地从门缝里递出一杯烧酒引逗引逗他。那个坏蛋装作若无其事地左看看、右瞧瞧，发现头儿没在，然后，嗞溜一口……我从来没见过还有谁能比他喝酒喝得还快！调戏他最好的方法就是看准他抬起胳膊的刹那大叫一声："小心！……警长来了！"

在巴黎就是这样，警察是老百姓的出气筒。人们已经习惯了憎恨警察，把他们当狗一样对待。这群可怜的坏蛋呀，当官的干了蠢事，买单的却总是无辜的小警察。如果有什么暴动，领导们早早地就躲进凡尔赛宫了，留下一堆小警察被人们打进臭水沟……

话题好像扯远了，还是接着刚才的说吧：巴黎要是有什么风吹草动，我总是能第一时间知道。那段时期，区里的小孩们都约好了一块儿下郊区，一旦有人喊："在蒙马特大街……不！……是圣德尼斯大桥！"其余的孩子们发疯似的朝圣德尼斯大桥狂奔，跑到之后发现路被堵了，就又都怒气冲冲地折了回来。女人们纷纷赶去面包店、家家户户关上进马车的大门，混乱的一切让我们的神经兴奋不已。我唱着歌，在迅速收起地摊和货筐的小贩间穿梭。有几次，跑到运河大桥的时候正好赶上闸门关闭。出租马车和四轮大车都被拦在了闸外。车夫们一边抗议一边咒骂，人们都很着急。而我们这些小孩儿呢？我们吱溜一下钻过正在下落的闸门，翻到了通往郊区的林荫大道上。

狂欢节前的星期二和工人们闹事的日子里，这条林荫大道上最热闹、最有趣。街上几乎没有马车，我们可以放心大胆地奔跑。街边小店的老板一看见我们，立马就知道又出事了，于是赶紧关上店门。一时间，百叶窗砰砰的闭合声不绝于耳。您以为他们躲起来了吗？大错特错！店门一关，里面的人全都跑到店外的人行道上来了！巴黎人的好奇心可怕得很！

只见不远处黑压压地聚起一群人。冲呀！……要想看得清楚，不

冲到第一排怎么能行！该死！为了抢占到最佳观测点，我们挨了多少巴掌、钻了多少裤裆呀！不过还好，又推又挤地终于到了……站好位置后，我们得意地长出一口气。事实上，接下来的场面的确值得费这番力气。

什么波卡日呀，什么梅兰格呀，哪个戏剧明星都比不上披着绶带从街头空地走来的警察局长更能让我心跳加速……路边的群众尖叫着："警长！警长！"我，我咬紧牙关一声没吭。不知道为什么，我的心里是既兴奋又害怕，一直在想着："警长来了……小心一会儿的警棍！"

其实，真正让我印象深刻的反倒不是警棍，而是那个穿着黑制服、披着绶带、戴着高帽，像视察部队一样目空一切的恶魔警长……一阵军鼓过后，警长开始低声嘟哝。他离我们很远，周围很安静，他的声音飘在半空，我们只能听到："嗯……啊……嗯……"

不过这都不是重点，重点是我们比他更清楚聚会的规矩：启动警棍之前，围观群众有三次警告的机会。警察的第一声警告发出，没有一个人动弹，大家都平静地等着，双手插进裤袋……第二声警告发出，人们的脸色开始有变化，纷纷左顾右盼寻找逃跑路线……第三声警告发出，哗啦啦！人们捡起围裙、拾起帽子，发着各种奇怪的叫声像群受惊的麻雀一样一哄而散。跟在后面的警棍疯狂地挥舞着。千真万确，再没有哪出戏比这还惊心动魄了！接下来的一个星期里，街头巷尾又有可聊的了。最牛气的莫过于炫耀一句："我听到第三声警告了哟！……"

玩这个游戏，偶尔也难免受些皮肉之苦。

有一天，在圣厄斯塔斯大桥聚会时，不知道警长是怎么数的数，第二声警告刚落，小警察们就开始挥舞警棍。我当然不会傻到等着挨打了！我拔腿就跑，觉得自己的双腿伸得够长、跑得够快了，可是身后有个恶魔追得我特别紧，抡圆的警棍在我头顶上嗖嗖乱飞。最后，我的头顶重重挨了一棒。救命呀！他是哪儿来的这么大的怨气呀！真是把我往死里打呀！我的眼前从来没冒出过这么多金星……

人们把头破血流的我抬回家。您以为这下我该改了吧？……怎么可能呢！……贝利塞尔妈妈给我敷纱布的时候，我仍在叫骂着：

"这不是我的错……是那个无耻的警长他骗人！……他只发出了两次警告……"

最后一本书①

"他死了!"站在楼梯上的人对我说。

其实自从几天前,我就有预感这个噩耗会来,可是当真正来到他门前,听到别人亲口说"他死了"的时候,我还是像毫无准备一样错愕。我怀着沉痛的心情,嘴唇颤抖着走进作家的小屋,简陋的屋子里写字台和书稿霸道地占据着最宽敞最明亮的区域。

他就躺在那儿,躺在那张低矮的铁床上,书桌上摆满稿纸,稿纸上还留着他尚未写完的字迹,仍插在墨水瓶里的羽毛笔向我们诉说着主人的死来得有多么突然。铁床后面立着一个高大的橡木柜子,塞得满满的手稿和废纸将柜门挤开一条缝,差一点就要砸到他的脑袋。房间里全是书,只有书:书架上、椅子上、桌子上还有地上,一摞一摞地已经从墙角堆到床边。当他伏在书桌前写字时,这样的拥堵,这种不染尘埃的杂乱可以让他感受到生命的力量和工作的乐趣。可是现在他不在了,死亡使房间充斥着悲凉的味道。书堆倒了,像是要随他而去,然后淹没在某座图书馆的浩瀚书海里,或是被散乱地摆在河边的旧书摊上,任由闲逛的人们和无情的冷风肆意翻过。

---

① 文中描写的作家是阿尔弗雷德·戴尔沃,1867年5月去世,他的最后一本书为《十四行诗之敲钟人》(1867年4月印刷完成)。都德曾与戴尔沃一起旅行。

我拥抱了躺在床上的他,他的额头像石头一样冰冷又沉重。我僵立在床前,凝视着他的身躯。突然,房门被推开,一个扛着包裹、气喘吁吁的出版社小伙计兴高采烈地走进来,把刚刚印出来的一摞样书往书桌上一放:"巴什兰书店送来的包裹!"他高声喊着转身向床上一看,惊得后退了几步,然后便摘下帽子,悄悄地走了。

多么讽刺啊!巴什兰书店的包裹迟到了整整一个月,病重的作家苦苦期盼了三十个日夜,现在,他走了,包裹却来了……我可怜的朋友啊!这是他写的最后一本书,也是他最看重的一本书。他那双因高烧而颤抖不止的手在样稿上来来回回修改了不知有多少遍!他是多么渴望能尽快拿到第一本样书啊!在生命的最后几日里,他已经说不出话,只能用两只眼睛死死地盯着房门。如果出版社的印刷工、装订工以及所有为这本书工作的人们能看到他那焦急期盼的目光,就一定会加快双手的速度,争取到哪怕是一分钟的时间在纸上印好铅字、把书稿装订成册,让这本书可以及时地,也就是说提前一天送到垂死的作家手中,让他在弥留之际嗅一嗅新书的墨香,看一看整齐的铅字,让喜悦为他唤回一丝已经模糊的思维。

要知道,拿到新书的欢喜是一个作家一辈子都不会厌倦的幸福。翻开自己爱作的第一本样册,看到曾经在脑海中翻涌的奇思妙想像浮雕一样被镌刻在整齐的纸页上,那种感觉美妙至极。你会感到一阵眩晕,发现一排排文字竟闪着七彩的光芒,像是头脑里有轮太阳将它们照亮。不一会儿,创作者喜悦的心头就会飘来一片愁云,你会感到有些遗憾,遗憾还是没有能够把想说的话都表达出来,写下的文字似乎永远都比不上脑海中的那份底稿完美。从思维到指尖的旅程,有多少东西会被遗落呢!想象中的作品像是地中海如梦似幻的水母,随海浪自由飘荡,可是一旦被推上沙滩,再美丽的水母也终究不过是几滴毫无色彩的水,马上就会被海风吹干。

可怜啊!无论是喜悦还是幻灭,我的朋友都没能感受到。多么令人心痛的画面!那颗曾经无比活跃的头颅此刻却毫无生气地压在枕头上，枕头旁边摆着他没有来得及看上一眼的新书。这本书会被摆进书店的橱窗，会在街道的喧嚣中无声地融入人们的生活，路人机械地读着书的标题，将书名连同作者的名字一起带入眼底，藏进记忆。新书封皮上的名字看起来既明亮又欢快，可是读者之中谁又能记起同样的名字在不久前才刚刚被写入民政局灰暗的死亡名单呢？灵魂与肉体的矛盾在他身上展现得如此淋漓尽致：他僵硬的躯体即将被掩埋、被遗忘，而他的作品却像是一个脱离了肉身的灵魂，它清晰、鲜活，也许，不朽……

"他答应要送给我一本样书的……"身旁有个声音在哀叹。我转过头，看到一副金丝镜框后有一双小眼睛在滴溜乱转，这样的眼睛，你、我，我们这些靠写作生活的人都再熟悉不过了。他是一个藏书爱好者，就是每每听闻有新书发表就来敲你房门的藏书爱好者。他们的叩门声听起来很羞涩但又很固执，和他们的人一样难缠。他们会弓着腰，满脸堆笑地闯进来，然后激动万分地在你身边团团转，一口一个"尊敬的大师"，总之，不拿到你的最新样书绝不出门。别的新书他们都已经收集到了，唯独就缺这一本。想办法拒绝他们？毫无办法！他们总是来得恰到好处，他们知道你刚刚收到样书，正沉浸在筹划赠书和酝酿题词的喜悦之中。啊！这群可恶的家伙！狂风暴雨、路途遥远甚至闭门羹和主人的白眼都不足以令他们气馁。上午，他们在蓬普巷扒挠帕西老人的小门，傍晚，他们的胳膊底下又多了本萨尔都的最新剧本。他们就是这样，整日地游走寻书，不费一点力气、不花一分钱就充实了他们的生活和书架。

这位藏书爱好者能讨书讨到死人的床前，可见他对书籍必定情深至极。

"喏！拿去吧，你的样书！"我不耐烦地打发他。

他哪里是拿，简直就是一口吞下！把书塞进口袋之后，他仍然没有要离开的意思。他站在那儿一动不动、一声不吭，低下脑袋擦了擦眼睛，样子似乎很遗憾、很悲伤……他还在等什么？为什么不走？是觉得转身就走会让别人以为他来就是为一本样书而心存愧疚吗？

当然不是！

他发现半开的包裹里装着几本专供藏书爱好者收藏的样书，书很厚，页面剪裁不规则，有宽大的白边和花饰。虽然他表现得好像不经意一样，但谁都能看出他的心思全都在那几本书上……这个可恶的家伙，他恨不得把它们一起吞下去！

他的表现触发了我观察的欲望。我任由自己从悲伤中分了神，蒙眬着双眼观看起这出在死者床前上演的令人心痛的滑稽剧。只见那副小眼镜一小步一小步地蹭到书桌旁，似是无意间把手放到一本样书上，然后翻开，贪婪地摩挲起来。只见他的眼睛瞬间被点亮，全身的血液都涌到脸上，书籍的魔力在他身上发挥了作用……他实在忍不住了，一把将书搂进怀里。

"这是帮德－圣－伯夫先生拿的。"他的声音低到极点，样子局促不安，好像是在害怕我会把书夺回来，也好像是要向我证明样书确实是拿给德－圣－伯夫先生的，所以又一本正经地强调了一句，"就是法兰西学院的那位德－圣－伯夫先生……"说完，便落荒而逃。

剧目首演

新剧八点钟开演。五分钟,再过五分钟幕布就要被拉开了。

舞美、监制、道具师,所有人员都已就位。站在帷幕后的首演演员们也都已经摆好了姿势。透过幕帘的缝隙,我最后一次看向剧场。只见场内座无虚席,偌大的楼厅里整齐排列着一千五百个脑袋。观众们的脸上挂着笑容,剧院里金碧辉煌的灯光令他们兴奋不已。我隐隐约约地认出几张较为熟悉的面孔,不过他们的样子较平日里大不相同。此时的他们一本正经地端着观剧镜,傲慢又挑剔地看向舞台,那一只只镜筒就像是瞄准我心头的手枪。剧场的包厢里肯定还有某些尊贵的嘉宾在焦急地等待着剧目的开演,因为他们已经做好了评头论足的准备!焦虑、冷漠、怀疑……走进剧场的观众带着各种各样的心情,而即将上演的剧目则必须要把他们引入同一个情境、打动这一千多双挑剔的眼睛,否则这出新剧的生命只能就此了结……再等一等好吗,先不要拉开帷幕。哦不!太晚了!开演的铃声已经敲过三下,序曲已经奏响……剧场内鸦雀无声,只能听到幕布沿槽缝缓慢而低沉地滑过。新剧开演了。啊!我该怎么办?……

多么可怕的时刻!戏会演得如何?观众是不是能认可?完全无法预料。我不知所措地呆站在原地,紧握住舞台布景的撑架,一颗心提到了嗓子眼儿。应该去给演员们打打气?可是谁来先给我打打气?应该微笑着说点什么？可是我的脑子里一片混乱，甚至连眼睛都无法聚焦……哦，该死！我宁愿溜进观众席，亲眼看看他们到底会怎样。

我躲进一间包厢，努力让自己做个与舞台毫无关系的观众，冷静地审视演员们的一举一动，就好像过去的两个月里从来没有看到过，没有从姿势到声音到烟雾到每一个舞台细节都一遍又一遍地调整过一样。这真是一种奇异的感受。我努力去听，可什么都听不进去。剧场里的任何动静都能令我错乱不安。包厢的开门声、挪动椅子的声音、相互鼓励的假咳、折扇遮掩下的低语还有裙裾的窸窣，所有细小的声响此刻仿佛都被无限放大，不光是声响，观众轻微的动作也足以触动我脆弱的神经：不满的耸肩、无聊的摆肘，为何我都可以看得如此清晰？

前面座位上是一个戴眼镜的年轻人，他一直在严肃地记着笔记，还时不时地评论上一句："这太幼稚了！"

旁边包厢里的观众在低声聊天：

"您知道吗？明天的重演会更好看。"

"明天？"

"没错，明天！等着瞧吧。"

对于他们来说，也许明天更重要，而我，我只在乎今天！……我雕饰过千百遍的台词似乎并没有令他们眼前一亮，本应充盈全场的演员的声音似乎刚翻过舞台栏杆就直直地坠入提词人所站的空当里，然后立刻被领掌人带起的不合时宜的掌声所淹没……不知道楼上的那位先生是不是不满意？唯一可以肯定的是，我很害怕。所以，我选择逃走。

现在，我已经站到剧院外。外面在下雨，天很黑，这些我都没有察觉，包厢和楼座仍在我眼前盘旋，灯火辉煌的舞台像个刺眼的光斑，即使逃得再远也擦不掉。我强打起精神，让自己平静，可那该死的舞台还在眼前，那出戏，那出我可以背过每一句台词的戏还在脑子里上演，它就像一个做不醒的梦，一直占据着我的全部思维，让我看不清街上的行人、听不到路上的声音。突然，一阵急促的笛声将我惊醒，吓得我面无血色。这个白痴！我差点撞上一辆公共马车……惊魂未定的我继续漫无目地走着。

雨下得更大了。我感觉自己的新戏也会像这大雨一样，搞得一团糟，而我的演员们也会像我一样，既羞愧又憔悴地逃到湿淋淋的人行道上。

我走进一家咖啡馆，试图驱散这些灰暗消极的想法。随手抓起一份报纸，纸上的字迹却飘飘忽忽，既看不清又读不懂。偶尔有那么一词一句闯入眼帘，可我却解不出任何含义。这种感觉让我回想起那次在海上读书的经历。那是在多年前，当日的海上风急浪高，我蜷缩在浸满海水的甲板上，手里拿着一本英文语法书。呼啸的旋风似要将桅杆连根拔起，卷着白边的巨浪一波接一波地砸向甲板。我强迫自己把所有注意力放在这本语法书上，好暂且忘记面前的危险，可是无论我如何扯破喉咙大声重复书上的单词，耳朵里听到的仍是大海和狂风的怒号。

如今，手里的这份报纸和当年的那本英文语法书一样难懂，越是努力去读，脑子里就越是混乱。恍惚中，我仿佛看到报纸上密密麻麻的铅字全都是关于新剧的评论，它们像一丛丛荆棘，把我的作品刺得体无完肤……突然，油灯熄灭了，咖啡馆打烊了。

要关门了？

几点了？

……

大街上的行人忽然多了起来。戏散了，人们纷纷走出剧场。他们当中肯定有人刚看完我的新剧。我真想冲上去问问他们的感受，可是我害怕，害怕听到他们的高声评论。此刻的我是多么羡慕那些可以毫无压力地看完戏回家的人们啊！……

我走到剧院门前。剧院的门关了，剧场里的灯也熄灭了。很显然，首演的反响今晚是看不到了。剧院门口湿淋淋的海报和昏暗的灯光又勾起我心里的悲观和伤感。这座宏伟的建筑里刚刚还灯火通明、人声鼎沸，瞬间却又变得黑暗空洞，像是经历了一场火灾般在哗啦啦的大雨中四处淌水。

结束了，都结束了！六个月的写作，六个月的雕琢，六个月的辛劳，六个月的期盼，都在今晚被一场灯火点燃、烧毁，然后寂静地消失在这冰冷的雨夜。

镜子

北方的涅门河畔来了一位克里奥尔姑娘。小姑娘只有十五岁，皮肤如桃花般白皙粉嫩。她来自蜂鸟的故乡安德烈斯群岛，是爱情之风将她吹到了寒冷的北方……家乡小岛上的乡亲们劝她："千万别去那儿，北方大陆上冷得很……那儿的冬天会把你冻死的。"可是小姑娘根本听不进去。冬天？不就和果汁雪糕上的冰霜差不多嘛，她才不怕呢！更何况，恋爱中的少女是不会畏惧死亡的……所以，她带上她的折扇、吊床、蚊帐和一只金色的蜂鸟鸟笼出发了。

抵达涅门河的清晨，河面上雾气正浓。北方老爹看到南方的阳光为他送来一朵如此美丽的桃花，心中既欢喜又担忧，因为只需要一股冷风，北方的寒冬就能把小姑娘和她的蜂鸟摧毁。为了迎接这位南国姑娘，北方老爹赶忙换上夏装，点燃一轮金灿灿的大太阳……克里奥尔姑娘被北方老爹的夏装迷惑了，她以为北方一年四季都是如此烈日炎炎，她以为松柏墨绿色的针叶是北方夏天特有的颜色。于是，她在树林深处的两棵松树间拴好吊床，一边摇晃，一边扇着扇子。

"哦，北方太热了！"她轻松地笑着。可是，还有一些东西让她有点犯嘀咕。为什么，为什么这里的房子没有阳台？为什么房子的墙壁会如此厚实？为什么屋子里要铺地毯、挂门帘？为什么家家户户都有大火炉？为什么他们的院子里要堆满木柴？还有他们放在柜子里的狐狸皮、大棉袄和各式各样的毛皮，这些东西都是用来做什么的呢？……可怜的小姑娘，她很快就知道这些东西的用途了。

一天早晨，克里奥尔姑娘醒来后被冻得打了一阵寒战。太阳不见了，天又阴又沉，大地仿佛被夜幕笼罩了一样，静静地覆上一层厚厚的"棉絮"。

是冬天来了，冬天来了！北风呼啸，大陶炉里燃起熊熊大火。小姑娘金丝鸟笼里的蜂鸟不再叫了，它们蜷着蓝色、粉色、红宝石色、海蓝色的小翅膀紧靠在一起，一动不动，看着它们纤细的小嘴巴被冻得僵硬，大头针似的小脑袋因寒冷而浮肿的样子，小姑娘心里很是难过。树林深处的吊床上结了一层厚厚的霜雪，松柏的针叶上挂着晶莹剔透的冰凌……克里奥尔姑娘冷极了，窝在屋里不敢出门。

她像笼子里的蜂鸟一样，蜷坐在壁炉旁，盯着炉中的火焰，搜寻记忆里的阳光。透过明亮炙热的壁炉，她仿佛看到了她的故乡：阳光普照的海岸和码头、流着焦糖的甘蔗林、金色尘埃中舞动的玉米粒，还有午后的小憩、轻盈的纱帘、草编的凉席、夜晚的繁星和萤火虫以及无数在蚊帐的纱眼里和鲜花间拂动的小翅膀。

炉火前的小姑娘在回忆中越陷越深，而冬天的脚步却越走越紧。白天变得更短了，黑夜变得更漫长了。每天早晨，小姑娘都要从鸟笼里清走一具蜂鸟的尸体。现在，笼子里只剩下两只蜂鸟了,两只鸟儿竖着绿色的绒羽紧靠在角落……

这天早晨,克里奥尔姑娘没能起床。她像一只误入北冰洋的地中海小船,被浮冰和严寒牢牢攫住,动弹不得。又要下雪了,房间里昏暗一片,玻璃窗上结了一层厚厚的冰霜,像块帷幔一样遮住所有的光亮。整座城市死一般寂静,街上空无一人,只有铲雪车的汽笛在哀鸣。小姑娘躺在床上,百无聊赖地拨弄折扇上的闪光片,实在难熬的时候就拿出家乡的羽毛镜,看看镜中苍白的自己。

白昼继续缩短,夜晚不停被拉长。躺在花边床幔中的克里奥尔姑娘一天比一天忧伤,一天比一天憔悴。最让她痛苦的是,躺在床上看不到壁炉的炉火,这好比是让她第二次失去了故乡……她一遍又一遍地问:"屋子里点着火了吗?"

"点着呢,亲爱的,点着火呢。听啊,难道你听不到壁炉里木柴燃烧和松果爆裂的声音吗?"

"哦,看啊,快看!"

小姑娘趴在床沿,用力往外探出脑袋,可她还是什么都看不到。火炉离她太远了。小姑娘绝望极了。

那天晚上,她还是像往常一样,枕在枕头边傻傻地望向那团看不见的火焰。心上人走到她的床前,拿起那面羽毛镜:"亲爱的,你不是想要看看那火焰吗……等等……"

说着,他跪到了壁炉旁。他想用镜子为她送去一道神奇的火光。

"看到了吗?"

"没有!我什么也看不到!"

"现在呢?"

"没有,还是看不到!……"

突然,一道光亮点燃了小姑娘苍白的面庞:"哦!看到了!我看到了!"克里奥尔姑娘兴奋地叫道。她死了,脸上带着笑容,眼底闪动着两簇小小的火苗。

房屋出售

  这座小院的院门关不严实，一阵风吹来，大路上的灰尘便趁机钻过木门的门缝，落到小院的沙地上。长久以来，木门旁一直挂着块木牌，上面写着"房屋出售"。经历过夏天的烈日和秋天的狂风，木牌从来没有被摘下过。再加上四周静谧的氛围，难免让人以为这是一处被遗弃的宅院。

  然而小院里有人居住。屋顶上冒出的一小截砖砌的烟囱里有缕缕青烟飘向天空，这是穷人家特有的炊烟，小院的主人必定过着隐蔽、审慎、凄苦的生活。虽然院外挂着出售的牌子，但颤颤悠悠的木门里面却完全没有空旷、寂寥的景象，取而代之的是整洁的小径、圆顶的葡萄架、摆在水盆旁的洒水壶还有靠在小屋墙边的各种工具。这是一处农民的住所，一座小楼梯将这块坡地装点得非常均衡。房屋的顶棚背阴、底层朝阳，背阴的一层看上去像是间温室。楼梯的台阶上码放着许多玻璃罩和倒扣的空花盆，种着天竺葵和马鞭草的花盆则整齐地摆放在院子里热乎乎的白沙土上。小院的花园里除了两棵梧桐树下有一点阴凉外，其余地方都暴露在阳光下。扇形的铁丝架上爬着果树的藤蔓，墙边的果树排成行沐浴着阳光。果树的枝丫被修剪得很稀疏，那是为了保证果实的生长。除了果树外，花园里还种着草莓和架豆角。一位戴草帽的老人整

日在这宁静有序的植物中穿梭，天凉时浇浇水，没事儿的时候就摆弄一下枝条。

这位老人在附近没有熟人，除了隔三岔五停在门前的面包车外，小院从来没有接待过任何访客。有时，某个想在半山腰买块坡地当果园的路人恰好经过小院，看到门外的招牌便上前叩门。叩第一声时，没有人答应。叩第二声时，有一双木鞋从花园深处缓缓走来。老人把木门推开一条缝，生气地问："您有什么事吗？"

"这座院子是要出售对吗？"

"噢，是的。"老人吃力地回答，"是要出售。不过，它的价钱很高……"说着，他的手就已经把门关上并插起门闩。他满眼怒火地把买主拒之门外，像只暴龙一样守卫着自己的小菜田和果园，不允许任何人打它的主意。路过的买主感到很无辜，明明视若珍宝，却还要把它卖掉，这样的房主一定是神经错乱了！

有一天，我无意中经过小院时听见里面传来激烈的争吵声。

"必须把它卖掉！爸爸，必须得卖！您已经答应我们了！……"

老人声音颤抖地说："可是，孩子们，我也想卖呀……这不，招牌我都已经挂出去了呀！"我这才知道，这是在城里做买卖的儿子和儿媳们逼着老人卖掉心爱的小院。至于为什么，我无从了解，也不想了解。但是有一点可以肯定：孩子们觉得事情拖太久了，于是每个星期都来骚扰老人一番，催促可怜的老人履行诺言。

星期日的街上静悄悄的，小院的沙地经过整整一个星期的耕种也在享受这难得的清闲，所以，院里的对话外面可以听得一清二楚。小店主们一边玩着掷钱游戏，一边聊天，尖刻刺耳的言语就像是投进木箱的钱币一样发出干涩生硬的声响。傍晚，乱哄哄的一堆人都走了，老人把他们送到门口之后赶忙插上门闩，然后兴奋地回到院子里，至少，他又赢得了一个星期的时间。接下来的七天里，小院重归宁静，阳光暴晒下的花园里只听见一双木鞋踩过沙土，拖着耙子哗啦哗啦地犁着地。

日子一个星期一个星期地过去，老人心里越来越焦虑不安。小店主们用尽各种手段相逼,甚至连小孩子们都搬了出来:"爷爷,您把小院卖掉之后就能和我们住在一起了,多幸福啊!……"院子的角落里充斥着窃窃的私语,儿女们在果树间的小径上溜达来溜达去,大声算计着房子能卖多少钱。有一次,我听见老人的一个儿媳喊道:"这间破屋子连一百苏都不值……还不如直接拆掉呢!"老人的耳朵不聋,可儿女说话时的样子就像是当他已经死了、房子已经拆了一样。他默默地听着,一句话也不说,只是弓着背,眼含泪水地在果树间游走,习惯性地摆弄一下枝条,抚摸一下果实。他的生命早已根植进这一小片土地,怎会轻易就能拔出呢。所以不管孩子们如何软磨硬泡,老人一直在拖延离开的时间。夏天,樱桃和醋栗即将脱去一整冬的酸涩迎来收获,老人自言自语道:"再等等吧,等到收了果子,我就把房子卖掉……"可是收完了樱桃,桃子又快熟了,桃子之后又有葡萄,葡萄之后还有会掉落在沙地上的山楂。冬天终于来了,果园裸露出黑黑的土地,小花园里也空了。路上的行人少了,想买房子的买主也都不见了。小店主们取消周日的聚会,老人又争取到了足足三个月的时间来修剪果树和准备来年的播种。院门外的牌子还挂着,理会它的却只有风霜雨雪。

久而久之,孩子们不耐烦了,他们一致认为是老人做了手脚房子才迟迟卖不出去,于是便谋划出一记更绝的招数。老人的一个儿媳住到了小院里。那是个典型的买卖人,一大早就涂脂抹粉,装出一副讨人喜欢的样子,对任何人都极尽温柔和殷勤。小院外的马路仿佛是她自己家的一样,她把院门敞开,大声和路人们搭话,脸上始终挂着笑容,巴不得对每一个经过的人都说上一句:"请进来看看吧,这座房子要出售啦!"

可怜的老人再没有清静的日子了。有时,他努力让自己忘记那个女人的存在,依旧翻土播种,像是将死之人非得给自己找点活干才能暂时驱走恐惧一样。可是儿媳偏偏不放过他,一直跟在他身后折磨他:"哦,得了吧!你说你现在干这些活儿有什么用?……最后还不是得一块儿卖掉!"

老人没有回答,反而干得更加卖力。放弃院子里的活儿,那和失去它又有什么区别？所以，院子里的小径上依旧没有一片落叶，花架上的蔷薇花里依旧没有一只害虫。

这段日子里，还是没有一位上门的买主。战争时期，任凭女人如何敞开大门冲着马路抛媚眼，迎进的只有搬家的马车扬起的灰尘。房子卖不出去，城里的生意又离不开她，如此一来，女人变得越发尖酸刻薄，她把怨气一股脑地撒到公公身上。有一天，我听见她一边哭闹着数落公公的不是，一边跺脚捶门。老人依旧是弓着腰一言不发，看着日渐长高的豌豆自我安慰。院门外"房屋出售"的招牌仍挂在老地方，无人问津。……

今年，我再一次来到乡下，发现那座小院还在，可是，出售的牌子被摘掉了，只留下战争时张贴的发了霉的布告。一切都结束了，房子卖出去了！原来灰色的木门被漆成绿色，门楣也改成了三角形，所幸透过门缝还是能看到里面的花园。只是，原来的果园没了，取而代之的是富贵人家偏爱的草坪和瀑布，其间还非常突兀地摆着几只箩筐。房屋前的台阶上挂着一只亮闪闪的金属球，球面反射着花园里一排排扎眼的鲜花，两个肥胖的身影映在球面上，显得格外夸张：一个红头发的胖男人浑身是汗地躺在一张田园风格的扶手椅上，一个肥胖的妇人挥动着洒水壶气喘吁吁地叫着："看啊，我给凤仙花浇了十壶水！"

小屋被加盖了一层，并且装上了新栏杆。伴着涂料和油漆的味道，飘来一阵钢琴声，那是波尔卡舞曲，主人应该是在办舞会。舞步的踢踏声传到大路上，七月的热浪、艳丽的花朵、欢快的舞步以及肥胖的妇人混合在一起所营造出的粗俗的欢乐景象让人看了心里止不住发酸。我回想起当年在这花园里安详踱步的老人，他现在也许已经住到了巴黎，他应该还是戴着草帽、弓着腰，他只能在儿子的店的后院来回溜达，他肯定很烦闷、很伤心，眼里含着泪，嘴里却什么都不敢说。而他的儿媳，此时应该正坐在新装修过的柜台后面，得意地数着卖房子换来的钱。

教皇死了

  我的童年是在外省的一座水城中度过的。一条大河穿城而过,河面上的船只熙熙攘攘,景象热闹非常,这使我从小就爱上了水上旅行的生活。河上一座名叫圣－文森特的拱桥附近有一个小小的码头,那儿是儿时的我日思夜念的地方,即使在今天,回想起那座码头,心里还是会泛起阵阵涟漪。我仿佛又看见了那块钉在桅杆上的木牌:科尔奈,小船出租。窄小的浮桥从堤岸延伸向水中,被浸得又黑又滑,一条条刚刚刷过油漆的小船像蓄势待发的舰队,整齐地停靠在浮桥两侧,随轻柔的河风翩翩起舞,灵巧得和它们刻在船尾的名字一样:"蜂鸟"号、"燕子"号、"海鸥"号……

  湿淋淋的铅白色船桨沿堤坝的斜坡靠成一排,在阳光下腾着水汽,闪闪发光。科尔奈老爹正拎着他的油漆桶和大排笔在小船和船桨间刷刷补补。他棕褐色的皮肤上有千万条沟沟回回,像是夜晚的凉风在河面上拂起的细浪……哦!这个科尔奈老爹呀!他就是我童年的撒旦,让我对他的小船迷恋得不可自拔,引诱我犯下不知多少罪孽,内心承受了不知多少愧疚和自责!因为他的小船,我逃过学、卖过书本,回想起来,我几乎是把所有可以换钱的东西都卖了,为的就是能划上一下午的小船。

租上一艘小船，把作业本往船舱里一扔，然后脱去上衣，帽檐推到后脑勺，任凭河风吹拂着头发。我的双手握紧船桨，微微皱起眉头，故意模仿出久经风浪的老水手的沧桑之感。把船划到城里之后，我必须走河道中间的航线，否则离河岸太近的话就会被岸上的人认出来，老水手也有害怕的时候呀！河里的驳船、小船、木筏、竹排一个挨一个，船与船之间紧隔一道细小的水花。大汽船要掉头靠岸，激起的波浪竟把别的船都推到了一边。驾着我的小船在这样的河段里穿梭是多么帅气的一件事啊！

　　突然，后面驶来一艘蒸汽船，高大的船影牢牢罩住我的小艇，那是一艘运土豆的大船。"喂！当心点，小家伙儿！"一个沙哑的声音冲我吼道。我拼命地摇桨，急得满身是汗，可是河里的船太多了，怎么避都避不开。一座座桥梁、一驾驾马车将影子投进船桨搅动的水面上，泛出点点星光。

　　拱桥下的水流暗藏着许多旋涡和逆流，被称作是"死亡之洞"。要知道，这对于一个年仅十二岁并且没有人指挥的小孩子来说是相当危险的。有时，我会很幸运地遇到一艘拖轮。快！我赶忙把我的小船挂在长长的船队后面，然后架起双桨，让它们像一对翅膀似的张开，毫不费力地飞速前行，惬意地看着小船将船底的河面划出一道白色的水沟，看两岸的树木和房屋走马灯似的后退。前面很远处传来拖轮螺旋桨单调的隆隆声，某只被拖的汽船低矮的烟囱里冒出一缕缕细烟，船上的狗正对着烟囱狂吠。所听、所见，让我有一种水手在大海上航行的错觉。

　　只可惜，拖轮并不是轻易就能遇见的。大部分时间里，还得靠自己的两只手臂卖力划桨。哦！正午的毒太阳直直地照在水面上，简直能把人烤焦。白花花的河面涌动着让人躁动不安的热浪，每一次划桨都能搅起一团刺目的水花。我紧闭双眼，用力把船桨插向水中，借助水流向前一冲，感觉一下子蹿出了好远，可是抬起头，睁开眼，发现面对的还是那棵树、那堵墙。

　　累得筋疲力尽、大汗淋漓、满脸通红之后，我终于划到了城外。

河里游泳的人们、洗衣船还有码头的浮桥渐渐变少,河上的桥梁也渐显稀疏,市郊花园和工厂烟囱投下的倒影也慢慢消失不见了。水天相接之处,几座绿油油的河心小岛在向我招手,可是,不能再往前走了!我把船停靠在岸边的芦苇丛中,被嗡嗡作响的飞虫和热辣辣的太阳折磨得头昏脑涨。老水手浑身瘫软地躺在热气腾腾的小船上,鼻子出血不止。我的每次航行都会以此结束,无一例外,但是我很享受这种感觉。

最可怕的是回程。尽管我抡圆了胳膊拼命摇桨,可还是没能在学校放学之前赶回去。夜幕已低垂,部队吹响了归营号,雾气中燃起一盏盏煤油灯,这令我感到越发的不安和自责。看见别人能高高兴兴地回家,我的心里嫉妒得发痒。颈上的脑袋像灌了水一样沉,耳朵眼里像海螺壳一样嗡嗡直响。可是我还得强撑着奔跑,还得转动脑筋编造晚归的理由,编着编着,原本已经被烤红的脸蛋就烧得更厉害了。

进家门的时候,必定有一句"你去哪儿了"在等着我。这意味着我必须在踏上第一级台阶的同时马上回应出一段足够离奇、足够令人震惊的故事,抢在第一时间堵住母亲连珠炮似的盘查,赢得回屋休息片刻的宝贵时间。其实这对于我来说并不算困难。什么火灾啦、革命啦、铁路桥坍塌啦,各种借口几乎都被我用遍了。其中最让我得意的是接下来的这一段故事。

那天晚上,我回去得特别晚,母亲已经站在楼梯上守候多时。

"你去哪儿了?"她冲我吼道。

您肯定想象不出一个淘气包的小脑袋里能装下多少鬼主意!那天回来的路上跑得太快了,根本没来得及准备好借口……母亲话音落下的刹那,我的脑袋里居然闪过一个疯狂的念头。我知道母亲是一个无比虔诚的天主教徒,甚至比罗马人还狂热。于是,我喘着粗气、悲痛万分地说:

"噢,妈妈!……您还不知道吗?……"

"不知道什么?……你倒是说说又出什么事了?……"

"教皇死了!"

"什么？教皇死了？！"可怜的母亲瘫靠在栏杆上，脸色惨白。我以最快的速度冲回卧室，自己也被刚才脱口而出的谎言吓了一跳。不过，我还是有足够的勇气把谎言撑到最后。

记得那天晚上，家里的气氛哀伤又平静，父亲神色凝重，母亲还没有从错愕中回过神来……大家围坐在餐桌旁低声说话，我呢，我也低垂下双眼，暗自庆幸逃学的罪过已经被全家的悲痛所掩盖。

家人轮流赞颂了一番教皇庇乌九世的美德之后，聊天的主题逐渐被转移到交流各自所知的教皇故事。络丝阿姨说起了庇乌七世，她说她

曾经在南方亲眼见到过教皇,当时教皇坐在轿辇里,旁边有一大群卫士随行。接下来,大家再次兴致勃勃地回忆了一遍教皇与国王的那段经典之争:"喜剧!……悲剧!……"这幕戏我已经听了不下一百遍,每次讲述起来都是一样的语调、一样的手势,这几乎已经成了家里的传统,像修道院里老掉牙的故事一样幼稚又土气。

不过,这故事在今晚听来似乎格外有趣。

我一边听,一边假装叹气,还时不时像模像样地提几个问题。而我心里琢磨的却只有一件事:

明天早上,他们就会知道教皇并没有死,然后大家会变得很开心,这样一来,就不会有人再冲我发火了。

想着想着,沉重的眼皮就不由自主地慢慢合上了。我梦见腾着热气的索恩河上漂着一艘漆成蓝色的小船,水蜘蛛用它长长的脚在亮如明镜的水面上划出一道细小的水纹,闪着钻石般的光亮。

作 者 年 表

1840 年　　5 月 13 日生于法国南部的尼姆。

1849 年　　春天父亲经营制丝业破产,都德随全家迁至里昂。

1856 年　　毕业于里昂中学。到阿列学校任教。

1857 年　　11 月 1 日离开阿列学校,前往在巴黎《观察报》任记者的其二哥艾涅斯特处。

1858 年　　第一部诗集《多情女》问世,其中大部分诗作是都德在里昂和阿列写成的。

1860 年　　回到普罗旺斯,与家人团聚。拜会诗人米斯特拉尔,诗集《多情女》受到皇后欧仁妮的赞赏。

1861 年　　受皇后推荐担任拿破仑三世的异母兄弟、国会主席莫尼公爵的第三秘书,年底到阿尔及利亚旅游。

1862 年　　完成第一部剧本《最后的偶像》。冬季到科西嘉岛旅游。

1863 年　　夏天回到普罗旺斯,到枫特维尔镇的伯叔家居住一段时间。

1865 年　　3 月莫尼公爵去世,都德辞去工作,从事专业写作。再次到普罗旺斯,准备写《磨坊文札》。

1866 年　　《磨坊文札》部分篇章发表。

1867 年　　1 月 23 日与朱莉亚·阿拉德结婚。同年,长子列翁·都德出生。

1868 年　　2 月出版自传小说《小家伙》(又译《小东西》)。

1869 年	2月剧本《牺牲》上演。12月《磨坊文札》全部出版。
1870 年	普法战争爆发,加入国民自卫队。
1871 年	普法战争停止,回到家乡尼姆。
1872 年	2月小说《达哈斯的吹牛者》出版。10月剧本《阿尔城姑娘》发表并上演。
1873 年	3月出版短篇小说集《星期一故事集》。
1874 年	出版《艺术家的妻子》《罗勃·艾尔蒙》《小弗罗蒙与大里斯勒》。与福楼拜、左拉、龚古尔、屠格涅夫5人,每周日晚上在福楼拜家聚餐会谈艺文,形成"五人餐会"。
1875 年	春天父亲去世。
1876 年	2月出版《杰克》。《小弗罗蒙与大里斯勒》获法兰西学院小说奖。
1877 年	11月出版《阔佬》。
1879 年	出版《流亡王族》。
1880 年	与福楼拜等人中止"五人餐会"。
1881 年	出版《纽玛·卢梅斯汤》。
1882 年	11月母亲去世。
1883 年	出版《传道者》。
1884 年	出版《沙弗》。
1885 年	出版《阿尔卑斯山的吹牛者》。
1886 年	出版《达哈斯贡的防卫》。
1888 年	出版《巴黎三十年》《作家回忆录》《不朽》。
1891 年	出版《港口达哈斯贡》。
1895 年	出版《小教区》。与家人前往伦敦,同其著作的英译者小说家亨利·詹姆斯会晤。
1897 年	12月16日于巴黎寓所病逝,遗体被安葬于拉雪兹神甫墓园。

图书在版编目(CIP)数据

最后一课 / (法) 阿尔丰斯·都德著 ; 陈晓洁译.
— 北京 : 中国华侨出版社, 2017.8 (2019.9重印)

ISBN 978-7-5113-6945-1

Ⅰ.①最… Ⅱ.①阿…②陈… Ⅲ.①短篇小说—小说集—法国—近代 Ⅳ.①I565.44

中国版本图书馆CIP数据核字（2017）第160813号

最后一课

著　　者：［法］阿尔丰斯·都德
译　　者：陈晓洁
责任编辑：刘雪涛
封面设计：冬　凡
插图绘制：殷秀亮
文字编辑：杨　君
美术编辑：潘　松
经　　销：新华书店
开　　本：880mm×1230mm　1/32　印张：8.5　字数：400千字
印　　刷：三河市华成印务有限公司
版　　次：2018年1月第1版　2020年9月第4次印刷
书　　号：ISBN 978-7-5113-6945-1
定　　价：38.00元

中国华侨出版社　北京市朝阳区西坝河东里77号楼底商5号　邮编：100028
法律顾问：陈鹰律师事务所
发 行 部：(010) 88893001　　传　真：(010) 62707370
网　　址：www.oveaschin.com　　E-mail：oveaschin@sina.com
如果发现印装质量问题，影响阅读，请与印刷厂联系调换。